Le Secret de l'Inventeur

L'Énigme du magicien

L'auteur

Régulièrement classée dans les listes des meilleures ventes du *New York Times*, **Andrea Cremer** est l'auteur du best-seller international *Nightshade*. Après une enfance passée près des forêts et des lacs du Wisconsin, elle vit désormais à New York. D'abord professeur d'histoire moderne à l'université, elle écrit depuis l'adolescence, mais c'est à l'occasion d'une fracture consécutive à une chute de cheval qu'elle a trouvé le temps de pondre son premier roman ! Sa nouvelle série, *Le Secret de l'inventeur*, nous fait découvrir une version steampunk alternative du XIXe siècle, sa période préférée de l'histoire…

Déjà parus :

Le Secret de l'inventeur
1. *Rébellion*
2. *L'Énigme du magicien*

Andrea Cremer

LE SECRET DE L'INVENTEUR

L'ÉNIGME DU MAGICIEN

Traduit de l'anglais (États-Unis)
par Mathilde Tamae-Bouhon

LUMEN

Titre original : *The Inventor's Secret - The Conjurer's Riddle*

Édition originale : Philomel Books, New York

En l'honneur de Harriette Pine et Charles J. Olsen III

Territoire britannique
Ouest sauvage (souveraineté contesté
Territoire mexicain
Océan Pacifique

Territoires indiens
Province d'Amherst
Zone commerciale du Mississipi
Province de Cornwallis
Province d'Arnold
Territoire français
Territoire espagnol
Océan Atlantique
Caraïbes franco-espagnoles (souveraineté contestée)
IMM

Notre siècle est celui où l'on fait breveter
L'engin à tuer les corps et sauver les âmes,
Propagé avec les meilleures intentions.

Lord Byron, *Don Juan*, chant I.

Chapitre 1

Le soleil se retirait, chassé par le crépuscule, sans que la pénombre parvienne à masquer les épaisses volutes de fumée qui s'élevaient sans relâche à l'horizon. Les flammes, invisibles aux yeux de Charlotte, ne hantaient pas moins son esprit, consumant ce qui avait été son foyer. Quoi qu'il reste des Catacombes, la densité des nuages huileux qui se pressaient sans discontinuer dans le ciel indiquait des dommages irrémédiables.

Chaque pas semblait une épreuve à la jeune fille. Sa petite troupe d'exilés s'enfonçait dans l'épaisse forêt, à l'abri des regards. Avait-elle pris la bonne décision ? Linnet lui avait proposé de l'héberger grâce aux abondantes ressources de Lord Ott. Rester sur l'*Aphrodite* leur aurait épargné une traversée des hauts-fonds de la rivière à bord du *Poisson-Lune* ; Ott leur aurait offert le gîte et le couvert, le temps de mettre au point une stratégie plus judicieuse.

Mais un tel choix impliquait d'abandonner Birch et les plus jeunes habitants des Catacombes. Regagner la Cité Flottante revenait à faire une croix sur l'éventuelle survie de ses amis. Qui plus est, ça supposait de rejeter en bloc le plan d'urgence soigneusement établi par son frère, Ashley. Le jeune homme avait imposé à sa sœur d'en étudier la feuille de route, jour après jour, jusqu'à pouvoir énumérer, sans faute, chaque sortie dissimulée dans les grottes et réciter l'itinéraire jusqu'au point de ralliement.

Un sourire triste se dessina sur les lèvres de Charlotte au souvenir de ces révisions acharnées. Elle avait beau s'être préparée à mettre en œuvre ledit plan en cas de crise, de telles connaissances ne lui rendaient pas plus aisée la traversée des terres accidentées qui longeaient l'Esopus. Le cours d'eau lui offrait heureusement un repère fiable au sein des bois denses, mais plus ils avanceraient vers l'ouest, plus le trajet deviendrait laborieux.

Pourtant, si rester à bord de l'*Aphrodite* représentait le choix le plus facile, Charlotte devait aller au bout de son engagement, comme l'aurait fait Ash. Ainsi s'était-elle retrouvée à la tête d'un curieux quatuor comptant aussi Pip, jeune apprentie rétameuse, Scoff, alchimiste à ses heures et apothicaire aux créations imprévisibles, et enfin Grave, sans doute leur compagnon le plus étrange.

D'un coup d'œil par-dessus son épaule, Charlotte croisa le regard du mystérieux garçon, dont les iris se dilataient à la lueur de la lanterne. À ce spectacle, la jeune fille sentit un frisson lui parcourir l'échine, mais le sourire que Grave esquissa lui rendit une apparence plus humaine. En dépit de son étrangeté, il avait su gagner l'affection et la confiance de Charlotte.

Elle l'avait rencontré peu de temps auparavant, dans les landes proches de New York. Un garçon privé de souvenirs, que tous avaient eu tôt fait de surnommer

Grave. De l'avis de Charlotte, le passé du nouveau venu relevait en grande partie de l'impossible. Elle n'avait guère eu le temps de s'interroger sur l'étrange récit que leur en avait fait un inventeur, Hackett Bromley – l'homme leur avait narré la mort de son fils et la transformation qui s'était ensuivie : sang changé en fer, os en acier… Les élucubrations d'un fou, à n'en pas douter ! Charlotte commençait tout juste à accepter les convictions de Meg, qui croyait en l'existence d'un monde invisible et pouvait, à l'instar de sa mère, communiquer avec les esprits le peuplant.

Charlotte aurait pu se perdre des heures durant à examiner l'étrange chemin sur lequel la vie (et le décès supposé) de Grave l'avait précipitée. Mais ses pensées erraient ailleurs, provoquant chez elle colère et désarroi. Grave n'était pas le seul dont les secrets s'étaient éventés au cours de leur expédition à la Cité Flottante. Confiance trahie, cœurs brisés… Leur voyage avait fait voler des certitudes en éclats.

La main dans la poche de sa jupe, Charlotte effleura les contours de la lettre de Jack.

« *J'ai rompu mes fiançailles.* »

Par moments, ces mots suffisaient à emballer le cœur de la jeune fille, gonflé d'espoir. Un espoir fragile, vite remplacé par une colère noire. Chaque jour passé dans la Cité Flottante avait révélé une nouvelle facette du jeune homme… et par trop souligné l'attirance qu'elle éprouvait à son égard. À bord du dirigeable, il s'était retenu, mais dans la demeure familiale, il avait fini par l'embrasser. Et même plus.

— *Dis-moi la vérité, Charlotte. Est-ce que tu m'aimes ?*

— *Oui.*

Même si elle aurait voulu reprendre sa réponse pour l'enterrer à jamais, elle avait ouvert son cœur à Jack. Un cœur qu'il s'était empressé de souiller par sa tromperie.

Une silhouette invisible traversa le sentier dans un bruissement de feuilles. Charlotte avança sans hésiter. Toute créature dangereuse – ours, ou loup, par exemple – reculerait devant leur nombre, et elle n'avait pas le temps de s'inquiéter de chaque porc-épic ou renard croisant son chemin. Une brise fraîche agita l'ourlet de son manteau, qu'elle resserra autour de son corps, l'esprit perdu dans ses sinistres pensées.

Si Jack avait rompu ses fiançailles, il n'en demeurait pas moins vrai qu'il avait été promis à une autre. C'était en pleine connaissance de cause qu'il avait joué avec les sentiments de Charlotte. Seul son frère, le Commodore Coe Winter, avait eu le courage de dévoiler le pot aux roses à la jeune fille.

Loin d'éclaircir la situation, l'intervention de Coe n'avait fait qu'amplifier la confusion dans le cœur de Charlotte, aussi bien que dans son esprit. Le Commodore lui-même avait ajouté à cet imbroglio d'espoir et de doute, de désir et de répulsion, en lui laissant clairement entendre qu'il souhaitait entretenir une relation avec elle. Mais pouvait-elle bannir le cadet de son cœur pour y accueillir aussitôt l'aîné ?

Les reniflements de Pip la tirèrent de sa rêverie.

— Cesse donc tes jérémiades ! lui intima-t-elle sans même se retourner.

Elle regretta la froideur de ses paroles qu'elle savait pourtant nécessaires. Il n'y avait pas de temps à perdre. Si Pip s'effondrait, Charlotte craignait qu'il ne faille beaucoup trop de temps pour la convaincre d'aller de l'avant.

Une autre voix, douce, apaisante et bien plus grave, atteignit ses oreilles. À son grand soulagement, Scoff s'efforçait de calmer Pip. Charlotte jetait souvent un regard en arrière, de crainte que l'apothicaire improvisé ne tente de faire ingérer l'une de ses concoctions à sa camarade. S'il était possible qu'un élixir suffise à calmer les tourments de la jeune fille, Charlotte redoutait surtout qu'il lui fasse pousser des cornes ou ne teigne ses cheveux en bleu. C'était à elle qu'incombait la responsabilité de veiller au grain et de maintenir la discipline au sein du petit groupe. Un double rôle qui, elle s'en rendit vite compte, ne lui plaisait guère.

Durant les quelques heures écoulées depuis que Charlotte avait quitté Linnet pour rejoindre Pip et Scoff à bord du *Poisson-Lune*, elle s'était découvert une certaine indulgence pour le ton souvent brusque adopté par Ash. Alors qu'elle se considérait encore comme, avant tout, la cadette de leur chef, elle s'était agacée du sérieux et du zèle avec lesquels il distribuait ses réprimandes ; à présent, elle le comprenait, même si ça la peinait de l'admettre. Chaque nouveau kilomètre laissait la jeune fille plus lasse, non seulement de l'effort déployé pour gravir ce semblant de sentier envahi par la végétation qui traversait l'épaisse forêt, mais aussi de la constante vigilance requise pour acheminer, coûte que coûte, sa petite troupe à bon port.

Elle sentait parfois l'apitoiement s'insinuer dans son cœur pour y faire son nid, comparant ses défauts et ses lacunes à l'expérience et aux certitudes de son aîné. Elle s'empressait alors de chasser ses craintes et son abattement grâce aux paroles d'Ash.

« Tu es faite pour ça, Lottie. »

La voix de son frère résonnait à ses oreilles aussi nettement que s'il marchait à ses côtés. Elle ne pouvait le décevoir. Revigorée, elle se tourna vers Pip et Scoff.

— Courage, les enfants. On y est presque !

Sa voix enjouée masquait son angoisse : Charlotte n'avait aucune idée de la marche à suivre s'ils trouvaient le point de ralliement désert. Le *Poisson-Lune* disposait de ressources limitées, car ni Pip ni Scoff n'avaient prévu un tel périple. Linnet leur avait offert toute l'aide possible, mais les quatre réfugiés ne pouvaient transporter une charge importante sans risquer de sacrifier leur vitesse de déplacement. À son grand désespoir, Charlotte avait dû se résigner à abandonner Pocky – sa chère carabine n'était pas conçue pour le tir à distance. Seule consolation : Linnet lui avait promis de prendre grand soin de son arme préférée.

Ils ne pouvaient attendre longtemps la venue de leurs camarades des Catacombes. Ils avaient assez de provisions pour tenir deux ou trois jours, mais si les Pots de rouille et autres corbeaux-espions patrouillaient les bois pour débusquer les fuyards, rester plus d'une nuit au même endroit s'avérerait dangereux.

En admettant que les survivants soient assez en forme pour arriver jusqu'ici… pensa Charlotte avec un frisson.

Les autres questions qui l'assaillaient ne faisaient qu'attiser son horreur. *Qu'est-ce qui a bien pu causer une telle explosion ? Un accident ? Une attaque ?*

Les ténèbres engloutirent les derniers rayons troubles du crépuscule, dissipant les contours déjà flous du sentier. Charlotte plongea une main dans l'ample poche de sa jupe pour en tirer la lampe torche que lui avait donnée Linnet. Chaque tour de la manivelle provoqua des étincelles dans le fin maillage de métal à l'intérieur du globe de verre qui surmontait l'appareil. Une fois la mèche de la chandelle allumée, la torche diffusait une lumière douce, suffisante pour se repérer sans risquer d'attirer l'attention de leurs ennemis.

Pip avait cessé de haleter et de renifler. Surprise par le dénivelé abrupt du sentier, Charlotte s'efforça de prêter attention où elle mettait les pieds. D'épaisses racines biscornues leur offraient des marches précaires tandis qu'ils grimpaient vers le sommet. Parvenue près de la corniche, la jeune fille confia la lanterne à Grave plutôt qu'à Scoff, afin que le chimiste puisse se concentrer sur Pip.

Charlotte rampa lentement vers le bord, ventre presque à terre, pour épier l'excroissance rocailleuse située en contrebas. Privée de sa lanterne, elle devait à présent laisser ses yeux s'adapter à l'absence de lumière. Passé quelques instants, elle parvint tout juste à distinguer les rochers moussus de la niche qu'ils ceignaient. Le regard rivé à la crevasse, elle guetta tout signe de mouvement, le moindre éclat lumineux. En vain.

L'estomac noué, elle savait pourtant que tout espoir n'était pas perdu. Si Birch suivait le protocole, sa priorité serait de rester à l'abri des regards et des oreilles à l'affût. Charlotte s'écarta du rebord pour aller rejoindre ses compagnons.

Pip et Scoff la contemplaient, les lèvres serrées. Le visage de Grave ne trahissait pas la moindre émotion, mais il se montrait tout aussi silencieux.

— On peut descendre, leur annonça la jeune fille. La voie est libre.

— Et les autres ? murmura Pip.

Charlotte tendit une main pour lui presser les doigts.

— Je ne sais pas encore.

L'apprentie rétameuse hocha la tête.

— Éteignez la lanterne, dit Charlotte. (Elle attendit que l'obscurité les enveloppe de nouveau.) Nous allons suivre le versant ouest. Faites bien attention où vous mettez les pieds : les pierres et autres irrégularités du terrain vont être difficiles à repérer.

Accroupie afin de mieux voir le sol tandis qu'elle longeait le rebord, Charlotte mena la petite troupe de l'autre côté de la crête qui surplombait les rochers serrés. Après avoir parcouru le versant ouest, bien plus praticable que la pente qu'ils venaient de gravir, ils atteignirent le bas sans encombre.

— Attendez-moi là, intima Charlotte en faisant signe à ses camarades de se terrer derrière le premier rocher venu. Si tout va bien, je sifflerai. Dans le cas contraire…

— On sait, répondit Scoff. On prend la fuite.

— Toi aussi, ajouta la jeune fille à l'adresse de Grave. Reste avec eux. Et veille à leur sécurité.

— Je n'y manquerai pas, répondit le garçon.

— Bien.

Le sang fouetté par une décharge d'adrénaline, Charlotte avança dos contre la paroi rocheuse, dague au clair.

Elle approcha de la caverne, suivant la courbe de la roche, avant de s'arrêter, la gorge sèche et le souffle court, pour tendre l'oreille. Elle n'entendit que les battements de son cœur paniqué… mais aussi…

De faibles tâtonnements résonnaient quelque part au-dessus de l'épaule de Charlotte, qui se retourna lentement pour scruter la paroi rocheuse. Une créature rampait vers elle. Elle retint son souffle pour s'empêcher de hurler tandis que la bête approchait à coups de griffes cliquetantes. Ce qui n'était qu'une silhouette informe commença à se préciser : des oreilles bien grandes pour la petite tête qui les portait et un corps menu affublé de très longs membres. L'animal était à présent tout près ; un bruit métallique accompagnait les mouvements de ses pattes sur la surface du rocher.

Le hurlement naissant de Charlotte mourut pour laisser la place à un espoir tremblant.

Les yeux rivés sur la bête minuscule, qui s'était arrêtée, dans l'expectative, elle prit son courage à deux mains.

— Moïse ? murmura-t-elle.

La créature hocha la tête avant de s'élancer dans les airs et de venir effleurer la chevelure de la jeune fille de ses ailes battantes, pour ensuite disparaître à l'intérieur de la caverne.

Charlotte se retint de lui courir après, consciente du danger à céder à une telle impulsion. Elle poursuivit donc sa lente progression, bientôt arrêtée par de nouveaux bruits : des pas, discrets, qui s'interrompirent de l'autre côté du rocher massif obstruant en partie l'entrée de la cavité.

— Charlotte ?

Une vague de soulagement manqua de renverser la jeune fille lorsqu'elle reconnut la voix de Birch.

— Charlotte, c'est toi ?

— Oui, croassa l'intéressée en rengainant sa dague.

La tête et les épaules du rétameur apparurent derrière la roche. Moïse escalada la chemise de son maître pour aller se blottir dans sa poche poitrine.

— Par la grâce d'Athéna !

Birch sortit d'un pas titubant de sa cachette pour agripper les mains de Charlotte qu'il serra avec ferveur.

— Je n'étais pas certain que tu viendrais... Je n'avais aucun moyen de te contacter... pour te raconter ce qui est arrivé...

Charlotte avait bien une dizaine de questions à lui poser, mais, pour le moment, ils avaient d'autres préoccupations. D'un sifflement d'oiseau, elle appela ses trois compagnons à leurs côtés. Dès qu'elle aperçut Birch, Pip se précipita vers lui, les bras grands ouverts. Moïse eut tout juste le temps de se hisser sur l'épaule du rétameur pour éviter de finir écrasé dans l'embrassade.

Entre deux sanglots étouffés par la chemise de Birch, Pip baragouina des propos incompréhensibles.

Un sourire aux lèvres, le rétameur tapota la tignasse verte de la jeune fille.

Les pouces coincés dans ses bretelles, Scoff adressa à Birch un hochement de tête.

— Content de te revoir, vieux, dit-il d'une voix calme.

Mais le léger tremblement de ses mains n'échappa pas à Charlotte. Occupé à consoler Pip, Scoff avait tu ses propres angoisses, et ce n'était qu'en cet instant que la jeune fille prenait conscience du trouble qui agitait le chimiste.

Charlotte s'écarta, surprise, lorsque Moïse quitta l'épaule de Birch et plongea droit sur elle, la rasant à tire-d'aile pour aller s'installer sur les bras croisés de Grave. Le garçon s'était approché avec tant de discrétion que Charlotte n'avait même pas remarqué sa présence, quelques centimètres en retrait. Elle ne put s'empêcher de ressentir un léger malaise.

— Que s'est-il passé ? finit par demander Pip, qui avait lâché le rétameur et le dévorait à présent de ses grands yeux brillants. Les Catacombes…

Birch s'apprêtait à répondre mais Charlotte ne lui en laissa pas le temps :

— Pas ici. (Elle désigna la grotte.) Mieux vaut éviter les regards indiscrets. Tous à l'intérieur, vite.

Surpris par le ton abrupt de la jeune fille, Birch suivit malgré tout Scoff et Pip qui obéissaient sans broncher.

— Es-tu contente ? demanda Grave à Charlotte tandis qu'ils s'engouffraient dans les ténèbres.

Moïse avait escaladé la tête du garçon pour se nicher dans sa chevelure.

La jeune fille ne s'étonnait plus de ses questions saugrenues, même si elle avait encore du mal à s'y faire.

— Oui. (Elle pencha la tête sur le côté pour soulager sa nuque courbaturée.) Ils auraient pu être blessés. Ou pire…

Grave releva spontanément les volets de la lanterne.

— Mais nous ne sommes pas encore en sécurité, dit-il comme en réponse à une question qu'elle n'avait pas posée.

Charlotte s'arrêta pour l'observer. En dépit de la touche un peu ridicule qu'apportait la chauve-souris à sa chevelure, il affichait une expression et un port de tête solennels.

— J'aimerais vous protéger, ajouta-t-il.

Pour la deuxième fois en l'espace de quelques minutes, Charlotte se sentit mal à l'aise face à Grave. Elle n'avait pas peur de lui : jamais le garçon ne lui avait inspiré la moindre crainte. Rien, chez lui, n'exprimait la malice ou l'agressivité. Mais elle en savait tellement peu sur sa nature véritable…

Sa déclaration n'avait rien d'anodin. Si quelqu'un pouvait maintenir Charlotte, voire tout le groupe, en sécurité, c'était bien ce mystérieux garçon, doté d'une force et d'une résistance à nulles autres pareilles.

Il ne peut pas être tué.

Mais ce qui troublait le plus Charlotte, c'était sa propre indécision quant à la place qu'occupait Grave parmi eux. Elle ne trouvait rien à redire à ses velléités de protection, mais elle n'ignorait pas qu'il était capable de bien plus.

C'est l'arme parfaite.

Charlotte ne put retenir un frisson. Grave l'avait suivie, avant même qu'Ash ne fasse d'elle le chef de leur groupe d'exilés. Le garçon mort, ramené à la vie par la mécanique (et la magie, à en croire Meg), avait juré allégeance à la jeune fille.

Laquelle ne savait que faire de son chevalier servant. Lorsqu'elle pensait encore pouvoir regagner les Catacombes, elle s'était attendue que tous retrouvent la routine qui était la leur avant leur expédition dans la Cité Flottante. Les Catacombes leur offriraient protection et vivres en attendant des nouvelles d'Ash… et de Jack.

Elle grimaça au souvenir du jeune homme.

— Ai-je tort ? demanda Grave, perplexe devant son air peiné.

— Non. (Elle secoua la tête.) Bien au contraire. Merci… Nous en reparlerons plus tard.

Charlotte tendit la main vers la lanterne et Grave la lui retourna.

Le demi-cercle formé par les rochers ne protégeait qu'une faille dans la paroi rocheuse, derrière laquelle se trouvait une caverne spacieuse. Il ne s'agissait pas d'un dédale de grottes comme celui des Catacombes, mais d'une simple sphère creusée dans la terre et la roche, assez vaste pour accueillir confortablement une vingtaine de personnes. Les enfants n'avaient donc nul besoin de se serrer contre le mur du fond, ce qu'ils faisaient pourtant. On eût dit une douzaine de petites créatures infortunées, tapies dans les profondeurs de la forêt.

Plus perturbant encore que leurs silhouettes frémissantes agglutinées était leur silence. On leur avait dit l'importance de rester discrets : leur vie en dépendait.

Birch avait rejoint le petit groupe, dont quelques têtes s'étaient tournées vers les nouveaux arrivants. Charlotte contemplait leurs yeux écarquillés et leurs lèvres tremblantes. Une fillette poussa un cri de joie avant de plaquer les mains sur sa bouche avec horreur, au bord des larmes.

Charlotte alla s'agenouiller auprès de la petite fille, dont elle reconnaissait les boucles dorées.

— Ne t'inquiète pas, Lucy. Tu n'as rien fait de mal.

— On ne doit pas faire de bruit, murmura la fillette entre ses doigts. Si on fait du bruit, ils viendront nous chercher.

— C'est vrai, la discrétion s'impose, lui confirma Charlotte. Mais inutile de te rendre malade pour ça.

Lucy tourna un regard plein d'espoir vers l'entrée de la caverne.

— Où est Meg ?

Charlotte sentit son cœur se serrer.

— Meg a d'autres responsabilités. Elle n'est pas avec nous.

— Mais elle est en sécurité ? demanda Lucy, les yeux de nouveau emplis de larmes.

Charlotte acquiesça. Elle n'aurait su dire si la jeune femme était à l'abri dans la Cité Flottante, même au cœur du temple d'Athéna, mais la fillette n'avait pas besoin de le savoir.

Charlotte, qui caressait à présent la joue de Lucy, se redressa à l'approche de Birch.

— J'ai à te parler, lui dit-elle à voix basse. Mais à l'écart des petits.

Les yeux rivés sur les enfants à présent massés autour de Pip et de Scoff, le rétameur hocha la tête.

Charlotte observait les deux jeunes gens d'un air circonspect.

— Ils voudront être mis au courant, eux aussi, murmura-t-elle.

— Je n'en doute pas, répondit Birch. Mais les plus jeunes s'inquiètent dès que je m'éloigne. Ils ont besoin de sentir qu'on veille sur eux. Le périple n'a pas été de tout repos, c'est le moins qu'on puisse dire.

— Si tu ne vois aucun inconvénient à partager ton récit deux fois… dit la jeune fille, avant d'être interrompue par Grave.

— Je peux rester avec les enfants.

Charlotte ravala le rire qui menaçait d'éclater dans sa gorge. Birch tourna vers l'étrange garçon un regard sceptique.

— Es-tu sûr… Est-ce vraiment une bonne idée ? demanda-t-il en fin de compte à Charlotte.

— Je veillerai à leur sécurité, déclara Grave. Pour l'instant, je n'ai pas besoin d'en savoir plus sur l'explosion des Catacombes. Charlotte pourra me mettre au courant plus tard.

Sans attendre leur accord, il alla s'asseoir au milieu du groupe d'enfants.

Surpris par l'apparition soudaine de Grave, les petits l'évitèrent tout d'abord. Mais, bientôt enhardis par la présence silencieuse et souriante de l'intrus, certains se hasardèrent à approcher de lui. Peu rassuré par les manifestations de curiosité des bambins, Moïse abandonna son nid dans la tignasse de Grave pour retourner se percher sur l'épaule de Birch.

— Tu avais suivi Charlotte et ça n'avait pas plu à Ashley, constata un garçon nommé Rufus, qui louchait sur la chevelure noire de Grave. Mais tes cheveux sont différents.

— Oui, Charlotte m'a ramené chez vous, répondit l'intéressé. Et en effet, mes cheveux sont différents : ils n'abritaient pas une chauve-souris jusqu'à présent.

Une fillette aux yeux de biche nommée Edith se mit à glousser, bientôt rejointe par les rires éclatants de ses camarades.

Rufus, lui, dévisageait toujours l'étrange jeune homme.

— Mais leur couleur a changé. Pourquoi ?

— Parce que je devais me cacher.

Cette réponse attisa la curiosité des enfants.

— Pourquoi est-ce que tu devais te cacher ? insista Rufus, toujours debout, quelque peu méfiant, alors même que ses petits camarades s'étaient pour la plupart assis.

Grave se pencha pour murmurer une explication aux plus proches d'entre eux.

— Comment ? demanda Rufus, sourcils froncés.

Grave ignora la question. Le garçonnet abandonna son rôle de sceptique pour se joindre au petit cercle assis par terre.

— Voilà qui est… étrange, remarqua Birch.

Charlotte se contenta de hausser les épaules.

— Tout, chez Grave, est étrange.

— Est-ce qu'il aime les enfants, au moins ? demanda le rétameur, visiblement tiraillé entre désir d'intervenir et soulagement de voir qu'un autre accaparait l'attention de ses petits protégés.

— Aucune idée, admit la jeune fille.

— Plus important : est-il dangereux ? Qu'as-tu appris, en ville, à son sujet ?

Charlotte hésita. N'était-elle pas toujours la première à défendre Grave, insistant qu'il ne représentait aucune menace pour eux ? Mais après tout ce dont elle avait été témoin, pouvait-elle en toute franchise assurer à Birch que le garçon était inoffensif ?

— Bien sûr que non, il n'est pas dangereux, intervint Pip, qui s'était séparée des enfants et s'adressait à présent à Birch avec le plus grand sérieux. Il m'a sauvé la vie sur ce bateau.

— C'est vrai… concéda Charlotte avec une réticence qui la mettait mal à l'aise.

Pip ne mentait pas : Grave avait empêché un marin de la frapper, mais la puissance dont il avait fait montre effrayait Charlotte. Lorsque Ashley détenait le dernier mot sur le sort de Grave, il lui avait été facile de se montrer bravache en le défendant. À présent qu'il était sous son entière responsabilité, cependant, elle pesait ses paroles avec une prudence accrue.

— Eh oui, poursuivit Pip avec un sourire béat. Il est tellement courageux ! Grave est un brave… conclut-elle dans un rire.

Scoff, qui venait de les rejoindre, entendit la déclaration passionnée de son amie aux cheveux verts.

— Il m'a l'air digne de confiance, renchérit-il avec un hochement de tête. Sacrément fort, le garçon. Je parie qu'il pourrait soulever le marteau d'Héphaïstos à lui tout seul !

Birch attendait toujours l'avis de Charlotte.

— Il ne devrait pas y avoir de problème, finit-elle par décréter, afin d'attirer leur groupe à l'écart de l'intéressé et des enfants.

À présent que le moment était venu pour le rétameur de leur conter son histoire, Charlotte ne put retenir son impatience.

— Par Athéna, Birch, que s'est-il passé ?

Son brusque changement de ton arracha un haussement de sourcil au jeune homme, mais elle n'en avait cure.

— Était-ce l'Empire ? le pressa-t-elle. Comment vous ont-ils retrouvés ? Qu'avons-nous perdu ?

— Tout est parti en fumée, grimaça Birch en fourrant les mains dans les poches de son tablier. J'ai veillé à ne rien laisser.

Elle devait avoir mal entendu.

— Ce que tu dis n'a pas de sens, Birch.

Le regard rivé au sol, le rétameur gratta la roche de la pointe de sa botte.

— Je n'avais pas le choix.

— Quel choix ?

Déconcertée par la mine déconfite de Birch, Pip vint glisser le bras sous le coude du jeune homme pour attirer son attention.

— Quel choix ? insista-t-elle en le dévorant de ses yeux pleins de ferveur.

Birch lui adressa un faible sourire avant de se tourner vers Charlotte.

— C'est moi qui ai fait sauter les Catacombes.

Chapitre 2

Pip se dégagea sur-le-champ de Birch et le repoussa avec tant de force qu'il recula de quelques pas titubants.

— Qu'est-ce qui te prend de dire ça ? tonna-t-elle, les poings sur les hanches. Ce n'est absolument pas drôle !

Le rétameur regardait son amie furieuse d'un air impuissant.

Charlotte carra les épaules pour se donner une contenance qu'elle avait bien du mal à trouver.

— Malheureusement, je doute qu'il plaisante… Est-ce que je me trompe ?

D'un signe, Birch lui fit comprendre que non. Pip secoua la tête, incrédule.

— Pourquoi ?

Malgré les douloureux battements de son cœur, Charlotte parvint à garder un calme apparent.

— Je pensais seulement faire sauter les points d'accès, expliqua Birch, qui ne cessait de se tortiller, comme s'il se remémorait un mauvais rêve. Mais on manquait de temps. Ma seule option consistait à surcharger le générateur. Je savais que ça provoquerait une explosion assez puissante pour démolir les grottes et ensevelir tout ce que nous abandonnions sur place.

Pip s'assit par terre, le visage enfoui entre ses genoux qu'elle serrait contre sa poitrine. Scoff s'agenouilla à ses côtés et passa un bras autour de ses frêles épaules. Il leva les yeux sur le rétameur.

— Tu avais une bonne raison de tout faire sauter, je n'en doute pas, dit-il. Mais ça nous aiderait beaucoup de savoir laquelle.

La question sembla surprendre le jeune homme.

— La raison ? Mais l'Empire, bien sûr !

— L'Empire a découvert les Catacombes ? murmura Charlotte d'une voix éteinte. Quand ? Comment avez-vous pu leur échapper ?

— On nous a envoyé un avertissement.

Birch tira un morceau de papier de sa poche avant de le tendre à Charlotte.

Un bref message y était inscrit : « Ils viennent vous chercher. Partez tout de suite. » Pour toute signature, un L.

— Je savais que ce n'était pas une plaisanterie, ajouta le rétameur. Personne n'enverrait une missive pareille, personne ne saurait même où l'envoyer, à moins de faire partie de la Résistance. L'expéditeur devait savoir qu'une évacuation était possible, si nous disposions d'assez de temps.

Scoff abandonna Pip pour jeter un coup d'œil par-dessus l'épaule de Charlotte.

— Qui est « L » ? demanda-t-il, lui arrachant le papier des mains.

Charlotte ne protesta pas.

— Lazarus, murmura-t-elle, à personne en particulier. Ça ne peut être que lui.

— Lazarus, dis-tu ? s'étonna Birch. Est-ce qu'on connaît quelqu'un de ce nom-là ?

— Pas exactement, non, répondit la jeune fille. Ash et Jack l'ont rencontré…

Elle s'interrompit, frappée de constater à quel point elle en savait peu sur le chef des rebelles. Jamais elle n'avait pris le temps d'interroger son frère sur sa rencontre avec ce mystérieux allié. Le soir même, toute son attention avait été accaparée par les manigances de Coe… ou plutôt, si elle se montrait moins clémente envers elle-même, s'était-elle laissée consumer par ses peines de cœur, négligeant tout le reste.

Ce qui ne changeait rien au fait que l'autre « L » présent dans sa vie appartenait à Linnet, laquelle se trouvait à bord de l'*Aphrodite* au moment de l'explosion.

— Lazarus dirige une faction rebelle au sein même de l'Empire, expliqua-t-elle en mettant de côté ses idées noires.

Scoff se mit à gratter son menton hirsute.

— Étrange, comme nom.

— C'est un pseudonyme, précisa Charlotte. Son identité reste secrète.

La conversation avait pris un tour assez intéressant pour tirer Pip de sa bouderie.

— Un secret ?

— Il s'agit d'un haut gradé de l'armée impériale. (Charlotte sonda sa mémoire pour y dénicher toute information à partager.) Le moment venu, il lancera un coup d'État. Alors, la Résistance joindra ses forces à celles des rebelles afin de prendre le pouvoir.

— Rien que ça ? ironisa Scoff avec un sourire de guingois.

— C'est la meilleure nouvelle que j'aie jamais entendue ! déclara Birch en se balançant sur ses talons. C'est tout ce dont j'avais besoin.

— Et nous donc ! renchérit Charlotte. J'aimerais pouvoir vous en dire plus.

Le rétameur secoua la tête.

— Un tiens vaut mieux que deux tu l'auras. Je crains d'avoir failli à ma responsabilité de fournir des vivres à notre triste expédition… (Il se tourna pour désigner une pile de sacs en pagaille près des enfants.) Nous n'avons guère eu le temps de nous préparer, et c'est à peine si les petits pouvaient porter leurs lots de pièces détachées.

— Ne t'inquiète pas, Birch, répondit Charlotte. L'important, c'est que vous ayez pu en réchapper.

Le rétameur se pinça l'arête du nez.

— Certes, murmura-t-il. Tu as sans doute raison.

— Absolument, acquiesça Scoff. Pardon d'avance de te poser la question, mais…

— Non, soupira Birch, qui venait de plonger les mains dans les poches de son tablier de cuir calciné. J'ai dû donner la priorité aux provisions et aux armes. Je n'ai rien pu récupérer de ton labo. Et quand bien même, toutes ces fioles en verre et ces flacons de poudre… Je doute que nous aurions pu les transporter sans tout casser en chemin.

Scoff haussa les épaules d'un air détaché.

— C'est tragique, mais je m'en remettrai. Tout recommencer, quelle aventure ! (Il tira doucement sur une des couettes de Pip.) Et puis, tout ce dont j'ai besoin, c'est de ma fidèle assistante. Prête pour de nouvelles expériences ?

Pour la première fois depuis qu'ils avaient débarqué de l'*Aphrodite*, Pip retrouva des couleurs.

— Tu peux compter sur moi !

— C'est un nouveau départ pour nous tous, commenta Birch. Mais nous n'avions pas le choix.

Les yeux brûlants, Charlotte ferma les paupières pour retenir ses larmes. Leur foyer avait disparu. Abandonné… Non, pire encore : détruit. Il leur fallait faire une croix sur les Catacombes.

— La question, maintenant, c'est : où allons-nous le prendre, ce nouveau départ ? lança Scoff.

Les larmes que Charlotte s'efforçait jusqu'à présent de refouler se mirent à dévaler ses joues.

— En effet.

— As-tu décidé d'une destination ? lui demanda Pip.

Jusque-là, sa seule préoccupation avait été de rejoindre le point de ralliement. La question de Scoff n'en attendait pas moins une réponse urgente : la caverne avait rempli son office – jamais il n'avait été question d'y passer plus d'une nuit ou deux.

Charlotte contemplait le petit groupe d'enfants. L'un des plus jeunes s'était endormi, blotti sur les genoux de Grave. Immobile, l'amnésique veillait comme une sentinelle sur ses petits protégés.

— Il nous faut trouver un lieu où les mettre en sécurité, décréta Charlotte. Ils ne pourront pas faire le voyage avec nous.

— Quel voyage ? s'enquit Birch, perplexe.

— Le trajet d'évacuation réglementaire, clarifia Charlotte. Jusqu'à la Nouvelle-Orléans.

— On va rejoindre la Résistance ? s'étouffa Pip, les yeux ronds comme des soucoupes. Par le marteau d'Héphaïstos !

L'exaltation de la jeune fille, dont les exclamations et les imprévisibles sautes d'humeur étaient d'habitude une source d'amusement pour Charlotte, lui semblait à cet instant-là plus irritante que des engrenages mal graissés.

Elle n'a même pas quatorze ans, se rappela-t-elle. *Elle réagit comme le ferait un enfant qui n'a pas encore mûri, oscillant entre raison et impulsion. Elle a besoin de patience et de gentillesse, pas de réprimandes.*

— C'est possible ? s'étonna Scoff, qui était loin de partager l'enthousiasme de son amie.

— C'est ce que nous sommes censés faire dans le genre de situation… où nous nous trouvons justement à présent.

Charlotte espérait que le scepticisme du jeune homme serve d'exemple à Pip.

— La route va être longue, fit remarquer Birch sans manquer de jeter un regard à la pile de sacs. Coûteuse, aussi. Je ne sais pas jusqu'où nous pourrons aller en troquant toutes ces affaires.

Face à leurs possessions entassées en vrac, Charlotte partageait les doutes du rétameur. Elle n'avait jamais entrepris un voyage tel que celui qu'elle venait de proposer. Les dépenses que le périple impliquait, les menaces qui se présenteraient à eux, l'accueil qui leur serait réservé à la Nouvelle-Orléans… Charlotte ignorait tout de ce qu'il pouvait advenir.

— On fera du troc, autant que possible. Et une fois nos ressources épuisées, on se débrouillera. Dans tous les cas, nous devrions au moins pouvoir atteindre Moirai sans trop de frais.

Sa réponse sembla satisfaire Scoff. Birch, lui, gesticulait, contrarié.

Charlotte désigna Grave et les enfants rassemblés en grappes autour de lui.

— Scoff, Pip, donnez-leur à boire et à manger. Qu'ils dorment aussi quelques heures, c'est tout le temps dont nous disposons. Ensuite, il nous faudra partir.

Birch, bien qu'il n'arrêtât pas de se balancer d'un pied sur l'autre, fit à Charlotte la courtoisie d'attendre le départ des deux jeunes gens avant de l'interroger.

— Tu veux donc prendre la route de nuit ? demanda-t-il sur un ton que la jeune fille espérait plus anxieux qu'horrifié.

— Ash m'a dit de prendre la tête du groupe.

À peine avait-elle bredouillé sa réponse qu'elle prit conscience que cette remarque soulignait son manque d'autorité.

Birch ignora cependant sa maladresse et acquiesça avec énergie.

— Il a bien fait. À l'évidence, nous ne pouvons pas rester ici. Mais la Nouvelle-Orléans paraît si loin…

— Et pour cause.

Le malaise de Birch était compréhensible. Charlotte devrait se montrer patiente avec lui. Il avait conduit les enfants jusqu'à la grotte, s'était contraint à faire sauter les Catacombes… Nul doute qu'une telle pression devait le mettre à bout.

— Mais voyager de nuit réduira les risques de nous faire prendre. Il faut mettre les enfants à l'abri dans une crèche, c'est l'endroit le plus sûr pour eux. La nôtre se trouve à Moirai. Ce sera donc notre première escale.

— Et la Nouvelle-Orléans ? Crois-tu que c'est là que nous serons le plus utiles ?

Birch semblait rasséréné. Sa confiance donnait à Charlotte plus de liberté pour se fondre dans son rôle de meneuse. Elle ressentit un élan de gratitude à l'égard du rétameur pour ses encouragements aussi involontaires que bienvenus.

— Jack et Ash finiront bien par y arriver, expliqua-t-elle. (Elle éprouvait désormais moins de difficulté à prononcer le nom de Jack ou à penser à lui sans regimber.) Sans doute nous ont-ils même devancés. Nous pourrions les retrouver, évaluer la situation, apprendre ce que la Résistance attend de nous… Ils doivent bien avoir une raison de nous imposer ce protocole d'évacuation. Alors que si nous restons tout seuls dans notre coin, à chercher une nouvelle cachette où vivoter comme nous le faisions dans les Catacombes, nous mourrons à petit feu.

— Va pour la Nouvelle-Orléans, lâcha Birch.

— Mais d'abord, il faut mettre les petits en sécurité, lui rappela Charlotte.

— Jack et Ash ont leur Libellule pour rejoindre la Nouvelle-Orléans, fit remarquer Pip, qui venait de les rejoindre. Comment allons-nous faire le trajet ?

Un frisson d'inquiétude parcourut le corps de Charlotte, qui se frictionna les bras pour le combattre. Même si elle suivait un plan établi par ses aînés, chacune de ses étapes demeurait un peu effrayante.

— On voyagera clandestinement à bord d'un des trains de provisions de l'Empire qui se dirige vers l'ouest, intervint Birch.

— C'est ça, le plan ? s'exclama Pip, sautillant sur place. D'autres l'ont déjà fait ?

— À vrai dire… pas que je sache, admit Charlotte. Mais c'est ce qu'a prévu la Résistance en cas d'évacuation des Catacombes. Nous devons nous fier à leur jugement.

— Bien sûr, répondit Pip avec un sourire béat.

La jeune meneuse, elle, ne partageait pas son optimisme. La tâche ne serait pas aisée. C'était une chose de voyager à couvert en prenant soin d'éviter l'ennemi ; embarquer comme clandestins à bord d'un train impérial, en revanche, les mettrait directement à portée de griffes de l'oppresseur. Charlotte avait besoin de se convaincre, à l'instar de ses camarades, que le plan ne souffrait d'aucune faille.

Moïse étira une aile avec un cliquètement discret. D'un geste tendre, Birch gratta l'espace qui séparait les oreilles de la chauve-souris.

— Les trains de l'Empire partent de la Fonderie, déchargent les détritus sur le Tas de ferraille et acheminent les denrées de la Cité Flottante jusqu'à Albany avant de se diriger vers l'ouest, dit-il.

Moïse grimpa sur sa main pour prendre son envol et décrivit un cercle autour de la grotte avant de sortir dans l'obscurité de la nuit.

Birch regarda le volatile s'éloigner, puis reprit avec un optimisme presque forcé :

— On pourrait aller jusqu'à Albany. C'est bien là qu'on intercepte les trains, non ? J'ai lu le plan un jour, mais je ne l'ai pas tout à fait mémorisé.

— C'est bien ça, confirma Charlotte, ravie de pouvoir étayer les propos du rétameur.

— Et les wagons de marchandises seront vides… Ça se tient, je suppose, dit Scoff. Ce n'est pas trop risqué de se rendre en ville ?

— Albany est à peine une ville, répondit Birch. C'est plutôt un assemblage de bâtiments remplis de paperasse et occupés par des fonctionnaires chargés de créer, répliquer et distribuer ladite paperasse pour servir les intérêts impériaux. La ville en elle-même ne pose pas de problème : puisque les denrées auront été déchargées, la surveillance devrait être limitée autour de la gare de triage. C'est précisément là que nous irons.

— Tu n'as qu'à voir ça comme une excursion au Tas de ferraille, proposa Charlotte. (Avant d'ajouter avec un sourire :) Sans les rats.

— Nous n'avons pas tellement le choix, admit Scoff.

Birch lâcha un rire lugubre.

— En effet. (Il posa une main sur l'épaule de Charlotte.) Va donc te reposer un peu. Je te réveillerai quand le moment sera venu de préparer les petits pour la suite du voyage… Départ à minuit, je présume ?

— Tout à fait.

La jeune fille serra les doigts de son ami, dont les paroles calmes et assurées avaient apaisé la tension qui mettait ses nerfs à rude épreuve. Terrassée par la fatigue, elle se laissa glisser au sol, où elle ôta son manteau pour le rouler en boule avant de le caler sous sa tête.

— On doit bien avoir une couverture qui traîne quelque part, murmura le rétameur, dont la voix s'estompait déjà alors que Charlotte sombrait dans les bras de Morphée.

Bientôt, le décor de la caverne laissa la place à un sommeil sans rêve.

Charlotte fut réveillée par la sensation irritante d'un tapotement sur son bras. Elle ouvrit les yeux pour trouver Pip accroupie à ses côtés, l'index tendu, prête à la toucher de nouveau.

— Je suis réveillée, maugréa la jeune fille en chassant la main de l'importune.

— D'après Birch, il est temps d'y aller, répondit Pip, qui se releva d'un bond. Il est allé réveiller les petits avec Scoff.

Charlotte repoussa la couverture qu'une main amie avait étendue sur elle pendant son somme. Pip la regarda épousseter son manteau avant de le passer autour de ses épaules.

— Je suis censée t'aider, déclara l'apprentie rétameuse pour expliquer sa présence insistante.

Charlotte contemplait à présent le petit groupe d'enfants aux paupières encore alourdies par le sommeil et aux épaules tombantes.

— Peux-tu me dénicher une longueur de corde ?

— Bien sûr !

Couettes au vent, Pip s'éloigna au petit trot vers le coin où Grave triait leurs provisions afin de les répartir dans les sacs.

Charlotte roula l'épaisse couverture de laine à ses pieds et rejoignit le garçon.

— C'est Birch qui t'a demandé de t'en occuper ? s'enquit-elle.

Grave rassemblait dans un seul et même sac quantité de petits paquets ficelés dont le contenu métallique cliquetait à chaque mouvement.

D'un signe de tête, il désigna la besace.

— Je mets les articles les plus lourds dans ce sac. Birch a essayé d'équilibrer les paquets lorsqu'ils ont quitté les Catacombes.

— Je vois… (Charlotte fronça les sourcils, dubitative face à cette information.) Pourquoi t'avoir demandé de tous les mettre ensemble ?

— Parce que porter une lourde charge ne me pose pas de problème, répondit Grave sans laisser paraître le moindre ennui face à ce nouveau fardeau. Et les autres se fatigueront moins vite avec des sacs allégés.

— Oh.

Plus loin, Birch et Scoff cajolaient les petits pour leur faire avaler quelques gorgées d'eau et bouchées de pain avant le départ.

La mission de Grave fit naître en Charlotte des sentiments contradictoires. Elle ne pouvait contredire la logique et le pragmatisme qui avaient guidé la décision de Birch. Elle était même un brin déconcertée de ne pas avoir eu le même raisonnement lors de l'abandon du *Poisson-Lune*. Avaient-ils renoncé à des ressources que Grave aurait pu transporter ?

L'étrange garçon disposait d'une force sans égale, et d'après ce qu'elle avait pu constater, il était peu probable que son chargement le fatigue de sitôt. Une telle évidence ne suffisait pourtant pas à dissiper la gêne qu'éprouvait la jeune fille en analysant le raisonnement qui l'aurait menée à une telle décision. Elle ressentait un malaise palpable, comme si elle avait mangé un aliment avarié. Si la force et l'endurance de Grave constituaient des atouts non négligeables, Charlotte ne pouvait toutefois se résoudre ni à voir en lui ces seules caractéristiques ni à se servir de lui à l'avantage du groupe. Grave était une personne, pas une bête de somme.

Difficile de croire cependant que Birch nourrisse quelque grief à l'encontre du garçon : le rétameur était un être doux, quoique excentrique, dont les étranges manies trahissaient une plus grande affinité avec les machines qu'avec les écueils des relations humaines. Voyant une utilité logique à Grave, il avait agi en conséquence. Charlotte ne pouvait lui en vouloir.

— Tu n'y vois pas de mal ? demanda-t-elle à Grave. À porter un sac plus lourd, je veux dire ?

Il haussa les épaules pour signifier son indifférence.

— Je veux me rendre utile.

Les lèvres pincées, la jeune fille acquiesça. Grave pouvait se montrer tout aussi insaisissable que Birch, si ce n'est plus, lorsqu'il s'agissait d'interagir avec son prochain. Elle décida d'oublier pour le moment le dilemme qui la tiraillait.

— Voilà !

L'exclamation de Pip la tira de sa réflexion. Avec un grand sourire, la fille aux couettes lui tendit un rouleau de corde.

— Merci, Pip !

La bonne humeur de la timonière était contagieuse. De plus, la corde qu'elle avait dénichée serait assez longue pour l'utilisation que comptait en faire Charlotte.

— Suis-moi.

Abandonnant Grave à son tri, les deux jeunes filles rejoignirent Birch, Scoff et les enfants.

— Nous sommes presque prêts, annonça le rétameur. Les plus petits auront peut-être besoin d'être portés de temps à autre.

— On se relaiera, proposa Charlotte.

Hors de question que cette tâche incombe encore à Grave, songea-t-elle. Car s'il ne semblait pas contrarié à l'idée de redoubler d'efforts, Charlotte, elle, était de plus en plus convaincue qu'en traitant Grave comme l'un des leurs (plutôt que comme un être… ou une chose à part), ils feraient avancer leur cause. Elle n'aurait su expliquer pourquoi, simplement, à chaque fois que les différences du garçon s'étaient trouvées soulignées, elle avait senti son poil se hérisser, telle une bête menacée par un imposant prédateur.

— À quoi va te servir cette corde ? demanda Scoff à Pip.

La jeune fille ouvrit la bouche pour formuler une réponse avant de se rendre compte qu'elle n'en avait aucune à fournir. Elle se tourna donc vers Charlotte.

— Éclairer trop notre chemin nous mettrait en danger, expliqua la jeune fille. Mieux vaut nous en tenir à deux lanternes, pas plus : une à l'avant et l'autre à l'arrière du cortège, puisque les sentiers étroits nous forceront à avancer à la file indienne. La corde servira de guide aux petits dans les ténèbres.

— Ne vaudrait-il pas encore mieux les attacher ? proposa Scoff. Au cas où l'un d'entre eux lâcherait prise…

— J'y ai songé, déclara Charlotte. Mais en cas de danger, s'il nous fallait courir ou nous disperser, attacher les petits entre eux serait suicidaire.

— Bien vu, acquiesça Scoff, les yeux plissés par la crainte.

— Si Athéna se montre clémente, nous n'en arriverons pas là, ajouta Charlotte d'une voix douce.

Birch lui adressa un signe de tête enthousiaste avant de balayer du regard le groupe d'enfants serrés les uns contre les autres – ils cherchaient du réconfort dans le seul élément familier qui leur restait : eux-mêmes.

— Qu'Athéna veille sur nous, murmura le rétameur.

Chapitre 3

La traversée de la forêt leur prit trois nuits, mais pour Charlotte leur expédition dans les ténèbres aurait aussi bien pu durer des semaines. Birch, Scoff et elle se relayaient à la tête du groupe. Malgré la lueur blafarde projetée par la lanterne, leur progression le long du sentier s'avéra pénible et riche en mauvaises surprises. Des branches basses, étirées comme des doigts effilés qui se prenaient dans les cheveux de Charlotte et lui écorchaient les joues. Des pierres et des racines qui surgissaient pour la faire trébucher et lui blesser les orteils. Pire encore : la jeune fille avait marché droit sur une toile d'araignée, invisible dans les ténèbres, dont les filaments s'étaient enroulés autour de son visage tel un filet gluant. Elle s'était débarrassée du piège de soie en toussant. *Pourvu que l'araignée soit partie chasser, et non en train de ramper le long de mon épaule !* avait-elle prié. Sans oser regarder ce qu'elle faisait, de peur de ne pouvoir retenir un hurlement, Charlotte s'était époussetée de la tête aux pieds afin de s'assurer qu'elle n'avait pas récolté quelque passager importun.

Malgré les caprices du terrain, les enfants firent contre mauvaise fortune bon cœur, traversant les bois avec calme et détermination, sans laisser libre cours à leur effroi. Au moindre signe de faiblesse, l'adolescent le plus proche s'empressait de venir porter le geignard afin de lui permettre de se reposer avant de reprendre la route avec tout le monde.

Peu avant que l'aube ne mette un terme à leur troisième nuit de marche, ils s'installèrent à l'abri de l'une des nombreuses crêtes boisées couronnant les collines qui plongeaient vers Albany. La ville, en dépit de sa proximité géographique avec New York, différait totalement de la Cité Flottante. À Albany, point d'aéronefs vrombissants ou de tramways fonçant cahin-caha sur des rails grinçants – rien de brillant ni de scintillant. De son poste d'observation, Charlotte apercevait des immeubles modestes alignés le long de rues étroites et tracées au cordeau. L'endroit paraissait austère et pratique, conçu dans un souci de fonctionnalité plutôt que d'esthétique. Des silhouettes minuscules se mouvaient entre les bâtiments et sur les trottoirs, trop éloignées pour que la jeune fille puisse deviner la nature de leurs activités.

Située en bordure sud de la ville, la gare de triage embrassait la rive ouest de l'Hudson afin de faciliter les échanges avec le trafic naval. À cette heure de la nuit, les quais étaient déserts, mais il y avait fort à parier qu'ils prendraient vie dès le lever du soleil. La voie principale, vide, attendait son prochain arrivant. Des voies de garage divergeaient des rails principaux, occupées par des locomotives silencieuses et des wagons de marchandises, certains hors service, d'autres en attente de réparation. Les trains s'étiraient le long des rails tels des serpents endormis, noirs comme le charbon. Charlotte contemplait les lieux, troublée par le calme qui y régnait. Aucun portail en vue, aucune sentinelle quadrillant le périmètre. L'accès à la gare de triage semblait étonnamment libre. La vacuité de ce vaste bout de terre strié de rubans d'acier lui inspirait la méfiance.

Absorbée dans ses pensées, Charlotte sursauta quand le sifflement polyphonique d'un train à l'approche s'éleva dans le silence. Son regard remonta jusqu'à la source du bruit, encore dissimulée par l'épaisse forêt. Une traînée de fumée se formait à la cime des arbres au rythme où la locomotive nourrie au charbon recrachait son haleine brûlante dans le ciel. Dans la gare de triage, des silhouettes en uniforme – des porteurs désarmés –, prêts à décharger les voitures pleines de denrées transformées en provenance de la Cité Flottante, commencèrent à se diriger vers l'une des voies vides. Charlotte quitta son poste d'observation pour se glisser entre les arbres et rejoindre en hâte ses compagnons.

— Un train approche, annonça-t-elle dès qu'elle les eut retrouvés.

Pip, Scoff et Birch se tenaient un peu à l'écart du reste de la troupe. Les petits se serraient en tas à proximité, la plupart déjà plongés dans un profond sommeil. Assis à leurs côtés, Grave veillait sur eux en silence.

— On a entendu le sifflet, répondit Birch, occupé à lacer ses bottes.

De retour de sa petite excursion nocturne, Moïse alla se percher sur l'épaule de son maître.

— Nous n'avons pas beaucoup de temps, ajouta le rétameur. (Il attrapa la chauve-souris pour l'installer dans sa poche avant de se tourner vers leurs protégés.) Il va falloir les réveiller.

— Ils sont morts de fatigue… plaida Pip. On ne peut pas leur accorder encore quelques minutes de repos ?

Birch se redressa et lança à la jeune fille un regard désapprobateur.

— Ils dormiront dans le train. La route sera longue jusqu'à Moirai.

Pip frappa le sol d'un pied rageur mais ne protesta pas. Scoff lui adressa un coup de coude taquin.

— Allez, viens. On va rassembler nos troupes !

Pip se retint de sourire, avant de laisser libre cours à sa joie de suivre son ami.

— J'ai surveillé les voies, dit Charlotte. Pas la moindre mesure de sécurité en vue. Aucune sentinelle. Une fois les voitures déchargées, on devrait avoir juste le temps de se glisser dans la gare pour embarquer.

— Les ouvriers ne sont pas surveillés ? s'étonna Birch. Étrange…

— Je suis d'accord.

Charlotte comptait sur ses camarades pour apaiser ses craintes, même s'il lui fallait bien admettre qu'un souhait pareil relevait de la frivolité plutôt que de la prudence.

— Avec un peu de chance, on n'aura pas à traverser les voies, déclara Birch devant sa mine inquiète. S'il y a assez de place à l'arrière du train, on pourra éviter le cœur des opérations.

Charlotte hocha la tête, le cou traversé d'une douleur aiguë, séquelle de ses récentes nuits passées dans les grottes à même le sol. Si les wagons de marchandises se révélaient guère plus confortables, au moins leur offriraient-ils un peu de répit après leur longue marche.

Scoff rejoignit ses deux compagnons.

— On est fin prêts… autant que faire se peut.

Il gratta sa folle tignasse bleue et coula un regard à Pip.

La jeune fille gesticulait en tous sens. Sans doute tentait-elle d'attiser l'enthousiasme des petits, qui oscillaient entre somnolence et confusion, pour la dernière partie de leur voyage. D'un claquement de langue, Pip guida ses protégés comme une poule rassemblant ses poussins. Grave fermait la marche, son expression toujours désespérément neutre.

— J'aimerais que tu prennes la tête du groupe, dit Charlotte à Birch. Je pars en éclaireur. Si la voie est libre, je viendrai vous chercher et on n'aura qu'à courir jusqu'au train.

— Sois prudente, lui conseilla le rétameur. Et bonne chance.

La jeune fille lui adressa un sourire triste avant de s'enfoncer dans les bois, tourmentée par le choix qu'elle venait de faire. Ses compagnons se sentaient-ils abandonnés ? Un chef ne devait-il pas toujours rester près de ses ouailles, attentif à leurs besoins, et veiller sur elles ?

Après une courte discussion, le groupe résolut d'exploiter les points forts de chacun. Birch, qui quittait rarement les Catacombes, préférait la quiétude de son atelier aux missions extérieures. Pip tenait souvent compagnie au rétameur, lequel transmettait son savoir avec patience et enthousiasme à quiconque s'intéressait à ses créations. Charlotte, Jack et Ash se chargeaient du gros de l'exploration ; la jeune fille se sentait plus à l'aise seule, à repérer les risques et établir des itinéraires pour les autres.

À mesure qu'elle se frayait un chemin à travers la forêt, Charlotte retrouvait ses vieux réflexes d'éclaireuse solitaire. Sa fatigue s'estompa, ses sens s'aiguisèrent. Elle avançait à pas de loup, foulant le sol de ses bottes presque silencieuses, sans cesse aux aguets. Les seuls autres occupants de la crête étaient les passereaux qui chantaient et les écureuils qui couraient de branche en branche.

Parvenue au versant sud des collines et convaincue que la voie était libre, elle se pressa d'aller chercher ses compagnons. Le sifflement strident du train se faisait bien plus proche à présent ; les ténèbres nocturnes laissaient la place au rose mordoré de l'aube. Il n'y avait plus de temps à perdre : le jour naissant ne tarderait pas à contrecarrer leurs plans.

Le train pénétrait déjà dans la gare de triage d'Albany lorsqu'ils se rassemblèrent à l'endroit convenu. Charlotte serra les dents devant le spectacle de la machine mugissante. Un lion d'acier, aux mâchoires béantes et à la crinière rejetée en arrière, composait le corps de la locomotive. À l'arrière du véhicule, la queue recourbée de l'animal rappelait plus celle d'un scorpion que celle d'un félin. Les voitures tractées, d'un gris terne et dénuées de toute décoration, mettaient en valeur la férocité du fauve qui semblait prêt à bondir sur les rails à tout moment.

Le train ralentit et se rangea à côté des wagons garés sur les voies secondaires. Charlotte sentit la déception lui serrer le cœur en voyant les dernières voitures émerger du bois près de la rivière : elle comptait sur la densité du feuillage pour les couvrir lorsqu'ils embarqueraient. À l'inverse, la longueur modeste du train les obligerait à traverser une partie des voies, les laissant bien plus à découvert qu'elle ne l'aurait souhaité.

— On attirera moins l'attention si on y va par petits groupes, expliqua-t-elle à Birch et Scoff.

En retrait, Pip et Grave surveillaient les petits.

— On peut chacun emmener quatre enfants. Pip devra t'accompagner, Birch.

— Et Grave ? demanda Scoff, les sourcils froncés.

— Il viendra avec moi et le premier groupe d'enfants, répondit la jeune fille. Il pourra porter les deux plus petits, ça ira plus vite.

Et en cas de grabuge, il est le mieux armé pour nous défendre... Cependant, elle garda sa réflexion pour elle.

— Très bien, acquiesça Scoff. Je vais prévenir Pip, on s'occupe de répartir les groupes.

Lorsqu'il se fut éloigné, Charlotte s'adressa à Birch.

— Reste sur tes gardes lorsqu'on aura atteint le wagon, Grave et moi. En cas d'attaque, n'essaie pas de nous secourir. Contente-toi de mettre le reste des enfants à l'abri.

— Tu es sûre de toi ? demanda Birch, perplexe.

Charlotte devait se rendre à l'évidence, aussi déplaisante fût-elle.

— Si on est repérés, c'est l'échec assuré. En admettant que tu puisses nous aider à fuir, l'Empire saura qu'on était là, et ils ne tarderont pas à nous mettre la main dessus. Mieux vaut qu'une poignée se fasse prendre plutôt que tout le groupe.

Birch acquiesça avec un soupir avant d'aller rejoindre Scoff et Pip. Il croisa Grave, qui se dirigeait vers Charlotte, trois petits protégés sur les talons.

— Je devrais porter ces deux-là, déclara le garçon.

Il désignait une petite fille au visage poupin, qui, le pouce dans la bouche, s'agrippait à la jambe de son guide. À ses côtés se tenait un garçon légèrement plus âgé, dont le teint cireux et les membres filiformes dégageaient une impression de fragilité. Rufus fermait la marche, les pouces coincés dans ses bretelles. Il leva les yeux vers Charlotte.

— Je vais aider Grave à veiller sur les petits, déclara-t-il en brandissant un épais bâton.

— C'est très gentil à toi, répondit la jeune fille, qui s'efforçait de ne pas sourire.

Elle hésitait à lui faire abandonner son épée de bois, même si elle ne voyait aucun mal à ce qu'il la garde.

Un garçonnet plus petit, couronné de jolies boucles rousses, apparut derrière Rufus, qu'il contemplait avec adoration.

— Oui, Jamie ? lui demanda Charlotte. Tu nous accompagnes ?

— Il est avec moi, répondit Rufus à la place de son ami. Ça va aller.

— Parfait.

Charlotte échangea un sourire avec le garçonnet à la dentition trouée, heureuse de voir qu'en dépit de son admiration pour Rufus, il n'avait pas jugé nécessaire de s'armer lui aussi d'un bâton.

— Suivez-moi, dit-elle à la petite troupe. Si je m'arrête, vous vous arrêtez. Et si je vous crie de fuir, vous obéissez.

Grave se contenta d'approuver d'un geste du menton et souleva les plus petits, un sous chaque bras. La fillette cala sa tête contre l'épaule de son porteur, prête à s'endormir, le pouce toujours dans la bouche. Le garçon maladif, lui, s'agrippa au bras de Grave, tremblant de peur, ou de maladie, à moins que ce ne fût des deux.

— Rufus, Jamie, restez bien près de moi, ordonna Charlotte.

Rufus acquiesça, les mains serrées sur son arme de fortune.

— Prêt, Jamie ?

— Prêt, répondit son ami.

Le chemin choisi par Charlotte suivait la pente buissonneuse et leur offrait une couverture raisonnable. Elle se dirigea vers les wagons de queue, prenant bien soin de rester dans le champ de vision de ses compagnons restés sur la crête. La lumière jaillissait, de plus en plus abondante, à la cime des arbres. Charlotte sentit son cœur s'emballer, mais elle ne pouvait se permettre d'accélérer l'allure. Du coin de l'œil, elle voyait Rufus imiter ses moindres gestes.

Ils venaient d'atteindre les wagons hors service. Toujours aucune trace de sentinelles. Albany n'étant pas un centre militaire, peut-être l'Empire considérait-il le risque d'attaques comme faible – ce qui ne pouvait que servir les desseins de Charlotte. Parvenue à seulement une voie de distance du train de marchandises, elle s'arrêta et jeta un regard furtif derrière l'une des voitures garées, à l'affût du moindre garde, ouvrier de maintenance ou individu susceptible de les repérer.

Personne en vue.

Tout juste distinguait-elle au loin la silhouette du lion qui ornait l'avant du train.

— Vite, murmura-t-elle.

Courbés en deux, les membres de la petite troupe se hâtèrent de traverser l'espace qui les séparait encore des wagons de marchandises. Lorsqu'ils furent alignés le long du véhicule, Charlotte tendit l'oreille : avaient-ils été repérés ?

Pas un bruit ne vint troubler le silence.

— Grave, pose les enfants et ouvre cette portière le plus discrètement possible.

Charlotte fit doucement taire les protestations de la fillette soudain réveillée. Le garçonnet, lui, tremblait toujours, quoiqu'en silence.

La portière métallique coulissa dans un grincement. Quand l'ouverture lui sembla suffisante, Charlotte retint Grave par le bras.

— Ça ira, dit-elle. On va faire monter les petits.

Grave souleva ses protégés pour les déposer dans le wagon. Jamie grimpa à leur suite.

— Adossez-vous à la cloison et reposez-vous, leur intima Charlotte avec un sourire bienveillant. Les autres ne vont pas tarder à arriver.

La jeune fille se retourna et fut surprise de trouver Rufus debout à ses côtés.

— Vas-y, Rufus, dit-elle. Grimpe.

Birch et Pip avaient entamé leur descente de la colline, accompagnés de quatre enfants.

— Je ferais mieux de monter la garde avec toi, déclara le petit garçon.

Charlotte le toisa avant de désigner le wagon.

— Tu veux bien te poster là, dans l'embrasure de la portière ? Tu auras une meilleure vue.

Rufus regarda la jeune fille, puis l'ouverture.

— Bonne idée, j'y vais.

Charlotte le remercia, pas mécontente de son petit stratagème.

Pendant que Rufus gagnait sa position, la jeune meneuse rejoignit Grave. Son regard allait du petit groupe mené par Birch et Pip, dont elle s'efforçait de suivre la progression, à la gare de triage où elle guettait le moindre signe de menace. Au-delà, la ville s'éveillait avec les premiers rayons de l'aube. Mais dans les environs immédiats, ils semblaient seuls.

Parvenu au pied de la pente, le deuxième groupe commença à traverser les voies, tandis que Scoff et ses ouailles émergeaient de la forêt au sommet de la colline.

Charlotte aperçut du mouvement à la périphérie de son champ de vision. Elle dégaina aussitôt son pistolet, qu'elle arma avant de faire volte-face. Fausse alarme. Malgré tout, l'angoisse lui nouait la gorge, et elle resta sur ses gardes.

— Reste ici, ordonna-t-elle à Grave.

À pas prudents, elle longea les wagons de marchandises. Un bruit discret lui parvint – le frottement d'un objet doux qui effleure le métal. Elle tendit l'oreille, à l'affût du moindre mouvement.

Le sifflement strident du train manqua de lui fracasser le crâne.

— Par l'égide d'Athéna ! maugréa-t-elle.

— Charlotte ! chuchota Birch, non loin de là. Le train va partir, il faut faire monter les enfants.

Encore secouée, Charlotte lâcha un nouveau juron et fit demi-tour pour rejoindre ses amis. Avant de s'arrêter net.

Elle vit d'abord ses yeux. Des yeux qui luisaient à travers les ténèbres enveloppant le wagon. Dorés, alertes, fourbes. Qui la transperçaient.

Charlotte sentit le souffle lui manquer. Scoff avait-il rejoint le train ? Elle n'osait détacher son regard de ces iris étincelants.

Elle était prise en chasse.

Elle reprit le chemin de leur wagon.

Parfaitement consciente d'avoir été repérée, la bête rampa sous les voitures vides garées sur la voie opposée, son pas réglé sur celui de Charlotte. La jeune fille tenait son prédateur en joue – mais l'angle de tir était mauvais, et la balle irait sans doute ricocher sur les parois métalliques, inutile.

— Charlotte, Scoff est presque arrivé, la pressa Birch à voix basse. Que fais-tu… Par tous les dieux ! Ne bouge plus.

Les inflexions de son ami glacèrent les sangs de la jeune fille.

— À mon signal, plonge vers moi, lui intima Birch d'une voix égale. Sans hésiter. Saute aussi loin que possible.

Par les feux de la forge, qu'a-t-il bien pu voir ? Les mains de Charlotte se mirent à trembler, compromettant sa visée.

— Saute !

La jeune fille se rua en avant, guidée par la voix de Birch. On heurta le sol à proximité, juste avant qu'elle ne roule dans la poussière. Un grognement sourd s'éleva, suivi d'un sifflement.

Birch empoigna Charlotte par les bras pour l'aider à se relever. Elle fit sur-le-champ volte-face.

À présent, le puma se terrait, fouettant l'air de sa queue. Son collier d'acier le désignait comme propriété de l'Empire, prédateur dressé à débarrasser les voies de toute nuisance. Il ne détachait pas les yeux de Charlotte.

Ce n'était pourtant pas le félin qui l'avait traquée, tapi sous les voitures. Celui qui lui faisait désormais face venait de derrière, d'un point situé en hauteur.

— Il y en a un autre, souffla-t-elle à Birch.

— Je sais. Je t'ai vue le viser avec ton pistolet.

— Est-ce que tu sais où il est ?

— Non.

Charlotte tenait le puma en joue, bien qu'elle préférât si possible éviter de tirer : le coup de feu, audible à des centaines de mètres à la ronde, leur attirerait plus d'ennuis encore que les deux félins.

Sans lâcher le prédateur du regard, elle demanda :

— Où est Scoff ?

— Il traverse les voies en ce moment même, répondit Birch. J'ai envoyé Grave l'aider.

Charlotte sentit une boule se former dans sa gorge. *Où est l'autre puma ?*

Le sifflet du train retentit une nouvelle fois. Sans hésiter, Charlotte pressa la détente. L'instant d'après, le puma s'effondrait, une balle dans le crâne. *Pourvu que le sifflement ait suffi à couvrir la détonation…*

La file de wagons s'ébranla à grand fracas avant de prendre la route. Pris de court par la secousse, les enfants déjà montés en voiture poussèrent des cris de peur. Pip s'agenouilla à leurs côtés, les traits tordus par l'angoisse.

— Reste avec eux, Pip ! lança Charlotte. En voiture, Birch !

Elle poussa le rétameur hésitant vers la porte ouverte.

— Allez, grimpe !

Charlotte chercha Scoff du regard. Quatre enfants le précédaient. Grave les avait presque rejoints.

C'est alors que le deuxième puma surgit de sa cachette pour fondre sur les bambins.

— Grave ! hurla Charlotte, qui se précipitait vers le petit groupe. Retiens le puma !

Sans sourciller, Grave se retourna, repéra le prédateur et plongea droit sur le félin, qu'il heurta de plein fouet.

Fauve et garçon roulèrent sur le sol dans un amalgame de membres, de crocs et de griffes.

Charlotte rattrapa les enfants, effrayés par l'embuscade que leur avait tendue le puma.

— Ne vous arrêtez pas ! leur intima-t-elle. Courez jusqu'au train. Vite !

Scoff lui saisit le bras.

— Que veux-tu que je…

— Fais-les grimper dans le train, ordonna Charlotte avant de se dégager pour rejoindre Grave.

Le garçon avait atterri sur le dos du puma récalcitrant, qu'il tentait à présent de maîtriser à mains nues. Charlotte s'arrêta, dégaina son pistolet et pria pour faire mouche.

Le puma fendit les airs de ses griffes. Grave tint bon, cependant, sans pousser le moindre cri ni émettre un traître bruit. La fureur du félin se muait en panique. L'animal cessa d'attaquer pour tenter de se dégager de son agresseur. Charlotte ne comprit que trop tard : une affreuse suite de craquements sourds retentit alors que les côtes du puma cédaient sous la poigne de fer de Grave, qui finit par relâcher sa proie, désormais molle comme une poupée de chiffon, avant de regarder Charlotte.

— Tu n'es pas blessé ? lui demanda la jeune fille.

Grave secoua la tête.

— Il faut faire vite, le pressa Charlotte, lui faisant signe de la suivre. Le train a démarré !

Si la locomotive avançait à vitesse modérée, Scoff n'en devait pas moins courir pour rester à hauteur du wagon et présenter, à bout de bras, leurs petits protégés à Birch qui se chargeait de les mettre à l'abri. Le quatrième enfant venait d'être hissé à bord lorsque Pip poussa un cri.

Un troisième puma, surgi de nulle part, chargea Scoff, qu'il précipita au sol. Le jeune homme tenta de se protéger, les bras tendus vers son attaquant. À bout de souffle, Charlotte courut malgré tout à son secours. Quelques secondes encore, et elle serait assez près pour abattre le prédateur.

Une silhouette jaillit soudain du wagon de marchandises pour se jeter sur le félin. L'espace d'un instant, Charlotte crut reconnaître Birch, avant de se rendre compte que le téméraire était bien trop petit pour être le rétameur.

— Rufus, non ! s'écria-t-elle.

Pistolet au poing, elle visa sans cesser de courir.

Le garçon poussa un hurlement féroce et abattit son bâton sur le flanc du puma. Surpris, l'animal interrompit son assaut dans un feulement. Rufus frappa de nouveau. Le fauve fit volte-face et, d'un ample coup de patte, abattit l'enfant, qui roula au sol avant de s'immobiliser. Le félin retourna ensuite à sa proie initiale : Scoff. Mais Charlotte fut plus rapide et logea deux balles dans le cou et la poitrine de l'animal avant qu'il n'ait eu le temps d'attaquer.

— Va chercher Rufus, souffla la jeune fille à Grave.

Haletante, elle tomba à genoux près de Scoff, dont les bras protégeaient encore sa gorge et sa tête. Des rivières de sang s'écoulaient des entailles qui lacéraient ses avant-bras.

— Scoff !

Charlotte lui saisit l'épaule. Secoué d'une quinte de toux, il roula sur le côté, le souffle court et sifflant.

— Charlotte ?

— Par la grâce d'Athéna ! s'exclama-t-elle d'une voix brisée. Tu vas bien ?

Il se redressa en toussant de plus belle.

— Je crois, oui. J'ai eu le souffle coupé quand ce monstre m'est tombé dessus. Qu'est-ce que c'était ?

— Un puma. Encore un joujou de l'Empire... (Charlotte aida son ami à se relever.) Il va falloir courir pour rattraper le wagon. Tu t'en sens capable ?

Scoff lui adressa un sourire hésitant.

— On ne va pas tarder à le savoir.

Ils s'élancèrent alors à la poursuite du wagon de marchandises. Charlotte pria pour que Grave et Rufus, introuvables, se trouvent déjà à bord et que les blessures du garçonnet ne soient pas trop graves. Le train avançait à présent à bonne allure, ce qui n'allait pas leur faciliter la tâche. Scoff régla son pas sur celui de Charlotte, et les deux jeunes gens eurent tôt fait de rattraper le véhicule. La porte ouverte paraissait proche, tellement proche... Ils arrivaient à hauteur du wagon.

Charlotte fit signe à Scoff de la précéder.

— Saute ! lui ordonna-t-elle.

Le jeune chimiste bondit et se jeta à bord, avant de rouler dans les ténèbres de la voiture.

Galvanisée par le succès de Scoff, Charlotte força l'allure, prête à sauter à son tour... et trébucha. Quelque chose – une pierre, une racine, un crampon de fixation défait, peu importe – avait accroché sa chaussure et entraîné sa chute.

— Non ! s'époumona-t-elle.

C'était fini. Jamais elle ne rattraperait le train.

Charlotte poussa un nouveau cri, de douleur cette fois, alors qu'elle déviait de la trajectoire de sa chute. Son corps bascula en avant, puis vers le haut. Elle se retrouva comme par miracle à bord du wagon, recroquevillée contre Grave dont les doigts formaient un étau autour de son avant-bras.

— Par le marteau d'Héphaïstos, Grave ! Je croyais être perdue… Merci, dit Charlotte, haletante. On a réussi. On s'en est tous sortis !

Grave lâcha le bras de la jeune fille et adressa un signe de tête à Scoff, qui se dressait non loin d'eux. Charlotte se serait jetée de joie à son cou, n'était l'expression du chimiste.

— Qu'y a-t-il ? demanda-t-elle dans un filet de voix.

Pour toute réponse, Scoff détourna le regard pour fixer le coin opposé du wagon.

Birch était accroupi au chevet d'une petite silhouette prostrée.

— Rufus…

Charlotte se précipita auprès du rétameur.

Rufus gisait, pâle et immobile. Les yeux clos.

— Est-ce qu'il…

Saisie d'effroi à la vue des profondes entailles qui couraient du cou à la poitrine du garçon, elle fut incapable de terminer sa question.

— On n'a pas pu le sauver, expliqua Birch d'une voix atone. Il a perdu trop de sang, trop vite.

Un voile de torpeur s'abattit sur l'esprit de Charlotte.

— Et les autres enfants ?

— Ils sont terrifiés, penses-tu…

Le chagrin et l'angoisse du rétameur affectaient aussi Moïse, qui, dans la poche de son maître, s'agitait sans cesser de pousser de minuscules cris.

Charlotte suivit le regard de Birch et aperçut Pip qui s'affairait autour de leurs petits protégés. La plupart somnolaient déjà, trop épuisés pour rester éveillés en dépit des circonstances dramatiques entourant leur fuite. Les yeux de la jeune fille s'arrêtèrent sur Jamie. Le garçonnet aux cheveux roux se tenait à l'écart du groupe, le regard vide et baigné de larmes.

Son héros avait été abattu, son monde précipité dans le chaos, son innocence brisée.

Charlotte s'agenouilla au chevet de Rufus. Son décès marquait-il le prix à payer pour la traversée, ou ne serait-il que le premier d'une série de morts inévitables ?

Bien que rompue de fatigue, Charlotte savait qu'elle ne pourrait s'endormir de sitôt. Il faudrait du temps avant que son esprit ne trouve la paix nécessaire au sommeil.

Chapitre 4

Ils ne pouvaient garder Rufus dans le wagon de marchandises. Pourtant, Charlotte se refusait à se débarrasser du corps sans rendre hommage au courageux garçon, qui avait sauvé Scoff au prix de sa propre vie.

Poussés par Charlotte, Birch et Pip cherchèrent dans leurs sacs des débris de cuivre, qu'ils modelèrent en forme de fleur. La timonière déposa leur création sur la poitrine de Rufus, et Charlotte fit signe à leur triste bande de se rassembler autour de la dépouille tandis que le train cahotait toujours sur les rails. Grave disposa les enfants en demi-cercle autour de Rufus, Charlotte en face d'eux.

La jeune meneuse sentit sa gorge se nouer face aux regards de ses compagnons, tous posés sur elle. Elle devait parler, bien sûr, mais que dire ? Fallait-il louer la bravoure de leur ami, chanter les louanges du valeureux guerrier qu'il aurait pu devenir ? Ou plutôt conspuer l'Empire, dénoncer sa cruauté, insister sur sa responsabilité dans la mort du garçon ? À moins que des paroles de réconfort ne soient d'un plus grand secours au groupe, déjà si effrayé et fatigué alors que leur périple ne faisait que commencer ?

— Même si la vie de Rufus a été brève, il a toujours su montrer à notre égard un enthousiasme et une loyauté sans pareils, déclara-t-elle. Rufus a risqué et perdu sa vie pour le bien de ses amis. Il n'existe pas d'acte plus noble, de preuve d'amour plus grande. Rendons-lui hommage en ne l'oubliant jamais.

Charlotte ôta son manteau pour en draper la dépouille du garçon. Au moment de lui recouvrir le visage, elle sentit une terrible douleur étreindre son cœur. Scoff et Birch s'avancèrent et s'emparèrent du corps, l'un par les épaules et l'autre par les pieds, avant de le porter jusqu'à la portière ouverte pour le jeter hors du wagon. Il roula dans les fourrés hirsutes qui bordaient la voie ferrée.

Charlotte le regarda choir telle une poupée de son avant de disparaître entre les arbres. À sa propre surprise, elle n'avait pas versé la moindre larme depuis l'attaque survenue dans la gare de triage. Ses yeux étaient restés secs en apercevant le corps brisé de Rufus. Ils l'étaient encore à présent. Elle ne ressentait ni chagrin ni effroi. Rien qu'un grand vide, doublé d'un froid cuisant, comme si elle était demeurée trop longtemps sous une averse glaciale.

Quelques heures plus tard, un silence de mort régnait dans le véhicule qui faisait route vers l'ouest. Les enfants s'étaient rassemblés pêle-mêle d'un côté du wagon pour trouver du réconfort dans le sommeil. Birch, Scoff et Pip gisaient non loin sur le plancher, terrassés par l'épuisement. Moïse avait élu domicile dans l'un des coins supérieurs de la voiture, où il était suspendu la tête en bas, les ailes repliées sur son corps minuscule.

Seuls Grave et Charlotte veillaient encore. Assis à l'autre bout du wagon, loin des autres, ils laissaient le temps filer sans mot dire.

— Je l'ai senti mourir.

Bercée par le silence, Charlotte fut prise de court par la déclaration de Grave. Elle secoua le brouillard qui lui embrumait l'esprit.

— Pardon ?

— Le puma, précisa Grave, le visage tourmenté et le regard fixé au loin. Lorsque ses os ont commencé à craquer. Lorsqu'il a craché du sang. Je l'ai senti lutter pour survivre… puis c'était fini. Ce n'était plus un animal. Ce n'était qu'un tas de viande inerte. Ce n'était rien.

Charlotte sentit son sang se glacer.

— Ça m'est arrivé aussi… Pendant un temps, je n'étais plus rien, poursuivit le garçon.

— Grave, je… (Charlotte se débattait pour trouver une parole de réconfort.) Tu n'étais pas rien. Ta maladie t'a ôté la vie, puis Hackett a trouvé un moyen de te la rendre.

— Non. Le Créateur ne m'a pas ramené, moi. Je ne suis plus le garçon que Hackett Bromley appelait son fils.

Charlotte ne protesta pas. Comment aurait-elle pu ? À l'évidence, la résurrection de Grave ne se résumait pas au retour d'un enfant perdu dans un corps brisé. Rien ne servait de se raccrocher à cette idée, quand bien même elle leur offrait une explication plus simple – moins effrayante – à l'existence de l'étrange garçon.

Grave tendit les mains, paumes vers le haut, et se mit à les contempler.

— Je ne sais pas ce que je suis… dit-il. Je ne sais pas ce que j'étais avant, mais je n'étais pas ce garçon maladif.

— Tu es un être humain, lui répondit Charlotte. Peut-être n'étais-tu pas ce garçon, mais tu es des nôtres.

— Je suis sans doute tout ça, soupira Grave. Mais je suis aussi autre chose. Et je n'aime pas tout ce dont je suis capable. À quel point c'est facile.

— Que veux-tu dire ? le pressa Charlotte.

Grave observait toujours ses mains. Il finit par serrer les poings.

— Tuer. Transformer quelque chose en rien.

La jeune fille enveloppa les poings du garçon de ses deux mains.

— Ce n'est pas ce que tu as fait, lui assura-t-elle d'une voix douce. Tu nous as défendus. Sans ton intervention, les pumas nous auraient tués, Scoff et moi.

Elle ne prit pas la peine d'ajouter « toi aussi », persuadée que les pumas en auraient été incapables. Leurs crocs et leurs griffes n'auraient rien pu faire contre lui.

— N'oublie pas que j'ai abattu deux de ces fauves, ajouta-t-elle. Parfois, on est contraint d'ôter une vie pour protéger la sienne.

— C'est donc ça, la guerre ?

Nulle malice ni provocation dans sa question, qui n'en hérissa pas moins Charlotte. Née au sein de la Résistance, elle n'avait jamais eu à se poser la question.

— Ce n'est pas aussi simple.

Comme elle aurait aimé pouvoir lui offrir une réponse plus substantielle !

Grave se tint coi.

— Je t'ai déjà expliqué pour la guerre, fit-elle l'effort de poursuivre. L'Empire est cupide, cruel, mesquin. Il torture et malmène le corps sur lequel repose sa tête couronnée d'or. Rappelle-toi Jack et Coe… Leur père est amiral, il fait partie des plus haut gradés de l'armée impériale, ce qui n'empêche pas ses fils de lutter contre le joug de l'Empire. Même ceux qui évoluent en son sein voient combien il est corrompu.

— Crois-tu que la corruption de l'Empire justifie les tueries ? demanda Grave.

— Tu n'es pas de cet avis ?

Il fronça les sourcils, perplexe.

— Je ne sais pas encore, mais…

Toujours sur la défensive, Charlotte le coupa avant qu'il ait pu terminer sa phrase.

— Je sais que ton passé et ton avenir te paraissent assez flous et que ces derniers temps ont été particulièrement difficiles pour toi. Tu as été précipité dans un conflit qui ne te concerne pas et dont tu ignorais tout. Pourtant, tu en as vu depuis… La nature de l'Empire, ses actes…

— Je sais ce que j'ai vu, l'interrompit Grave. Et tout ce que j'ai appris sur l'Empire ne fait qu'étayer tes déclarations. Mais la guerre est-elle la solution ? Votre Résistance se bat depuis des décennies. Et plus vous luttez, plus la violence éclate, plus les armes deviennent effroyables.

Grave marqua une pause, avant de murmurer :

— Et maintenant, Rufus est mort.

Tous les arguments que Charlotte avait préparés dans sa tête pour justifier les décisions de la Résistance s'évanouirent. Chagrin et traumatisme. Grave venait de faire sa première victime, il venait d'assister au décès d'un compagnon, un enfant innocent. Ses questions ne portaient pas vraiment sur la guerre : elles étaient beaucoup plus intimes. Il désespérait de jamais comprendre qui il était, où se trouvait sa place dans le puzzle sanglant de ce conflit. Autant de questions auxquelles Charlotte ne pouvait répondre à sa place. Personne ne le pouvait.

— Grave… dit-elle avec douceur. Tu finiras par trouver ta place. Tous ces fardeaux qui accablent ton esprit répondent déjà à ta première interrogation.

— Laquelle ?

Grave tourna enfin vers elle son visage tendu par la concentration.

— Tu es humain, déclara-t-elle. Et tu as bon cœur, ça ne fait pas un pli.

Le garçon sourit, les yeux toujours empreints de tristesse.

— Je l'espère…

Le silence se fit de nouveau, mais cette fois Charlotte ne lâcha pas la main de Grave.

Chapitre 5

Appuyée contre la paroi du wagon de marchandises, Charlotte scrutait l'interstice entre la cloison et la portière, par où filtrait la lumière matinale. La pluie martelait le toit du véhicule, sous un ciel empli de nuages gris acier, bas et boursouflés. Pendant que ses compagnons dormaient, la jeune femme répétait dans sa tête la suite de leur itinéraire.

Le train impérial avait pour destination Moirai, un trio de campements agglutinés à la jonction des fleuves Ohio et Mississippi. Des trois sites, seul West Moirai constituait une ville à proprement parler, l'une des nombreuses cités noires libres établies le long de la rive ouest du Mississippi. C'était le genre d'endroit où Madame Jedda avait prévu d'envoyer sa fille : indépendant de l'Empire, autonome, placé sur la plus grande route commerciale du continent. Charlotte n'avait aucun mal à comprendre pourquoi Jedda préférait voir Meg s'installer à West Moirai plutôt que vivre terrée dans l'ombre de Britannia.

North Moirai faisait office de centre administratif de la zone. Dirigé par des représentants de West Moirai et des délégués des tribus Delaware, Illini, Chickasaw et

Shawnee, North Moirai régulait routes commerciales, transports fluviaux et entreprises installées le long des deux cours d'eau. Outre sa vocation à entretenir les activités journalières des trois villes, North Moirai servait de tampon entre les intérêts commerciaux britanniques et français. Car si les deux empires avaient besoin des revenus que leur offraient les fleuves Ohio et Mississippi, aucun ne souhaitait faire affaire avec l'ennemi. Non seulement North Moirai faisait circuler denrées et capitaux, mais la ville permettait aussi d'éviter un massacre.

Le train où avait embarqué clandestinement la petite troupe s'apprêtait à charger des denrées brutes dans une gare de triage située juste à l'extérieur d'East Moirai, avant de repartir pour les usines de la côte atlantique.

La ville même d'East Moirai, qui comptait parmi les plus importantes colonies de la zone de commerce neutre qui bordait le Mississippi, était fermée aux vaisseaux officiels de l'Empire. Sorte de havre pour les migrants, East Moirai pouvait être comparé à un terreau où d'optimistes entrepreneurs venaient semer leurs espoirs avant de les voir s'épanouir ou se faner. En constante mutation et pourtant égal à lui-même, point de convergence des frontières de deux empires ennemis, le centre d'échanges de Moirai offrait opportunités et périls à égales mesures.

Bien que difficile, le débarquement du groupe s'avéra bien moins éprouvant que la traversée elle-même. Birch avait calculé l'heure d'arrivée du train en bordure de la ville à la minute près. Quitter le véhicule à l'approche des gares de triage les exposerait à des dangers considérables, surtout après les attaques de pumas subies à Albany ; aussi, lorsque le rétameur estima que le train ne se trouvait plus qu'à une heure de sa destination, il ne lui resta plus qu'à guetter l'occasion de sauter de la voiture sans risquer de blessures sévères.

Un virage aigu força le train à ralentir assez pour rendre la tâche possible, et ils se hâtèrent de sortir. Grave plongea le premier, deux des plus petits enfants calés sous ses bras, un troisième agrippé à son torse. Les plus grands suivirent, puis ce fut au tour de Scoff, Birch et Pip, qui aidèrent les bambins trop craintifs pour sauter d'eux-mêmes. Charlotte bondit en dernier. Elle atterrit sur la rive au sol mou et roula sur une courte distance avant que son corps ne ralentisse pour enfin s'immobiliser. Les enfants avaient récolté bleus et égratignures provoqués par les cailloux et les branches, mais échappé aux foulures. Sans plus tarder, on distribua l'ensemble des paquetages avant de prendre la route à pied. Alors que la voie ferrée bifurquait vers le sud, le petit groupe se tourna vers l'ouest.

Après une demi-journée de marche à travers bois, ils tombèrent sur une étroite piste de terre et d'herbe écrasée par les roues des carrioles. Non aménagé par l'Empire, le chemin, emprunté par pisteurs et commerçants, marchands ou familles qui rejoignaient East Moirai et son noyau d'échanges, paraissait assez sûr pour la petite troupe. Après des heures passées à rôder dans les bois, Charlotte se délectait de pouvoir de nouveau marcher à l'air libre, sur un sentier digne de ce nom. Bientôt, la route longea le cours du fleuve Ohio, chargé de vaisseaux en route pour le Mississippi.

Ils entendirent le brouhaha du centre de commerce avant même d'en apercevoir les bâtiments : craquement de bois et rugissement de l'eau qui affluait dans un moulin, fracas des marteaux sur l'acier, hennissements stridents des chevaux et mugissements du bétail. Nichée sur la rive pentue de l'Ohio, la bordure extérieure d'East Moirai grouillait de vie. La colonie s'était développée sans rime ni raison, chaque édifice construit au gré des besoins afin de servir ceux qui souhaitaient profiter des ressources d'East Moirai sans pour autant s'aventurer trop loin dans les entrailles de la ville. Certains, comme la boutique du maréchal-ferrant, paraissaient robustes et conçus avec soin. D'autres, comme la pension de famille, se résumaient à un assemblage bâclé de planches dépareillées aux angles étranges. Un étroit bâtiment rectangulaire abritait même un petit atelier de rétamage, aux murs de bois ornés de feuilles de métal martelé, d'où s'élevait une singulière cacophonie.

Charlotte se régalait de voir une population si éclectique affluer dans les camps qui encombraient les bords de la route menant en ville. Les canoës d'aventuriers au long cours reposaient sur la rive, où des Français vêtus de chemises colorées et de toques de fourrure jouaient aux dés avec des marchands amérindiens sans doute issus des tribus Monongahela, Miami, Shawnee ou Illinois, ou encore des communautés lakota, ojibwe et iroquoise situées plus loin au nord. De tels postes d'échanges n'auraient pu être établis sans l'autorisation et la supervision des Amérindiens qui peuplaient la région. Les Britanniques pouvaient bien garder leurs forts et leurs voies ferroviaires, le traité passé avec Pontiac et son armée de tribus unifiées suite au soulèvement de 1763 avait octroyé le contrôle des voies fluviales aux Indiens, et ce de la chaîne des Appalaches jusqu'au Mississippi.

Outre la poignée de bâtiments, les artisans itinérants avaient installé leurs établis dans les moindres espaces disponibles entre les groupements de tentes. Ils interpellaient les badauds, vantaient la qualité de leurs étoffes, gravures ou articles de maroquinerie. Plus attirants encore étaient les petits foyers sur lesquels pendaient des chaudrons ou tournaient des broches. Charlotte sentit son estomac grommeler au fumet de riches ragoûts généreusement assaisonnés et de succulents rôtis dont la graisse gouttait sur les braises fumantes. Nourrie exclusivement de pain dur et de viande salée depuis quelque temps, la jeune fille manqua de se pâmer à l'idée de manger un repas chaud. Mais l'heure n'était pas venue de céder à la tentation : leur destination, une structure érigée en bordure nord-ouest du campement, se situait à proximité du temple d'Athéna.

À la différence de la plupart des autres édifices, le Sanctuaire de l'Ohio était bâti de pierres grises. Sa façade sombre tranchait avec le caractère chaotique des faubourgs d'East Moirai et de la lisière de la véritable colonie. Un faisceau de rameaux d'olivier en cuivre habillait le chambranle de la porte, emblème de la déesse, dont les branches indiquaient aux voyageurs que les murs du Sanctuaire leur offraient un havre à l'écart des périls du monde extérieur. Dispersés à travers les possessions britanniques entre les villes côtières et le Mississippi, les Sanctuaires avaient été construits par les prêtresses d'Athéna afin d'offrir, au nom de la déesse, savoir et protection aux âmes égarées loin des cités impériales.

Ce jour-là, pourtant, Charlotte s'intéressait à un autre service proposé par le Sanctuaire : sa crèche. Tous les temples ne proposaient pas de garderie, seule une poignée fournissait un abri aux enfants vulnérables. Et les crèches ne profitaient pas seulement à la Résistance : toutes ces années de guerre avaient semé quantité d'orphelins à travers le pays. La conscription imposée aux colons par l'Empire envoyait souvent parents et aînés dans les fonderies de l'Est, laissant les plus jeunes livrés à eux-mêmes. Les plus chanceux franchissaient le seuil d'une crèche.

Les ordres au service d'Athéna et d'Héphaïstos se cramponnaient toujours à la neutralité qui était la leur depuis le début du conflit, ce qui ne les empêchait pas de prendre soin des futures mères et jeunes enfants de la Résistance. L'aide proposée dans les crèches était perçue comme en accord avec leur neutralité supposée. Selon les grandes prêtresses, les enfants ne pouvaient être tenus responsables des guerres menées par leurs aînés.

Si l'Empire connaissait l'existence de ces crèches, il ne jugeait cependant pas judicieux de dépenser des ressources à enquêter sur leurs liens possibles avec la Résistance. Même les politiciens et militaires les plus endurcis se refusaient à attiser le courroux des dieux. Aux yeux de la Résistance, ces Sanctuaires demeuraient un havre pour tout enfant, dans l'attente de pouvoir le placer en lieu sûr jusqu'à ce qu'il atteigne l'âge adulte – dans les Catacombes, par exemple. Certains quittaient les crèches dès qu'ils avaient appris à marcher, d'autres restaient avec les prêtresses quelques années. Aucun, cependant, ne s'attardait au-delà de ses dix ans.

À mesure que Charlotte et ses compagnons approchaient de la porte couronnée de rameaux d'olivier, la jeune fille tentait de se remémorer son propre passé. L'endroit, pourtant, ne lui avait laissé aucun souvenir conscient, pas plus que son voyage de Moirai aux Catacombes. Tout juste parvenait-elle à se rappeler quelques ombres fugaces.

— Mieux vaut cacher Moïse, conseilla-t-elle à Birch.

La petite chauve-souris avait trouvé refuge dans la poche poitrine du rétameur. Charlotte craignait malgré tout que les bruits de la ville ne la fassent fuir à tire-d'aile.

— En général, il dort comme une souche jusqu'à la tombée de la nuit, déclara Birch. Mais je le surveillerai.

Dans leur dos, Scoff évalua l'édifice d'un rapide coup d'œil.

— Ça ressemble au Sanctuaire où j'ai grandi. Même s'il était plus grand dans mon souvenir.

Charlotte lui jeta un regard en coin, et il lui répondit par un clin d'œil.

— Allez. (Elle poussa la porte du bâtiment.) Tout le monde à l'intérieur !

Elle maintint le battant ouvert pour laisser passer les enfants. Grave, qui fermait la marche, s'attarda un instant sur le seuil.

— Quelque chose ne va pas ? lui demanda Charlotte.

— Je n'ai pas tellement aimé le temple d'Athéna de la Cité Flottante, répondit-il.

— Tu n'es pas le seul, le rassura la jeune fille. Mais ici, c'est différent. Les Sœurs ne savent pas qui tu es, c'est même le cadet de leurs soucis, crois-moi. Et puis, nous ne restons pas.

Satisfait par ces explications, le garçon pénétra dans le bâtiment, Charlotte sur les talons.

Tous se rassemblèrent dans l'antichambre, un espace exigu mais aéré qui abritait un bassin circulaire où trônait une statue de bronze de la déesse.

De l'autre côté de la fontaine, une porte s'ouvrit pour laisser apparaître une prêtresse venue les accueillir.

— En quoi puis-je vous aider ?

Vêtue d'une robe sans manches grise et d'un long manteau bleu marine, elle avait une chevelure auburn parsemée de fils argentés.

Charlotte se plaça devant le groupe.

— Nous recherchons la protection de la déesse.

La prêtresse inclina la tête.

— Nulle demande ne saurait être déclinée par la déesse. Mon nom est Sœur Annelle. Veuillez me suivre.

Charlotte lui emboîta le pas sans manquer de faire signe à ses compagnons de l'imiter. Ils sortirent par la porte empruntée par Sœur Annelle pour venir les accueillir et pénétrèrent dans une pièce bien plus vaste et bourdonnante d'activité. D'autres prêtresses étaient assises à des tables auprès d'enfants d'âges variés occupés à lire, exercer leur écriture, dessiner ou jouer.

Ils étaient tellement nombreux ! Grimaçante, la jeune fille se demanda quelle pouvait être l'histoire de chacun. Quels événements avaient pu influencer leurs courtes existences et les faire atterrir en ce lieu ? Impossible de savoir qui était né au sein de la Résistance et qui était devenu orphelin pour de tout autres raisons.

L'arrivée de Charlotte et de ses compagnons attira l'attention des enfants, mais aucun ne quitta son siège. Quelques-uns adressèrent des regards suppliants à leurs surveillantes, comme pour quémander l'autorisation d'aller inspecter ces visiteurs de plus près.

Sœur Annelle fit signe à deux de ses consœurs de la rejoindre.

— Je vous présente Sœur Delphia et Sœur Elsbeth.

Les deux prêtresses n'auraient pu être plus différentes l'une de l'autre. Elsbeth, plus vieille que Sœur Annelle, avait la tête couronnée d'une tresse d'un blanc neigeux, et sa peau olive était marquée par le passage du temps. Sœur Delphia, elle, semblait juste assez âgée pour avoir achevé son initiation au temple. Sa chevelure longue et lisse avait la teinte de l'ébène polie, tandis que sa peau était un brin cuivrée.

Les trois Sœurs tournèrent vers Charlotte un regard interrogateur.

— Merci de nous accueillir dans votre Sanctuaire, dit la jeune fille. Je m'appelle Charlotte.

Le sourire de Sœur Elsbeth creusa davantage ses rides ; la bonté irradiait de sa personne.

— Charlotte, votre compagnie semble avoir parcouru une longue distance pour nous rejoindre. Vous devez être épuisés... Permettez-nous de vous offrir de quoi vous nourrir et vous rafraîchir, avant de discuter plus en détail de vos besoins.

Les prêtresses semblaient rompues aux circonstances qui entouraient l'arrivée de ce groupe d'enfants dépenaillés et désorientés. Sans attendre la réponse de Charlotte, Sœur Annelle et Sœur Delphia rassemblèrent les plus jeunes pour les guider vers une porte double.

— Les cuisines, expliqua Sœur Elsbeth au reste des voyageurs. Et si nous nous asseyions un instant ?

La prêtresse d'un certain âge désigna une table inoccupée. Charlotte et ses camarades tirèrent des chaises pour s'asseoir. Elsbeth prit elle aussi place et s'adressa à eux d'une voix franche, quoique non dénuée de sympathie.

— Les plus petits sont ici les bienvenus, comme vous le savez, déclara-t-elle, les dévisageant chacun tour à tour. Vous, en revanche, êtes trop proches de la majorité pour profiter encore de notre hospitalité.

— Pas même pour une nuit ? laissa échapper Pip, vite rabrouée par Birch et Scoff, assis de part et d'autre de la jeune fille.

Elsbeth lui adressa un sourire patient.

— J'ai bien peur que même une seule nuit d'accueil ne contrevienne à notre neutralité. Or, compromettre notre position reviendrait à mettre en danger quiconque vient trouver asile entre ces murs. Bien sûr, poursuivit-elle, que l'un ou l'une d'entre vous renonce à rejoindre la Résistance, ou l'armée impériale d'ailleurs, afin de consacrer sa vie à la paix, et je lui offrirai aussi ma protection.

— Nous avons conscience des limites de votre mission, ma sœur, répondit Charlotte. Tout ce que nous demandons, c'est de l'aide pour les plus jeunes d'entre nous.

— Même si je regrette de ne pouvoir en faire plus, je serai ravie de partager avec vous le fruit de notre labeur. (Sœur Elsbeth se leva.) Je vais rassembler des provisions pour votre voyage. Pendant ce temps, mes consœurs vous apporteront de quoi vous restaurer avant de reprendre la route.

Elle les laissa seuls. Les coudes sur la table, Pip se prit la tête dans les mains.

— On ne peut même pas rester une nuit, je n'arrive pas à le croire ! Je suis morte de fatigue…

— Moins fort, Pip, lui intima Birch. L'activité des Sanctuaires aide un tas d'habitants dans le besoin. S'ils donnaient l'impression de soutenir la Résistance, l'Empire les ferait tous fermer. Nous sommes tous épuisés, mais ce n'est pas une raison pour se montrer hargneux.

Scoff donna un petit coup de coude à son amie.

— Allez, Pip. Ça ne te dit pas de monter un camp ? Peut-être qu'un voyageur au long cours viendra nous apprendre quelques chansons au coin du feu ! Ça sera amusant… non ?

Pip reposa sa tête sur la table en marmonnant dans sa barbe.

À la surprise de Charlotte, Birch se ragaillardit.

— Ça me dirait bien, moi, d'apprendre des chansons. Ma mère m'a raconté des histoires merveilleuses sur les trappeurs français, leurs traversées des fleuves et leurs chants.

Scoff donna un léger coup de poing à l'épaule du jeune homme.

— Tu vois, Pip ? Même Birch va pousser la chansonnette. Tu nous donnes un aperçu, mon ami ?

— Sans façon.

Le rétameur éloigna sa chaise de Scoff.

— Mais comment veux-tu qu'on sache s'il faudra se boucher les oreilles le moment venu ? demanda le garçon avec un nouveau coup de coude à Pip.

Cette fois, elle laissa échapper un gloussement.

Charlotte laissa les deux garçons à leur querelle amicale et Pip à son hésitation – bouder ou s'esclaffer ? – pour se tourner vers Grave.

— Je veux que tu saches, lui dit-elle à mi-voix, que tu peux rester ici si tu le souhaites.

Grave la dévisagea, paniqué.

— Rester ici ? Pourquoi ?

— Pour la raison évoquée par la prêtresse, répondit la jeune fille. Si tu ne te bats ni pour l'Empire, ni pour la Résistance, tu pourras bénéficier de la protection du Sanctuaire.

— Tu ne veux pas que je vienne avec vous, constata-t-il, les sourcils froncés.

— Tu n'y es pas du tout. La question que tu m'as posée à bord du train, lorsque tu me demandais si la cause défendue par la rébellion méritait une guerre… Ce n'est pas à moi d'y répondre. Tu es libre de te battre ou non, de nous accompagner ou de rester ici, en sécurité. Le choix t'appartient. Tu dois seul décider de ton sort.

— Mais là où vous allez, c'est dangereux, objecta Grave.

— J'ai toujours cru que le danger rôdait partout, en dehors des Catacombes, dit Charlotte. Et pourtant, même au sein de notre foyer, nous n'étions pas en sécurité. Le monde regorge de dangers pour les ennemis de l'Empire.

Grave serra les dents d'un air résolu.

— Je ne veux pas rester à l'arrière si tu vas te battre. Je veux que tu sois en sécurité.

« Je n'ai pas besoin de ta protection », s'apprêtait à objecter Charlotte quand un tourbillon d'images l'en dissuada. Combien de fois le garçon avait-il volé au secours de leur petite troupe d'exilés ? Quelles étaient leurs chances d'arriver sains et saufs à la Nouvelle-Orléans sans son aide ?

Aussi se contenta-t-elle de le remercier.

Chapitre 6

Les docks de Moirai, sur la rive de l'Ohio, bourdonnaient du spectacle visuel et sonore des activités propres aux voies fluviales. La tiédeur saline de la sueur se mêlait à la fraîcheur humide des galets. Des montagnes de charbon étaient chargées dans des barriques que l'on hissait ensuite sur des barges. Des femmes aux cheveux blancs et aux doigts noueux raccommodaient des filets déchirés. Pipe fumante au bec, des pêcheurs suspendaient leur prise de la journée, tandis que d'autres écaillaient les poissons au couteau dans une pluie de débris scintillants. Marins, marchands et voyageurs affluaient sur les quais sans cesser de jouer des coudes. *Comme il serait facile de se perdre dans cet océan de corps !* songea Charlotte. Son petit groupe devrait-il s'attacher avec une longe, comme les canots qu'elle avait aperçus enfilés comme des perles en approchant de la jonction entre l'Ohio et le Mississippi ?

En dépit de l'activité frénétique qui caractérisait les docks, Charlotte avait encore l'esprit préoccupé par le Sanctuaire et par ce que son existence disait du passé de la jeune fille… et suggérait sur son avenir.

Leur brève visite à la crèche avait suffi à tourner ses pensées vers sa famille. Pourvu qu'Ash soit toujours à la Nouvelle-Orléans lorsqu'ils arriveraient ! Qui d'autre y rencontreraient-ils ? La ville servait de base à la Résistance, qui y logeait ses dirigeants, occupés à mettre au point stratégies et ordres de mission, pendant que les autres membres risquaient leur vie sur le terrain, loin de la cité française. Peut-être les parents de Charlotte se trouvaient-ils à la Nouvelle-Orléans, sans oublier ceux d'autres enfants de la Résistance ? Pourtant, les probabilités étaient minces. Charlotte ne tenait pas à nourrir de faux espoirs. Difficile, cependant, de ne pas espérer revoir sa famille, tout comme d'imaginer comment se passeraient leurs retrouvailles. Elle n'avait pas vu ses parents depuis des années. La reconnaîtraient-ils seulement ?

Troublée par cette idée, Charlotte fut soulagée d'être tirée de ses mornes pensées par la voix de Birch.

— Moirai est divisée en trois secteurs par le tracé des fleuves, expliqua le rétameur. Nous aurons plus de chances de trouver un navire commercial sur les quais sud-ouest, de l'autre côté du Grand Pont d'Acier.

Scoff changea son paquetage d'épaule avec un grognement.

— On cherche un bateau pour aujourd'hui ?

— Hors de question de se faire avoir dans la précipitation, décréta Charlotte. Mais j'aimerais trouver place à bord d'un navire qui lève l'ancre demain. Je vais discuter avec les membres d'équipage des vaisseaux à quai pour voir quels sont les tarifs. S'ils sont raisonnables, on pourra camper près du navire cette nuit pour embarquer dès le petit matin… voire ce soir, s'ils y sont disposés.

— En espérant que j'arrive à faire tomber quelques pièces supplémentaires dans notre escarcelle, ajouta Birch.

Son fardeau, bien que quatre fois moins volumineux que ceux de ses camarades, était aussi le plus précieux et le plus fragile. Birch et Pip avaient passé leurs journées à bord du wagon de marchandises à assembler des babioles et gadgets susceptibles d'être vendus dans les boutiques de Moirai. Avec un peu de chance, ils gagneraient assez pour payer leur passage vers le sud sans pour autant tout dépenser.

— Allez, au travail, lança le rétameur avant de se fondre dans la foule grouillante.

— Grave, ne le quitte pas d'une semelle, s'empressa d'ordonner Charlotte. Pip, reste avec Grave. Ne le perds pas des yeux. Scoff et moi sommes juste derrière.

Pip plongea dans la masse en mouvement, les yeux rivés sur sa cible. Ses cheveux d'un vert vif étaient faciles à repérer pour Charlotte, qui comptait sur Scoff pour suivre l'allure sans dévier de leur trajectoire. Si quitter le Sanctuaire avait été un jeu d'enfant, s'éloigner des docks s'avéra plus laborieux : il semblait à la jeune fille devoir esquiver coups de coude et bourrades tous les deux pas. La foule, compacte, n'offrait aucun passage aisément praticable – les badauds avançaient en tous sens et se bousculaient, rejetant la faute sur le premier inconnu venu.

La situation s'améliora lorsqu'ils s'éloignèrent des docks. Même si autour d'eux la foule grouillait toujours, elle s'éclaircit assez pour espacer les collisions de quelques minutes. Ils ralentirent le pas à mesure que le monde autour d'eux changeait insensiblement, l'activité bourdonnante laissant la place à un ensemble de commerces plus ordonnés. Les bâtiments d'East Moirai résultaient de l'opportunité plutôt que de la méthode. Seul point commun entre les échoppes, saloons et auberges qui se succédaient ? Tous semblaient faits de bois et construits à la va-vite ; ils dessinaient sur l'horizon une silhouette irrégulière de toits pentus, arrondis, plats ou aiguisés. Certaines façades étaient peintes de frais, en bleu pâle, vert profond ou rouge brique. D'autres semblaient tristement négligées, leurs teintes originelles ayant depuis longtemps viré vers des nuances totalement différentes, du bleu au gris terne, du jaune au marron boueux, du violet à un rose écœurant. Pimpantes ou décrépites, toutes arboraient des enseignes qui annonçaient leur activité.

La Pagaie Solitaire était un saloon à l'allure miteuse que l'on aurait pu croire abandonné, n'étaient les vagues de clients qui déferlaient par ses portes. *La Table de Maud* proposait « des plats faits maison et une compagnie courtoise ». Laquelle compagnie courtoise semblait moins attrayante que celle de *La Pagaie Solitaire*, à en juger par l'expression de la femme corpulente postée à l'entrée du restaurant, cuillère à la main, pour guetter le passage de clients potentiels avec un mélange de mépris et de découragement.

La Boîte de Pandore faisait office d'épicerie générale. De l'avis de Birch, cependant, les risques auxquels faisait allusion le nom du magasin paraissaient indiquer la présence d'un atelier de rétameur. Sachant que le jeune homme sauterait sur l'occasion pour inonder le spécialiste local de questions dont le reste de leur groupe n'avait cure, Charlotte lui suggéra d'attendre d'avoir fait le tour de toutes les échoppes avant d'arrêter leur choix sur celle-là.

Ils passèrent devant une forge, une mercerie, un tanneur et un apothicaire à la vitrine si époustouflante que Charlotte dut se résoudre à arracher Scoff à sa contemplation. Lorsqu'ils eurent évalué l'éventail des établissements commerciaux d'East Moirai, le soleil, déjà bas sur l'horizon, nappait la surface du fleuve d'une lueur cuivrée. Birch et Grave prirent congé pour retourner à *La Boîte de Pandore* dans l'espoir d'y faire de bonnes affaires, aussi lucratives qu'informatives. Scoff, Pip et Charlotte se chargèrent de trouver un navire susceptible de les emmener à la Nouvelle-Orléans. Bercée par le crépuscule imminent, East Moirai cédait à l'indolence tandis que ses habitants discutaient avec animation et s'esclaffaient à gorge déployée – changement bienvenu après l'atmosphère plutôt inhospitalière de la journée. Les éclats de rire, de plus en plus forts, furent bientôt accompagnés de tambours, fifres, flûtiaux, banjos et violons, sans oublier un ensemble de voix qui braillait d'innombrables chansons, chœur improbable emplissant l'air d'étonnantes mélodies, aussi fascinantes qu'inquiétantes.

— Par Héphaïstos, qu'est-ce que c'est que ce cirque ?

Scoff inclina la tête et tendit l'oreille.

— Aucune idée, dit Charlotte.

Mais la réponse jaillit presque aussitôt devant eux, grâce au virage qu'effectuait soudain la route vers le sud.

Au plus près de la zone de terrain qui marquait la jonction entre l'Ohio et le Mississippi se dressait un étrange assortiment de tentes, d'étals et d'estrades, le tout dans un fatras tellement étroit que chaque structure semblait se battre en duel avec ses voisines. Une bannière s'étirait entre deux grands mâts enrubannés pour annoncer à Charlotte, Scoff et Pip qu'ils pénétraient dans la « Fête Foraine Fluviale ». Des pancartes fichées au pied de chaque mât vantaient les « merveilles indescriptibles » de la fête « à ne surtout pas manquer ! » L'urgence du message était soulignée par une autre information capitale : « La Plus Merveilleuse Attraction du Mississippi » n'était de passage à East Moirai que pour « une semaine seulement ! »

L'apparition de la fête foraine fit tout d'abord perdre patience à Charlotte. Son unique expérience dans ce domaine – lorsqu'elle avait visité la Foire aux rétameurs de la Cité Flottante – avait tourné au désastre, ni plus ni moins. Elle s'apprêtait à passer son chemin lorsqu'elle remarqua la réaction de Pip. Bouche bée, la jeune fille écarquillait les yeux comme des soucoupes, le visage illuminé par l'excitation.

J'ai été trop dure avec elle, pensa Charlotte. *Elle a traversé tant d'épreuves, sans le moindre répit...*

— Scoff, tu ne veux pas emmener Pip faire un tour à la fête foraine ? suggéra la jeune meneuse. Je peux continuer toute seule.

— Tu es sûre ? demanda Pip dans un couinement. Ça va aller ?

— Tant que vous vous retenez de monter sur scène, ironisa Charlotte.

Quel mal y avait-il à laisser le duo s'évader une petite heure ? D'autant qu'elle pouvait parfaitement évaluer les frais à débourser pour relier la Nouvelle-Orléans d'elle-même.

Pip lui adressa un sourire radieux. Même s'il était plus habile à dissimuler son enthousiasme, Scoff ne put cacher l'étincelle qui illuminait son regard à la perspective de visiter la fête foraine et ses attractions.

Incapable de se contenir, Pip empoigna son ami par le bras pour l'entraîner vers la foire.

Charlotte s'esclaffa, le cœur rasséréné par la joie débordante de la jeune fille. Elle reprit son chemin, pleine d'un optimisme nouveau quant à leur situation. Après un périple semé d'embûches, ils avaient atteint le Mississippi et s'apprêtaient à embarquer pour la Nouvelle-Orléans, cœur de la Résistance. Les idées noires ne lui avaient laissé aucun répit depuis qu'elle avait vu la fumée s'élever au-dessus des Catacombes. Pour la première fois depuis longtemps, l'angoisse qui lui étreignait la poitrine desserrait son étau. Ils ne pouvaient se contenter de survivre. Il leur fallait aussi des moments comme celui-là, des surprises à même de les rendre heureux dans leur lutte, de les nourrir spirituellement, comme un bon repas les nourrissait physiquement.

Les docks de la rive est du Mississippi, situés non loin de la fête foraine, offraient un spectacle tout aussi saisissant. Les navires à vapeur se dressaient tels des géants au repos. Leurs grandes roues à aubes, pour le moment immobiles, rappelaient néanmoins le féroce mouvement nécessaire pour propulser le vaisseau. Charlotte s'approcha des bâtiments alignés, inquiète : seuls les passagers les plus fortunés pouvaient s'offrir une place sur des navires aussi impressionnants.

Charlotte délaissa les vapeurs massifs et poursuivit son chemin dans l'espoir de trouver quelque embarcation plus modeste en s'éloignant du centre d'East Moirai. La nuit tombée n'empêchait pas les marins de continuer à s'affairer à bord de leurs navires, jonglant entre diverses tâches en préparation de leur prochain départ. Les bateaux, quoique de taille plus réduite, ne semblaient toujours pas à la portée des ressources limitées de la jeune fille et de ses compagnons. Ils n'avaient que peu à offrir, à moins que Birch ne vende ses colifichets à prix d'or. Peut-être pourraient-ils travailler sur le navire en échange de leur passage ?

Charlotte fut tirée de sa réflexion par des pas lourds et précipités. Elle fit volte-face, tous les sens aux aguets. C'était Scoff, qui accourait à sa rencontre.

— Charlotte ! s'époumona-t-il, le souffle court et le visage cramoisi.

Un froid glacial s'empara de la jeune fille.

— Où est Pip ?

L'expression lugubre de son ami confirma ses craintes.

— Je ne sais pas. Enfin, elle est forcément à la fête foraine, mais je l'ai perdue de vue. Elle était avec moi quand j'ai engagé la conversation avec un négociant en herbes et minéraux rares. Elle a dû s'éloigner à un moment donné, car quelques minutes plus tard, elle avait disparu.

— Je suis sûre qu'elle va bien, dit Charlotte pourtant morte d'inquiétude.

Perdue en terre inconnue à la tombée de la nuit, Pip ferait une cible de choix pour les coupeurs de bourse, ou pire.

— J'ai bien essayé de la chercher, bredouilla Scoff. Mais il y a tellement de monde. Je me suis dit... J'aurais dû continuer à chercher... C'est juste que...

Charlotte lui saisit le bras avant de se diriger d'un pas vif vers la foire.

— Tu as bien fait de venir me trouver. À deux, on sera plus efficaces.

— J'y compte bien. Par le marteau d'Héphaïstos ! Je ne me le pardonnerais jamais s'il lui arrivait quelque chose. Jamais.

— Ça ne sert à rien de broyer du noir, rétorqua Charlotte. Concentre-toi sur tes recherches, un point, c'est tout.

Mais dès qu'elle pénétra dans l'enceinte de la foire, Charlotte dut se rendre à l'évidence : chercher une jeune fille dans ce chaos allait être un véritable cauchemar. L'endroit grouillait de monde, visiteurs et saltimbanques, crieurs et spectateurs. Une foule mouvante, qui l'empêchait d'y voir à plus de deux pas. Difficile de ne pas céder à la panique dans ces conditions.

Charlotte tenta de réfléchir à un moyen réaliste de contourner le problème.

— Où était ce fameux apothicaire ? demanda-t-elle à Scoff.

— Par ici.

Scoff l'entraîna dans le flot de passants dont la progression révélait un penchant pour les arrêts brutaux et les poussées soudaines, motivés sans doute par une récompense invisible.

Ils durent s'arrêter et repartir si souvent que lorsque Scoff attira Charlotte vers le bord de l'allée, elle ne savait plus quelle distance ils avaient parcourue.

Le propriétaire de l'étal portait une longue robe noire serrée à la taille par une ceinture de cuir, d'où pendaient une dizaine ou plus de flacons de verre hermétiquement fermés. Certains contenaient des liquides de couleurs variées, d'autres des fragments végétaux, et deux enfin semblaient renfermer des insectes.

— Vous voilà de retour, cher monsieur ! (Les mains jointes sur la poitrine, l'apothicaire s'inclina devant Scoff.) Que puis-je faire pour vous ? Vous sembliez particulièrement intéressé par la vessie d'anguille séchée. À moins que votre choix ne se soit en fin de compte porté sur la mousse de pierre tombale ? Ou la poudre d'améthyste ?

— Hélas, je cherche toujours à retrouver mon amie, répondit Scoff. Vous ne l'auriez pas vue, par hasard ?

Un éclair de déception traversa le regard du commerçant, qui constatait que la vente lui échappait.

— Aucune jeune fille aux cheveux verts n'a visité mon étal depuis notre conversation. Aux yeux verts, oui, mais point de couettes.

Scoff tourna vers Charlotte un visage abattu.

— Qu'est-ce qu'on fait ?

Du regard, Charlotte balaya la foule en mouvement.

— L'allée qui traverse la fête foraine est courbe... Elle trace un cercle, à mon avis. Est-ce que l'allée centrale fait le tour de la foire ? demanda-t-elle à l'apothicaire.

— Plus ou moins, répondit l'homme, à présent irrité. Si vous n'êtes pas des alchimistes sérieux en quête de réactifs, je vous demanderai de dégager le passage.

Ignorant la rebuffade, Charlotte se tourna vers son ami.

— Refais le chemin en sens inverse, sans t'arrêter. Suis le sentier jusqu'à avoir fait le tour. Je vais faire de même dans l'autre direction. À la longue, on finira par repérer Pip.

— Du balai ! s'écria l'apothicaire avec un regard mauvais.

Charlotte serra la main de Scoff.

— Courage !

Le jeune homme hocha la tête avant de se diriger vers l'entrée de la foire. Charlotte, elle, refit la route dans le sens contraire des aiguilles d'une montre, ravie d'abandonner l'apothicaire à ses grommellements.

Si elle partageait quelques similitudes avec la Foire aux rétameurs de la Cité Flottante, la Fête Fluviale affichait clairement sa nature itinérante. Les couleurs vives des fanions s'étaient estompées, nostalgiques de leur gloire première. La plupart des pancartes étaient écaillées au point d'en devenir illisibles. Des coutures hâtives zébraient la lourde toile des chapiteaux, quand les trous ne béaient pas tout simplement, comme pour réclamer une attention qui leur était cruellement refusée. L'aspect brut de la foire n'enlevait pourtant rien à sa majesté. Là où la Foire aux rétameurs attirait l'élite new-yorkaise loin de ses pénates dorés pour s'adonner à des divertissements scabreux fréquentés par la populace, cette caravane d'attractions, elle, se targuait d'époustoufler ses visiteurs plutôt que de flatter ses bas instincts. Le périmètre de la fête foraine résonnait des cris excités d'enfants qui couraient d'une attraction à l'autre. Des amoureux erraient entre les stands en se murmurant des mots doux, oublieux de l'agitation ambiante – mais ils n'en laissaient pas moins le cadre évocateur alimenter leur passion naissante.

Les jeux de lumières et d'étincelles mêlés aux mélodies discordantes des innombrables chanteurs et musiciens offraient une distraction sans fin. Mais pour Charlotte, toujours en quête d'une brebis égarée, la foire ne présentait que des obstacles. Des flammes jaillirent sur sa droite, panache incandescent craché par une femme. Des jongleurs surgissaient dans tous les coins, jetant qui des anneaux, qui des dagues, qui des torches. Un duo de contorsionnistes vint bloquer le passage de la jeune fille, et même l'emprisonner dans une cage formée par leurs corps entremêlés. Il lui fallut attendre les acclamations et les jets de pièces de l'assemblée avant de pouvoir s'en échapper.

Les oreilles de Charlotte résonnaient du tintement des clochettes suspendues aux robes de soie des femmes qui dansaient avec des serpents vivants entortillés autour de leurs chevilles et poignets. Une fanfare de flûtes de pan l'enveloppa au passage d'une dizaine de « faunes » sautillants, suivie d'un chœur gloussant de fées ailées. Derrière elles venait un troupeau de chèvres bêlantes qui auraient tout aussi bien pu appartenir à cette étrange parade que s'être égarées loin de leur berger.

À mesure qu'elle s'enfonçait dans les entrailles de la foire, loin des lumières aveuglantes de l'entrée, les attractions prenaient un tour plus sinistre. Un petit train vendu comme le « Fruit Défendu », et qui n'accueillait que les hommes, promettait mot pour mot : « Des délices si curieuses et irrésistibles que la folie vous guette ! » Un étal dont l'occupant dissimulait son visage sous une capuche se vantait de proposer « des herbes exotiques et artefacts rares nécessaires à la magie noire ».

Charlotte passa un peu trop près de lui et sursauta lorsque le marchand lui agrippa le bras.

— La dent d'une vierge et les ailes d'une reine des abeilles trempée dans l'eau de rose t'assureront la fidélité de ton amant, ma jolie, souffla-t-il d'une voix rauque. Tu as de la chance : j'ai les trois à t'offrir.

Charlotte se dégagea et prit ses jambes à son cou. Le rire graveleux de l'homme la poursuivit, tellement proche qu'elle jeta un regard par-dessus son épaule pour s'assurer qu'il ne s'était pas lancé à ses trousses. Elle ne vit que des spectateurs. Aucune trace du mage noir.

La jeune fille eut beau ralentir l'allure, son pouls continua à galoper furieusement. Elle se fondit entre les badauds hilares et ébahis, à l'affût du moindre signe de Pip. Ses efforts, pourtant, demeuraient vains. Entre le peu d'éclairage, la foule amassée et ses sens pris d'assaut, Charlotte voyait mal comment trouver une jeune fille aux couettes vertes dans un endroit pareil.

Elle atteignit alors un grand pavillon qui devait marquer la frontière extérieure de la foire. Une pancarte dressée à l'entrée du gigantesque chapiteau annonçait en lettres d'émeraude « le Jardin des Miroirs », censé être l'unique attraction « permanente » de la Foire, en même temps que « la plus populaire ».

— Envie d'y faire un tour, ma chérie ? demanda une femme arc-boutée sur un bâton de bois noueux.

Sous sa chevelure argentée aussi luisante que des rayons de lune, ses pupilles étaient si grandes et sombres que ses yeux semblaient entièrement noirs.

Charlotte retint un frisson, qu'elle attribua à ses nerfs à vif plutôt qu'à la raison.

— Je regrette, je cherche quelqu'un.

— Tu m'en diras tant !

La vieille femme, qui contemplait Charlotte avec curiosité, pointa l'extrémité de son bâton vers le pavillon.

— Ce quelqu'un est peut-être à l'intérieur.

Charlotte serra les dents. Elle ne tenait pas à se faire arnaquer, mais il y avait une chance que Pip se soit aventurée sous le chapiteau sans en retrouver la sortie. La seule idée d'un « jardin des miroirs » suffisait à lui donner le vertige.

— Une jeune fille de treize ans, avec les cheveux verts, décrivit Charlotte. L'avez-vous vue passer ?

— Verts, les cheveux ?

Les yeux clos, la vieillarde rumina l'information. Lorsqu'elle rouvrit les paupières, ses iris semblaient plus noirs que jamais.

— J'ai bien vu une enfant aux cheveux verts. Elle est entrée. Je ne sais pas si elle est ressortie. Je suis allée boire une tasse de thé il y a une petite heure. Peut-être a-t-elle déguerpi pendant ma pause ?

— Auriez-vous l'obligeance de m'indiquer qui gardait l'entrée en votre absence ? demanda Charlotte, tout à coup saisie d'espoir.

Son interlocutrice secoua la tête. Le fracas de ses longues boucles d'oreilles attira l'attention de la jeune fille : des bijoux faits de coquillages, ou d'os. Un nouveau frisson secoua Charlotte.

— Le garçon qui me remplaçait s'est retiré pour la nuit, expliqua la vieille dame. Tu peux attendre ici que ton amie sorte, si ça te chante, ou tu peux entrer la chercher.

Aucune des deux propositions n'enchantait Charlotte, qui tira malgré tout une pièce de sa poche. Mieux valait partir chercher Pip que d'attendre son hypothétique retour.

— Grâces te soient rendues, ma chérie, dit la femme en acceptant l'obole. Puisses-tu retrouver ton amie aux cheveux verts.

Charlotte abandonna la femme pour s'introduire sous le chapiteau. Elle avait beau s'y être préparée, elle fut découragée par la lumière tamisée qui l'accueillit : naviguer entre des rangées de reflets infinis et changeants serait encore moins aisé qu'elle s'y était préparée. Plus déroutant encore, la lumière elle-même ne cessait de bouger. De hauts candélabres de laiton ornés de longues branches mouvantes tournaient sur eux-mêmes telle une roue sur son axe.

Les arbres-chandeliers n'étaient pas la seule référence au nom de l'attraction : l'entrée de ce que Charlotte supposait être un labyrinthe de miroirs était marquée par une tonnelle en fer forgé. De délicates fleurs de cristal s'y épanouissaient le long de vignes d'argent finement ciselé, projetant de minuscules arcs-en-ciel sur le sol lorsque le chandelier mobile en éclairait les pétales.

En d'autres circonstances, Charlotte aurait trouvé l'effet charmant et évocateur, mais à une heure aussi tardive et alors que l'anxiété la rongeait, ce ballet lumineux plutôt sinistre semblait la narguer tandis qu'elle franchissait l'arche. D'autres candélabres pivotants éclairaient le chemin qui s'ouvrait de l'autre côté. Le jardin se composait de hauts miroirs bordés de roses et de lys, de fougères et de passereaux en vol. Pour parfaire l'illusion, des plantes vertes vivaces grimpaient le long des vitres, entremêlées à leurs jumelles d'acier qui, elles, arboraient de cruelles épines. Sous les pieds de Charlotte, une mousse d'un vert de jade profond tapissait le sentier.

La jeune fille s'interrogea sur la popularité autoproclamée de l'attraction : le pavillon semblait désert. La quiétude du jardin de verre et de métal était telle qu'elle percevait le chuchotement des chandelles qui consumaient l'air, crachotant parfois à mesure que leurs courtes vies s'épuisaient. Le bruit de ses pas lui paraissait assourdissant alors qu'elle allait de miroir en miroir.

Elle se retrouva soudain face à une impasse : une glace à la surface obscurcie de plantes vertes et noires lui barrait la route. Elle tourna à droite puis à gauche, tomba chaque fois nez à nez avec son propre reflet perplexe. Lorsqu'elle jeta un regard dans son dos, elle aperçut vaguement la tonnelle qui marquait l'entrée de l'attraction. Les mains sur les vitres, Charlotte examina chaque recoin du cul-de-sac, persuadée qu'une issue devait se dissimuler dans les reflets truqués. Chaque côté du sentier, pourtant, s'avéra infranchissable.

Ravalant avec peine sa frustration, Charlotte inspecta de nouveau le miroir qui lui barrait le chemin. À mi-hauteur du bord droit, elle remarqua une feuille d'acier qui dépassait, plus large que les autres. Un examen minutieux lui révéla que contrairement aux autres miroirs, celui-là était entièrement encadré de vignes métalliques hérissées d'épines. Elle attrapa la feuille protubérante et tourna le poignet. La glace pivota sur elle-même avec un clic sonore pour révéler sa véritable utilité : il s'agissait d'une porte.

Astucieux ! songea Charlotte sans pouvoir s'empêcher de grimacer. Elle ne tenait pas à passer le reste de la soirée à découvrir les autres « astuces » dissimulées à travers le jardin.

Elle laissa la porte ouverte et s'engagea sur le sentier, qui, deux ou trois mètres plus loin, se scindait en deux. À sa droite, un chemin courbe longé de miroirs qui imitaient, eux aussi, la flore. Sur sa gauche, le sentier poursuivait tout droit. Les glaces, cependant, ne s'ornaient plus de fleurs naturelles ou artificielles ; les vitres, de formes variées, larges ou étroites, bombées ou anguleuses, étaient parfaitement dégagées.

Abandonnant la piste végétale, Charlotte prit le sentier de gauche. Pip aurait sans doute suivi sa curiosité, plutôt que de se laisser bercer par la familiarité.

Les étranges miroirs renvoyaient à Charlotte le reflet absurde de sa silhouette déformée. Elle vit son corps s'étirer, s'affaisser, se briser en mille morceaux, se dissiper. Les transformations se faisaient tellement alarmantes qu'elle perdit pied et tomba face la première contre une vitre lorsque le chemin opéra un virage brutal. Une caricature grotesque de ses traits lui rendit son regard, les yeux exorbités, la bouche si large qu'elle aurait pu sans mal engloutir une citrouille entière. Charlotte s'écarta du miroir avec un glapissement, un peu honteuse des battements affolés de son cœur.

— Ohé ? lança une petite voix. Il y a quelqu'un ?

Charlotte se figea, avant de lancer :

— Qui est là ?

On renifla.

— Je suis perdue…

— Pip ? (Charlotte esquissa un pas sur le sentier.) C'est toi, Pip ?

— Charlotte ?

La timonière semblait proche, sans doute à quelques mètres à peine, mais introuvable à moins de suivre le chemin adéquat à travers le labyrinthe de glaces.

À présent, ce n'était plus la crainte mais l'espoir qui affolait le cœur de Charlotte.

— C'est moi, Pip. Continue à me parler. Je vais essayer de te retrouver, mais pour ça, j'ai besoin que tu me guides.

— Je n'ai pas fait exprès de me perdre, hoqueta la jeune fille, toujours en pleurs. C'est juste que… Oh, c'est tellement bête, maintenant que j'y repense ! Charlotte…

— Raconte-moi tout, ma puce, la réconforta son amie. Je te rejoins au plus vite.

— J'ai cru voir… (Pip renifla de plus belle.) J'ai vu Rufus. Enfin, je sais bien que ça ne pouvait pas être lui, mais ça lui ressemblait tellement qu'avant même de m'en rendre compte, je le suivais. Il est entré ici. Je pensais juste jeter un coup d'œil, essayer de le rattraper, avant de rejoindre Scoff. Je savais où il se trouvait, et je ne pensais pas en avoir pour plus d'une minute.

— Ce n'est rien, Pip.

Charlotte tendit l'oreille. Son cœur s'était serré à l'évocation de Rufus.

— C'était si joli à l'intérieur, poursuivit Pip d'une voix teintée d'émerveillement. Et tellement étrange, ensuite. Je ne l'ai pas retrouvé. Je sais que ce n'était pas Rufus. J'ai beau le savoir, il…

Ses paroles s'évanouirent dans un sanglot pathétique.

Parfait, pensa Charlotte. *Elle a pris le sentier de gauche.* Avec un peu de chance, elle l'aurait vite rejointe.

— Quand je me suis rendu compte de mon erreur, j'ai fait demi-tour. Je ne pensais pas m'être aventurée assez loin pour peiner à retrouver mon chemin. Mais quand j'ai voulu sortir, j'étais sans cesse bloquée par des miroirs. Je ne comprends pas où je me suis trompée.

À présent, le chemin ne cessait de tourner, à droite, à gauche, encore à gauche, de nouveau à droite. Bien que pressée, Charlotte craignait de manquer une voie adjacente si elle allait trop vite. Le sentier se scinda derechef, cette fois en trois segments.

— Indique-moi ta position, Pip.

— Je suis là.

La voix semblait venir de derrière la jeune meneuse.

— Je suis vraiment désolée, Charlotte, gémit Pip. Tu dois m'en vouloir terriblement.

La jeune fille prit soin de cacher sa déception.

— Je ne t'en veux pas, Pip. J'ai besoin de t'entendre encore. As-tu vu des choses intéressantes dans la foire ? Qu'est-ce que vous avez visité, Scoff et toi ?

— Eh bien… il y avait un serpent qui aurait bien pu m'avaler tout rond s'il l'avait voulu. Il était gigantesque !

— Quoi d'autre ? demanda Charlotte.

Le sentier sur sa droite semblait mener vers la voix de Pip.

— J'ai trouvé une échoppe de rétameur, claironna la jeune imprudente. Il avait construit un lapin qui agitait le museau et faisait des sauts périlleux. C'était drôle, mais pas aussi astucieux que les créations de Birch. Un lapin sauteur, ça n'a pas grande utilité, après tout.

— En effet.

Charlotte suivit le sentier qui tournait à gauche. Elle s'arrêta face à une pièce carrée, remplie de miroirs. Chaque mur présentait une ouverture, aboutissement de chacun des quatre sentiers. Était-ce là le cœur du labyrinthe ?

Au-dessus d'elle, la toile du pavillon avait cédé la place à un plafond de miroirs, dont les innombrables reflets donnaient le vertige. Chancelante, Charlotte s'empressa de détourner le regard.

— Charlotte !

Dans un coin sur sa droite, Pip bondit pour courir à sa rencontre.

Charlotte la serra contre son cœur.

— Athéna soit louée !

— Tu sais où est la sortie ?

— Je peux vous aider à la retrouver, lança un homme apparu sur le sentier à droite de la pièce et qui leur adressa un salut de son chapeau rond à bord étroit. C'est toujours un honneur d'aider de ravissantes dames.

Le ton de sa voix, son pas félin ou son arrivée soudaine – ou les trois à la fois – exacerba la méfiance de Charlotte.

— Nous saurons nous débrouiller seules, merci, déclara-t-elle.

Elle passa le bras autour des épaules de Pip pour la conduire vers le chemin qui l'avait menée dans la pièce carrée.

— Une demoiselle ne devrait pas circuler sans protection, décréta un autre homme surgi de nulle part. La croisée des fleuves regorge d'une faune curieuse. Des vagabonds. Des individus peu recommandables.

Charlotte regarda par-dessus son épaule. Deux autres inconnus avaient rejoint le premier.

— Je vous remercie de cette mise en garde.

Elle évalua les possibilités qui s'offraient à elles. Si elles prenaient la fuite, elles risquaient de se tromper de virage et de finir cernées dans le labyrinthe. Elle pourrait les affronter : après tout, son stylet était toujours dissimulé dans sa botte. Mais comment savoir si les hommes étaient armés ? Sans compter que Pip, elle, n'avait pas de lame cachée dans les replis de ses vêtements.

Charlotte entraîna son amie vers le sentier.

— Dans certains cercles, il serait mal vu de refuser une aide si généreusement offerte, lança le premier homme. D'aucuns s'en vexeraient.

Ils se rapprochaient dans leurs dos, d'un pas toujours plus rapide.

— Reste derrière moi, Pip, murmura Charlotte avant de faire volte-face, son stylet soudain tiré de sa cachette.

Leurs trois agresseurs reculèrent lorsqu'elle se mit en garde, sa mince lame brillant sous la lumière tamisée.

L'un d'entre eux s'esclaffa puis cracha au sol un filet de jus de tabac. Il serrait à la main un gourdin qu'il faisait rebondir le long de sa jambe.

— Tu te crois de taille à nous affronter ? demanda-t-il.

— Vous n'allez pas tarder à le découvrir, si vous insistez, rétorqua la jeune fille.

— Si elle te bat, Roger, tu me paies une pinte ! lança le premier homme au porteur de gourdin.

— Je me paierai la mienne avec ses pièces, oui, répondit Roger. Toi, tu peux toujours courir !

— La ferme, vous deux ! grommela le troisième en dégainant une large dague. Vous me donnez terriblement soif.

Sans plus de manière, il se jeta sur Charlotte, qui esquiva la lame. D'un coup de stylet, elle lui perça le flanc.

L'homme fit volte-face avec un cri.

— Ça, tu vas le regretter !

— Je ne crois pas, non, répliqua Charlotte.

Surtout, monopoliser leur attention, leur faire oublier Pip.

— Elle ne t'a pas raté, Jim ! railla Roger. Tu saignes autant que le cochonnet que tu viens d'imiter.

Sans cesser de faire tournoyer mollement son gourdin, le brigand s'approchait de Charlotte.

— Qu'en dis-tu, Billy ? Assez rapide pour m'avoir, moi aussi ?

— Tu es plus vif que Jim, répondit Billy, qui n'avait toujours pas sorti d'arme.

Charlotte aperçut alors une lueur cuivrée autour de ses phalanges. Lui aussi avançait vers elle à présent, encerclant la jeune fille à contresens de Roger.

— Mais notre charmante donzelle m'a l'air plutôt agile, tu ne trouves pas ?

— Glissante comme une anguille, sans doute, acquiesça Roger.

Sans plus attendre, Charlotte plongea devant Billy, qui laissa échapper un juron, suivi d'un grognement lorsqu'elle lui assena un coup de coude dans les reins. Elle se retourna et vit Roger qui s'approchait d'elle, gourdin baissé, attendant que sa proie passe une fois de plus à l'attaque. Et elle n'allait pas tarder à devoir lui donner satisfaction, car Billy, remis du coup, était prêt à sauter sur la jeune fille dès que l'occasion se présenterait.

Charlotte fondit donc sur Billy dans l'espoir que Roger se refuse à risquer de blesser son acolyte. Elle n'eut pas le temps de vérifier son hypothèse : Billy vit clair dans son jeu et se déroba, non sans lui faire un croche-pied au passage. Heureusement, elle eut vite fait de retrouver son équilibre. Elle était encore accroupie lorsque Roger abattit son gourdin en visant la tête de Charlotte, qui se laissa tomber à quatre pattes pour éviter le coup, avant de brandir son stylet. La lame s'enfonça sous la rotule de Roger, qui s'effondra dans un cri. Charlotte tenta de récupérer son arme. Un éclair de douleur transperça son bras lorsque le poing armé de Billy s'abattit dessus. Ignorant l'élancement dans son membre, la jeune fille s'aplatit au sol et percuta les tibias de son adversaire, qui s'écroula par terre avec un grognement. Charlotte bondit sur le malandrin et lui enfonça un genou au creux du dos. Il fallait faire vite : Billy, bien bâti, n'aurait aucun mal à la repousser une fois qu'il aurait retrouvé son souffle. Elle défit le cordon de cuir qui retenait sa chevelure pour le passer autour du cou de son otage. Pesant de tout son poids sur lui, elle tira d'un coup sec sur le cordon. Billy se mit à agiter les bras, toutes griffes dehors, en vain. Il agrippa le lacet, dont Charlotte avait enroulé les extrémités autour de ses poignets pour exercer une pression plus importante. Toute résistance était inutile. Encore une minute, et la crapule perdrait conscience.

Soudain, une main empoigna la chevelure défaite de la jeune fille pour la tirer violemment en arrière. Elle sentit contre sa gorge le froid d'une lame.

— Lâche-le, sale chienne ! lui susurra Jim.

Le couteau lui mordit la peau. Un filet de sang chaud coula sur son cou.

Elle lâcha les extrémités du cordon, et Bill retomba face contre terre, secoué par une violente quinte de toux.

Jim força la jeune fille à se relever.

— C'était amusant… au début, dit-il. Mais tu as estropié Roger. Ta bourse ne suffira pas à te racheter.

Billy, qui était parvenu à se mettre à genoux, tentait toujours de reprendre son souffle.

— Quant à Billy, ici présent, poursuivit Jim en tirant de plus belle sur les cheveux de Charlotte, c'est notre tête pensante. Du genre créatif. Je parie qu'il saura quoi faire de toi…

Soudain, Jim poussa un petit cri, le souffle coincé dans sa gorge.

— Et moi, je parie que je te châtre avant que tu aies pu lui trancher la gorge.

Je connais cette voix, pensa Charlotte. *Mais comment…*

Jim poussa un nouveau geignement avant de lâcher sa dague, libérant du même coup Charlotte, qui s'écarta d'un bond.

— Tout va bien, chaton ?

Linnet, bien que souriante, posa sur Charlotte un regard empli d'inquiétude.

D'un signe de tête, la jeune fille répondit que oui. Elle pria pour que son visage ne reflète pas l'effroi des trois bandits. *Linnet, ici ?* Sa soudaine apparition n'avait aucun sens.

— Bien, dit Linnet. Récupère donc ton stylet. Je sais combien tu y tiens.

Roger était toujours au sol, les mains serrées autour de son genou blessé. Il crachait et abreuvait Charlotte d'injures diverses et variées et, pour certaines, tout à fait inédites.

Ignorant la tirade fleurie, la jeune fille empoigna son arme par la garde pour la dégager de sa victime, qui poussa un hurlement de douleur.

— Les jours de pluie, ça risque de faire encore plus mal, ironisa Linnet.

À présent debout, Billy la dévisageait d'un regard haineux.

— Lâche-moi ce poing américain, si tu ne veux pas que ton copain perde ses bijoux, lui intima Linnet. Quoique je doute qu'ils soient très gros. Qu'en dis-tu, Charlotte ?

Son amie ne put s'empêcher de rire.

— Tu l'as bien cherch…

La menace de Billy fut interrompue par les cris de Jim.

— Oh, ce n'était qu'une piqûre de rien du tout, le tança Linnet avant de se retourner vers Billy. Pardon, je n'ai pas bien entendu ?

Le gredin la foudroya du regard.

— Nous allons prendre congé, annonça la jeune femme en repoussant Jim avec tant de force qu'il percuta Billy. Ce serait vraiment une très mauvaise idée de nous suivre. Je ne me fais pas trop de souci pour votre ami.

Roger cracha dans sa direction, ce qui n'eut que peu d'effet, étant donné sa position.

— Pip ! appela Charlotte.

La timonière accourut aussitôt et lui agrippa la main, tremblant de tout son être, les yeux encore écarquillés d'effroi.

Charlotte la conduisit auprès de Linnet.

— Le sentier derrière vous, leur indiqua la jeune femme. Je vous suis.

À peine se furent-elles éclipsées que les trois malfrats commencèrent à s'invectiver mutuellement, se rejetant la faute à qui mieux mieux. Le sentier indiqué par Linnet reprenait l'esthétique végétale du jardin. La vue des miroirs classiques encadrés de vigne en fer forgé s'avéra étonnamment réconfortante.

— Que faisais-tu là ? demanda Charlotte à Linnet tandis qu'elles se pressaient vers la sortie.

— Je croyais que c'était évident : je volais à ton secours ! D'ailleurs, pourquoi est-ce toujours à moi de te sauver ? (Elle rengaina sa dague.) Tu as un sacré goût pour le danger, et je ne peux pas être partout à la fois.

— Charlotte n'y est pour rien, déclara Pip. Elle était venue m'aider ! Et d'ailleurs, qui es-tu ?

— C'est Linnet, Pip, rappelle-toi. Tu l'as croisée à bord de l'*Aphrodite*.

Même si Charlotte appréciait que Pip prenne sa défense, il était hors de question de laisser l'inimitié s'installer entre les deux jeunes femmes.

— C'est une amie, je l'ai rencontrée dans la Cité Flottante.

— Oh, fit Pip, toujours un peu renfrognée.

Charlotte lui adressa un signe de tête avant de se tourner vers Linnet.

— Comment diable m'as-tu retrouvée ?

— On s'est lancés à ta recherche dès qu'on a vu ton mouchard, expliqua la jeune femme, qui s'était arrêtée devant les miroirs pour les inspecter. D'après Ott, on avait toutes les chances de vous trouver à Moirai. On est arrivés il y a une semaine. Le rétameur de *La Boîte de Pandore* nous a alertés quand Birch a tenté de faire affaire avec lui.

— Il travaille pour Lord Ott ? demanda Charlotte, incrédule.

— Disons plutôt qu'il s'agit d'un contact occasionnel, corrigea Linnet. Même s'il faut admettre qu'Ott en a plus que d'associés.

— À part toi ? demanda Charlotte avec un sourire.

— Moi, je suis spéciale, confirma l'intéressée.

— Il n'y a pas de temps à perdre, dit Charlotte, pressée de quitter le labyrinthe de miroirs. Sais-tu où se trouve la sortie ?

Linnet se hissa sur la pointe des pieds et empoigna l'une des vignes couvertes d'épines qui couraient le long des glaces pour l'actionner. Le miroir pivota dans un sifflement. De l'autre côté se dressaient les parois vertes du pavillon.

— Je trouve toujours la sortie, chaton.

Chapitre 7

Linnet ne se contenta pas de trouver la sortie du Jardin des Miroirs : elle parvint aussi à ramener Charlotte et Pip au cœur de la communauté marchande en deux fois moins de temps qu'il n'en avait fallu à Charlotte pour atteindre la Fête Fluviale.

Et lorsque la jeune fille voulut aller chercher Scoff avant de quitter la fête foraine, Linnet l'informa qu'il avait déjà été « récupéré » par l'un de ses « associés ». Charlotte ne put s'empêcher de sourire devant le comportement de Pip face à Linnet : soit la timonière la contemplait avec admiration, soit elle baissait la tête, frappée de timidité, quand la jeune femme la regardait directement. L'apprentie rétameuse était, comme tout le monde, sensible aux charmes de Linnet, et sa méfiance initiale semblait s'être entièrement évaporée.

À la grande surprise de Charlotte, Linnet les mena dans l'une des nombreuses auberges implantées entre les échoppes. Selon elle, la *Pension Abrams*, contrairement à ses homologues, proposait un gîte qui n'était ni ostentatoire, ni louche. Simple mais propre, la baraque disposait au rez-de-chaussée d'un salon, d'une salle à manger et d'une cuisine, tandis que ses deux étages étaient dévolus aux pensionnaires.

Une pancarte suspendue à la porte, annonçant que l'établissement était complet, éveilla la suspicion de Charlotte : c'était la première fois qu'elle voyait une telle inscription sur une auberge d'East Moirai. Dès qu'elle pénétra à l'intérieur, elle fut assaillie de parfums irrésistibles. Le succulent fumet d'une pièce de venaison rôtie à la sauce brune, accompagné de la douce odeur d'un pain fraîchement sorti du four lui mit l'eau à la bouche et fit rugir son estomac.

Les effluves divins qui flottaient depuis la cuisine jusqu'à la salle à manger avaient beau promettre des mets délectables, lorsque Charlotte aperçut le festin déjà disposé sur la table, elle eut toutes les peines du monde à croire que d'autres plats attendaient encore d'être servis. Un plateau proposait un cuissot de gibier ; un autre, un cochon de lait. Entre eux, pas un, mais deux poulets rôtis trônaient, replets et dorés. De la vapeur s'élevait de carottes luisantes de beurre, à côté de paniers renfermant de belles miches de pain noir. En dépit de la pancarte qui annonçait la pension complète, les seuls occupants installés sur les longues banquettes étaient les amis de Charlotte. Lord Ott, qui, encore debout, présidait la tablée, semblait tenir cour.

Les bras grands ouverts, le ventripotent homme d'affaires s'exclama :

— Ah, vous voilà enfin ! Soyez les bienvenues ! Quel plaisir de vous revoir, chère enfant. Je vous en prie, asseyez-vous. Maintenant que vous êtes arrivées, nous allons pouvoir nous repaître de ces magnifiques agapes proposées par les cuisinières de M. Abrams.

Le noble arborait une chemise blanche amidonnée et un gilet de soie d'un violet profond, sans oublier un pantalon noir à la mesure de son impressionnante circonférence. Incapable de se retenir, Charlotte courut se jeter à son cou.

— Allons, allons, dit Ott, qui lui tapota la tête avant de lui adresser un clin d'œil. Moi aussi, je suis heureux de vous revoir, mademoiselle Marshall.

Embarrassée de s'être montrée aussi démonstrative, la jeune fille s'écarta, les joues rouge pivoine.

Pour sa part, l'aristocrate semblait ravi de cette effusion. Malgré tout, il la poussa doucement vers une chaise avant de remarquer :

— L'heure n'est pas aux sentiments, cependant. Il nous faut parler affaires.

Charlotte acquiesça et prit place sur son siège. Pip s'assit entre elle et Scoff. Le jeune homme paraissait soulagé de les voir saines et sauves, quoique déstabilisé par la situation. Il serra brièvement Pip dans ses bras avant de se mettre à empiler des aliments sur son assiette. Grave et Birch étaient installés en face d'eux. Le premier ne paraissait guère perturbé par la tournure qu'avaient prise les événements, pas plus qu'il ne s'intéressait au festin étalé sous ses yeux. Birch, lui, affichait un air circonspect. Il se servit juste assez de chaque plat pour ne pas sembler ouvertement malpoli.

Au lieu de se joindre à eux, Linnet s'approcha nonchalamment de son employeur.

— Aucune difficulté rencontrée, je suppose ? lui demanda Ott.

— La peste soit des amateurs, répondit Linnet. (Elle s'empara du mouchoir qu'il portait en pochette pour polir sa dague.) Rien de bien méchant.

Vaguement contrarié d'avoir perdu son mouchoir, Ott marmonna une phrase inintelligible.

Birch s'éclaircit la gorge, à l'évidence mal à l'aise.

— Cet homme prétend que tu le connais, Charlotte ?

— Vos compagnons sont des plus prudents, constata l'intéressé avec un hochement de tête appréciatif. Une qualité remarquable, qui vous gardera en vie plus longtemps que la confiance aveugle. Bien plus longtemps.

La remarque ne sembla guère rassurer le rétameur, qui posa sur Charlotte un regard implorant.

— Lord Ott est un ami de la Résistance, déclara la jeune fille, occupée à se servir un morceau de pain encore chaud, qu'elle se retint d'engloutir séance tenante. Et voici Linnet, la sœur de Jack.

— Demi-sœur, précisa son amie avec malice. Il t'en voudrait terriblement d'omettre ce détail.

Scoff contemplait Linnet avec intérêt.

— Sans blague, Jack a une sœur ? demanda-t-il la bouche pleine. Il n'en a jamais rien dit. Voilà qui est plutôt étrange…

— Demi-sœur, répéta Linnet, qui rangea sa dague avant de rendre le mouchoir à son propriétaire. D'où sa réticence à évoquer ma simple existence.

Ott tira la haute chaise placée en bout de table. Le bois craqua sous son poids lorsqu'il y prit place.

— Linnet aura tout le loisir de vous narrer sa sordide histoire familiale une fois que nous aurons réglé nos affaires.

— J'ignorais que nous étions en affaire... De quoi parlez-vous ? s'enquit Birch, les sourcils froncés.

Le rétameur n'avait pas encore touché au contenu de son assiette.

— Je fais affaire avec presque tout le monde, répliqua Lord Ott d'un ton joyeux, avec cependant une rouerie qui n'échappa pas à Charlotte. En cet instant précis, vos projets représentent pour moi un investissement particulièrement précieux, quoique risqué. J'ai beau être persuadé de la supériorité morale de la Résistance par rapport à l'Empire, je n'en ai pas moins l'impression, parfois, de jongler avec des nids de guêpes. En tant qu'homme d'affaires, je me dois de rester prudent quand il s'agit de m'impliquer dans ce conflit. Pourquoi, sinon, serais-je venu personnellement mettre de l'ordre dans mes affaires ?

— C'est vrai, constata Linnet en s'installant sur la banquette à côté de Grave, les coudes sur la table et le menton dans les mains. En général, il préfère observer les choses de loin, plutôt que de se salir les mains.

Lord Ott ignora la pique et se concentra sur la cuisse qu'il était en train d'arracher à l'un des poulets rôtis.

— Je vous aiderai à atteindre la Nouvelle-Orléans et je vous y fournirai un logement. Ce n'est pas le genre de ville où débarquer sans y avoir des relations. La Nouvelle-Orléans est par certains aspects bien plus dangereuse que la Cité Flottante.

— C'est pourtant le siège de la Résistance, objecta Pip, sa méfiance complètement évanouie. (Elle agitait vers son interlocuteur une cuisse de poulet.) Pourquoi n'y serions-nous pas en sécurité ?

— La Nouvelle-Orléans abrite plus que la Résistance. Bien plus… répondit Lord Ott avec douceur. C'est une cité étrange et complexe, qu'il convient de parcourir avec prudence. Les dangers qu'elle renferme ne s'adressent pas qu'à vous, petite émeraude : ils menacent tout le monde.

Le sobriquet fit rougir Pip.

— Mais vous allez nous dire ce qu'il faut faire, où aller ?

Se rappelant soudain que le pilon qu'elle brandissait n'était pas une arme, mais un simple morceau de poulet, elle mordit dedans à belles dents.

Ott se servit une bonne portion de carottes avant de lui répondre :

— Je ne vais pas me contenter de vous le dire. Je vais vous le montrer.

— Alors comme ça, je suis en congé ? ironisa Linnet avant d'empaler l'une des carottes de son employeur d'un coup de fourchette. Vous m'avez l'air bien parti pour tout faire vous-même.

Lord Ott laissa échapper un soupir.

— Peut-être devrais-je ajouter : avec la précieuse assistance de mes employés, ajouta-t-il d'un ton sec.

— Voilà qui est beaucoup mieux, décréta Linnet avec un battement de paupières avant de mordre dans sa carotte.

— Tu ne te montres jamais aussi impertinente avec Margery, remarqua Lord Ott. Dois-je te rappeler que tu travailles aussi pour elle ?

Linnet esquissa un sourire mielleux.

— Elle est plus gentille. Vous, vous êtes du genre irascible.

Le regard vide, Ott repoussa la fourchette de l'insolente alors qu'elle tentait de harponner une nouvelle carotte.

— Et les autres ? demanda Charlotte, l'appétit soudain en berne. Des nouvelles d'Ash ?

« Et de Jack », fut-elle tentée d'ajouter, avant de se mordre la langue. À présent que Lord Ott avait repris en main leur périple, ses chances de retrouver son frère et son ami se trouvaient grandement améliorées. Elle avait beau s'efforcer de chasser le jeune officier de ses pensées, il lui fallait anticiper leurs retrouvailles, réfléchir au comportement qu'elle adopterait alors. Elle sentit sa nuque s'enflammer lorsqu'elle surprit le regard Linnet qui l'observait, un sourcil arqué, et avec sur les lèvres un sourire à la signification limpide : la jeune femme savait exactement à quoi Charlotte songeait.

— Nous savons qu'il est arrivé sans heurts à la Nouvelle-Orléans, l'informa Ott. Autrement dit, Ash et Jack se sont sans doute déjà mis au travail. Quoique unifier la Résistance et les dissidents au sein de l'Empire ne sera pas tâche aisée. Les dirigeants de la Résistance se préoccupent avant tout des risques de trahison.

Birch se pencha en avant, son assiette toujours intacte.

— Je dois avouer qu'en dépit de la confiance que je place en Jack, j'ai du mal à croire qu'un seul membre des échelons supérieurs de la société puisse souhaiter la chute de l'Empire, et encore moins y contribuer.

— Vos doutes ne sont pas infondés, répondit Lord Ott, à présent occupé à saucer son assiette avec un morceau de pain. Je serais du même avis si je n'avais pas vu les failles se multiplier, jour après jour, dans les fondations de l'Empire.

— Que voulez-vous dire ? le pressa le rétameur.

— Le problème, avec les empires, c'est leur incapacité à s'adapter au changement, expliqua l'homme d'affaires. Britannia a tout de l'enfant boudeur, qui rumine ses vieilles rivalités et chérit des concepts dépassés. À mesure que l'Empire mûrit, ses dirigeants vieillissent aussi ; mais plus ils prennent de l'âge et plus ils rechignent à céder le contrôle. Dans leur crainte de voir le pouvoir leur échapper, ils refusent de le partager, refusant par là même à leurs héritiers désignés une place parmi eux.

Scoff intervint, la bouche pleine, avant de répéter :

— Je ne suis pas sûr de comprendre.

Charlotte, elle, saisissait parfaitement.

— Coe, Jack, les autres officiers de leur calibre… Ils n'arrivent plus à prendre du galon, c'est ça ?

— Pour être honnête, la situation au sein de l'armée n'est pas aussi mauvaise qu'ailleurs, déclara Lord Ott en se servant une généreuse tranche de gibier rôti. Le gros des tensions agite ceux qui aspirent à des titres de noblesse, et aux terres qui les accompagnent.

Linnet propulsa un petit pois du plat de son couteau et le goba, avant de lancer :

— C'est difficile, voyez-vous, quand tout le monde rêve de vivre sur le même petit îlot.

— Judicieuse observation, constata Ott.

Il adressa un sourire à la jeune femme, qui s'empressa de lui envoyer un petit pois en plein front.

Pip se mit à glousser. Scoff, lui, avait encore des questions.

— Et toutes les terres qui s'étendent d'ici à la côte Est ? Elles appartiennent à Britannia, non ?

— En effet, confirma Lord Ott. Mais distribuer ces terres reviendrait à en céder les ressources au nobliau qui y installerait son domaine. Les landes sont précieuses pour l'Empire, car elles nourrissent ses machines. Ce n'est pas un hasard si Britannia a décidé d'empêcher la privatisation en dehors des zones côtières. Bois, pierre, fermes... les landes offrent une moisson sans fin, dont toutes les denrées et profits atterrissent directement dans la cassette impériale.

— Et ils ne sont pas près d'y renoncer, dit Birch en goûtant enfin une bouchée de rôti de porc.

Ott se renfonça dans son siège, les mains jointes sur son vaste abdomen.

— Il est sans cesse question de s'étendre à l'ouest, au-delà du Mississippi. Le jour où Britannia tentera de s'emparer de la région, cependant, ce sera la guerre non seulement avec la France, mais aussi avec l'Espagne. Si bien que les dirigeants de l'Empire passent le plus clair de leur temps à se crêper le chignon sans que rien ne change.

Sans cesser de mâcher sa viande, Birch digérait les propos de l'entrepreneur.

— Et vous, dans tout ça ?

Tous les yeux se posèrent sur Grave. Il était demeuré tellement silencieux que Charlotte pensait qu'il se désintéressait complètement de la conversation.

Le garçon ne lâchait pas Lord Ott du regard.

— Pourquoi voulez-vous voir l'Empire tomber ? Vous êtes déjà lord.

— Certes. (Ott plissa légèrement les paupières.) Je dispose bien d'un titre et de terres à mon nom, au nord de l'Angleterre.

Aussi surprenante qu'était la question de Grave, Charlotte se rendit à l'évidence : jamais elle ne s'était interrogée sur les motivations du lord. La confiance qu'elle portait aux époux Ott découlait de sa foi en Jack… laquelle était à présent bien émoussée.

Grave attendait la réponse de l'homme d'affaires, le visage ouvert et dénué de la moindre once d'hostilité.

Un sourire absent sur les lèvres, Lord Ott se grattait la barbe.

— J'aimerais pouvoir vous dire que ma… déloyauté est mue par quelque noble cause ou autre conviction inébranlable, mais la vérité est tout simplement que je trouvais la vie de lord bien trop insipide. Je détiens toujours mes terres et en récolte les bénéfices, mais c'est ici que se porte mon intérêt. Je préfère manipuler les pions, participer au jeu.

— Je ne comprends pas, dit Grave. Vous évoquez un jeu. Le plaisir que vous y prenez. Mais tout ce que j'ai vu de cette guerre, c'est la violence, la mort, la douleur. En quoi est-ce un jeu ?

Le sourire d'Ott s'évanouit.

— As-tu recouvré la mémoire, mon garçon ?

— Je…

— En partie, l'interrompit Charlotte.

Connaissant les sources de Lord Ott, elle n'aurait pas été surprise qu'il connaisse le passé du garçon. Quand bien même – s'il ignorait que Grave avait été un garçon maladif qui, à en croire Hackett Bromley, était revenu à la vie par la grâce d'une intervention mécanique et d'un soupçon de magie noire – Charlotte tenait à garder l'information secrète.

— Tout porte à croire qu'il a été gravement malade, poursuivit-elle. Et même si des fragments de son passé ont refait surface, sa mémoire, elle, a sans doute subi des dommages irréversibles.

— Je vois. (Le visage de Lord Ott ne laissait rien paraître.) Quand je parle de « jeu », c'est une métaphore. Tout ce que j'essaie de dire, c'est que je ne me contente pas d'observer les transformations du monde, les bras croisés. Je préfère vivre avec mon époque.

Il repoussa sa chaise et se leva.

— Permettez-moi de me retirer à présent. Linnet passera la nuit ici et vous conduira au *Calypso* dans la matinée.

Lorsqu'il fut parti, Linnet s'empara de son assiette et picora la tranche de rôti qu'il avait abandonnée.

— C'est bien la première fois que je vois Lord Ott se laisser déstabiliser, déclara-t-elle. Mais il faut dire que la plupart des gens ne sont pas assez sots pour lui chercher des poux dans la tête.

— Ce n'était qu'une question innocente, rétorqua Charlotte.

Aussi gênant qu'ait été l'échange, elle ne pouvait reprocher à Grave sa curiosité.

— Je suis bien de ton avis, répondit son amie. Même si je parlerais d'une question indélicate, plutôt qu'innocente. Sans vouloir te vexer, Grave, ajouta-t-elle en se tournant vers le garçon.

Il haussa les épaules, indifférent.

— J'étais curieux, c'est tout.

— Et c'est ton droit le plus strict, lui assura Linnet. Il s'en remettra, ne t'inquiète pas. Il n'a pas l'habitude qu'on le défie.

— Tu ne cesses de le faire ! remarqua Charlotte.

Un sourire mutin s'étira sur les lèvres de Linnet.

— Vraiment ? Je n'avais pas remarqué.

Chapitre 8

Le *Calypso* ne ressemblait en rien aux vaisseaux commerciaux alignés le long des docks de l'Ohio. Charlotte et ses compagnons arrivèrent tôt sur les rives du Mississippi ce matin-là, leurs bagages confiés à des porteurs fournis par Lord Ott. Pendant que les autres s'émerveillaient devant la décoration raffinée de leurs chambres, Charlotte regagna la terre ferme avec Linnet pour contempler une nouvelle fois le navire. Le *Calypso* flottait, immaculé, élégant, blanc comme un cygne à l'exception de la grande roue à aubes à sa poupe. Le gigantesque vapeur comptait quatre ponts aux promenades ornées d'arches délicatement gravées et marquetées de nacre. Frappé par les rayons du soleil, le *Calypso* brillait d'un tel éclat que Charlotte dut détourner le regard.

— Ça ira mieux si tu te protèges les yeux, lui conseilla Linnet, qui plaça sa main en visière contre son front. Même si ça reste assez aveuglant.

Imitant son amie, Charlotte put continuer son examen du vaisseau, quoique les yeux plissés.

— Une sacrée bête ! déclara Linnet. Même si Lord Ott n'aime pas que j'emploie ce mot. Mais comme je n'ai de cesse de lui rappeler, il existe toutes sortes de bêtes magnifiques en ce monde : les éléphants, les baleines, les élans… Enfin, peut-être pas les élans.

En termes de gabarit, Charlotte devait bien reconnaître que le *Calypso* avait tout d'un mastodonte. Doté d'une mâchoire, il aurait pu engloutir sans peine quatre petits vaisseaux côte à côte. Les ponts grouillaient de passagers : des couples déambulaient bras dessus bras dessous le long des promenades tandis que les enfants couraient en tous sens, absorbés dans un jeu du chat et de la souris. Règle tacite ou code vestimentaire imposé, il semblait de bon ton de se parer de couleurs pastel mettant en valeur les surfaces brillantes du *Calypso*.

Charlotte, qui contemplait les passagers bien mis, jura discrètement.

— Quel rôle vais-je devoir jouer pour ce voyage ? Et que vais-je devoir porter ?

C'était avec un profond soulagement qu'elle avait retrouvé sa garde-robe familière, quoique restreinte, en quittant la Cité Flottante, et elle n'était guère pressée de devoir endosser de nouveau les oripeaux de la bonne société.

Linnet lâcha un petit rire.

— La vie fluviale n'a rien à voir avec les mœurs urbaines, chaton. Tu verras, toutes sortes d'individus embarquent sur le vapeur de Lord Ott. D'ici, il te semble peut-être que seuls les plus élégants et les plus raffinés voyagent vers le sud, mais ce n'est qu'une illusion. Une bonne partie des passagers cuvent encore le vin d'hier soir. Ils ne pointeront pas le nez avant midi ; certains ne se donnent même pas la peine de quitter leur cabine en journée.

Devant le regard perplexe de son amie, elle ajouta :

— Tu verras par toi-même.

— Nous allons donc nous mêler aux autres passagers ? On ne risque pas d'éveiller les soupçons ?

— Beaucoup seront intrigués, convint Linnet, même si je doute qu'ils l'admettent. Nul besoin de te fabriquer un profil aussi élaboré que celui de « mademoiselle Marshall » à bord du *Calypso*. Hors de question de te montrer honnête, cependant. Ne révèle jamais qui tu es… Une règle qui s'applique à la vie en général, pas seulement à cette situation.

— Veux-tu dire que je ne t'ai jamais vue telle que tu es réellement ? s'enquit Charlotte avec une moue de déception.

— Je ne parlais pas des moments passés en présence de tes amis, déclara Linnet en s'appuyant contre un des piliers du quai. Quand tu es plongée dans la foule, en revanche, c'est la meilleure stratégie à adopter.

Charlotte lui accorda un sourire malicieux.

— C'est ton dernier mot ?

— Hmm… (Linnet tambourina des doigts sur sa joue.) Je suppose. Veux-tu que je te concocte une autre réponse ?

— M'est avis que tu es une amie tout à fait redoutable et dangereuse.

Le sourire de Charlotte s'était mué en grimace.

— Bien entendu ! (Linnet s'écarta du pilier et avança jusqu'à l'extrémité du ponton.) C'est aussi ce qui fait de moi ton amie la plus irrésistible et la plus merveilleuse.

Charlotte ne se donna pas la peine de la contredire. Elle gravit la passerelle à la suite de la jeune femme et embarqua à bord du navire.

Une troupe de musiciens les accueillit sur le vaste pont principal au son d'une joyeuse mélodie où se mêlaient violon, tambour et flûte. Une ambiance festive régnait sur l'embarcation : tout autour de Charlotte résonnaient rires, chants et conversations enjouées. Elle se sentit envahie par une légèreté bienvenue après la tension qui l'avait accompagnée tout au long de son périple. Un majordome aux mains gantées de blanc et armé d'un plateau chargé de fruits frais s'arrêta auprès des deux jeunes femmes pour leur en proposer, bientôt suivi d'un autre serviteur qui leur offrit des verres de champagne. La langue titillée par un mélange de jus de pêche et d'alcool pétillant, Charlotte se sentait prête à flotter, emportée par le plaisir.

— C'est pas vrai ! maugréa soudain Linnet, ce qui interrompit sur-le-champ les transports sensoriels de son amie.

— Qu'y a-t-il ? demanda Charlotte avant de reprendre une bouchée de pêche et une gorgée de champagne, incapable de résister.

Linnet lui adressa un regard en coin.

— J'espérais avoir un peu plus de temps, mais rien ne sert de reculer l'échéance.

Charlotte plissa le front, tout à coup inquiète. Son amie fixait un point situé derrière elle.

— Quelle charmante matinée ! lança une voix masculine tout près de son épaule. Absolument délectable.

— Si tu commences à débiter des poèmes, il ne faudra pas t'étonner que je te frappe, dit Linnet d'un ton glacial, mais le sourire aux lèvres.

Charlotte fit volte-face pour tomber nez à nez avec une silhouette élancée tellement proche qu'elle recula dans un sursaut.

— Bonjour, Charlotte. C'est un réel plaisir de vous revoir.

Le commodore Coe Winter n'avait pas changé. Ses yeux d'un bleu éclatant, mouchetés de brun, la dévisageaient avec attention. Ignorant la mode impériale du catogan, il laissait ses cheveux brun foncé tomber librement jusqu'à ses épaules. Son visage auparavant glabre se parait à présent d'une courte barbe.

Charlotte se demanda tout à coup si elle n'avait pas du jus de pêche sur le menton. Elle avait l'estomac noué, mais la sensation ne lui était pas totalement déplaisante. Coe avait abandonné son uniforme militaire pour une chemise de lin assortie d'un gilet et d'un pantalon sombres. Une paire de ceinturons reposait bas sur ses hanches. Ce changement de tenue et de coiffure lui conférait une allure plus rude, comme s'il avait grandi dans les Catacombes, peut-être, mais aussi moins sévère.

— Coe ! s'écria-t-elle d'une voix bien trop aiguë. Je n'ai… Comment… Quelle surprise ! J'ai failli ne pas vous reconnaître avec cette barbe.

Quelle idiote de balbutier ainsi ! Elle s'en mordait la langue.

Linnet laissa échapper un ricanement, qui lui valut un coup de talon de son amie. Elle souffla une injure. Charlotte se contenta de sourire au commodore Winter, qui lui saisit la main et déposa un baiser sur ses phalanges. Les lèvres de Coe s'attardèrent juste assez sur la peau de la jeune fille pour envoyer un frisson de chaleur le long de son bras.

— Que faites-vous aussi loin de la ville ? demanda Charlotte à voix basse. N'a-t-on pas besoin de vos services là-bas ?

— Je profite d'un congé bien mérité, répondit l'officier avec un grand sourire.

Charlotte avait oublié comme le sourire des Winter pouvait s'avérer désarmant. La réaction de son corps la troublait. Si la sensation était plus douce que le plus beau des rêves, elle ne pouvait cependant séparer l'effet que lui faisait Coe des sentiments qu'elle éprouvait pour Jack. Elle retira sa main – *pourvu qu'il ne s'en formalise pas !* – et tenta de se racheter d'un sourire bienveillant.

— Congé que vous avez décidé de passer sur le Mississippi ?

Avec un rire, Coe dégagea une mèche de cheveux de son visage. Charlotte sentit sa gorge se nouer. *Était-il aussi séduisant à New York ? Ou est-ce la fatigue du voyage qui me rend avide d'affection ?*

— Je serai bien heureux le jour où le monde sera assez paisible pour m'autoriser à prendre des vacances sans culpabiliser, déclara-t-il.

Linnet s'approcha pour se joindre à la conversation.

— Jack nous a prévenus que les dirigeants de la Résistance s'étaient montrés ouverts aux négociations. Le grade élevé de Coe fait de lui le meilleur émissaire des dissidents au sein de l'Empire. Il est venu discuter d'une possible alliance.

— Et quand j'ai appris que Lord Ott faisait aussi le voyage, j'ai décidé de me joindre à lui, ajouta l'intéressé.

— La voie des airs aurait été plus rapide, rétorqua sa demi-sœur.

— Comment aurais-je pu renoncer à une occasion de passer du temps avec ma très chère sœur ?

— Vous êtes d'un sentimental, très cher frère ! répliqua Linnet avec un sourire caustique. Si tu veux bien nous excuser, j'aimerais montrer le reste du *Calypso* à Charlotte avant que les passagers ne le prennent d'assaut.

— Loin de moi l'idée de mettre un frein à une aussi noble tâche !

Coe s'effaça sur le côté et s'inclina profondément. Avant d'adresser un clin d'œil à Charlotte lorsqu'il releva la tête.

Linnet tira la langue à son demi-frère, tandis que son amie se couvrait la bouche pour étouffer un rire. L'esprit allégé par cette rencontre inattendue, elle passa son bras sous celui de Linnet.

— Dès qu'il quitte son uniforme, c'est un vrai vaurien, remarqua la jeune femme.

— Il paraissait bien changé, en effet, dit Charlotte, qui ne pouvait s'empêcher de sourire, aussi ridicule que ça puisse paraître.

Linnet lui lança un regard en biais.

— Tu ne trouves pas qu'ainsi il ressemble beaucoup à Jack ?

Le sourire de Charlotte se figea.

— Il m'a toujours semblé qu'ils se ressemblaient beaucoup plus lorsqu'ils étaient séparés, poursuivit Linnet. Ensemble, ils passent leur temps à se crêper le chignon. C'est tellement facile d'oublier tout ce qui les rapproche. Tu ne crois pas ?

— Je doute de les connaître assez pour émettre un jugement.

Toute la joie de Charlotte s'était à présent évanouie.

— Par l'égide d'Athéna, grommela Linnet, qui dégagea son bras. Tu les connais ! Certes, tu connais mieux Jack, mais ne joue pas l'idiote.

Charlotte carra les épaules, sur la défensive.

— Pourquoi est-ce que tu me cherches ?

— Parce que je tiens à toi ! aboya son amie. Et, aussi rustres qu'ils puissent être, je tiens aussi à mes frères.

— Je n'ai rien fait de mal, rétorqua Charlotte.

Linnet secoua la tête, exaspérée.

— Ce n'est pas une question de bien ou de mal.

— Où est le problème, alors ? insista Charlotte, les poings sur les hanches.

— Tu te rappelles ce qu'a dit Lord Ott sur le « jeu » ? (Lorsque Charlotte eut acquiescé, elle poursuivit :) La guerre n'est pas le seul jeu pratiqué par l'homme. Les gens s'adonnent à toutes sortes de sport. Sans aucune règle, mais aux enjeux bien réels. Et celui dans lequel tu t'aventures pourrait avoir des conséquences dévastatrices.

— Je ne joue pas. (Charlotte foudroya Linnet du regard.) Tu me crois donc aussi frivole ?

Son amie la regarda droit dans les yeux.

— Tu as beau ne pas vouloir l'admettre, tu es engagée dans la partie. Comme nous tous. Crois-en mon expérience : nul ne peut y échapper.

Ses prunelles bleues, pareilles à celles de Coe, s'emplirent de tendresse. Charlotte était au bord des larmes, ce qui la mettait en rage. Elle n'était pas triste, simplement furieuse.

Je refuse de pleurer. Je refuse !

— Je ne te crois pas frivole, chaton, dit Linnet d'une voix douce. J'espère simplement que tu sais ce que tu tentes de gagner.

Même s'ils disposaient chacun d'une cabine individuelle, Charlotte et ses amis finirent par passer la soirée entassés dans les quartiers de la jeune fille. Galvanisés par l'aide bienvenue de Lord Ott et le confort extravagant offert par son navire à vapeur, ils mouraient d'impatience d'échanger des anecdotes et de rire tous ensemble. Birch confessa la joie qui s'était emparée de lui en apprenant qu'il pourrait garder les fruits de la vente de ses colifichets. La description des nouveaux gadgets qu'il espérait mettre au point captiva Grave et Pip. Charlotte, elle, discutait avec Scoff : le jeune homme rêvait de pouvoir reprendre ses expériences à la Nouvelle-Orléans.

— Je m'en veux encore terriblement d'avoir négligé Pip à la fête foraine, confia-t-il à Charlotte. Mais ma discussion avec cet apothicaire m'a donné toutes sortes d'idées. Dès que j'aurai mis la main sur l'équipement et les ingrédients nécessaires, je pourrai créer des formules fantastiques !

Brûlant d'enthousiasme, il énuméra les bienfaits potentiels de ses futurs élixirs. Charlotte se retint de l'interroger sur leurs effets secondaires. Elle renonça aussi à lui demander à quoi pouvait bien servir une vessie d'anguille séchée.

Tandis que Scoff et Birch laissaient libre cours à leur optimisme, Charlotte réfléchissait à ses propres aspirations. Scoff se languissait de retrouver un laboratoire, Birch un atelier. Pip avait hâte de reprendre son apprentissage auprès du rétameur, et il y avait fort à parier que Grave, avec son penchant pour la mécanique, serait heureux de se joindre à eux. Ni inventrice, ni apothicaire, Charlotte ne savait trop ce qu'elle espérait retrouver, ou plutôt commencer, une fois arrivée à la Nouvelle-Orléans. Dans les Catacombes, elle était éclaireuse et combattante. Depuis le départ d'Ash, elle avait dû endosser le rôle de chef et, même si personne ne s'était plaint ni n'avait contesté son autorité, elle n'était pas certaine de s'être montrée à la hauteur.

Au souvenir d'Ash, sa poitrine se serra. Voilà ce qu'elle aurait aimé retrouver : son frère. Elle avait beau détester son statut de cadette, les conseils réconfortants d'Ashley l'avaient bercée toute son enfance. Si elle ne pouvait recouvrer son innocence, elle pouvait néanmoins retrouver son frère. Son cœur se gonflait tant d'espoir que c'en était douloureux. Perdue dans ses pensées, ce n'est que lorsque Birch lança un « Qui est là ? » qu'elle se rendit compte qu'on avait frappé à la porte – et qu'elle n'écoutait plus son interlocuteur depuis quelques minutes déjà.

Scoff balaya sa gêne et ses excuses imminentes d'un revers de la main.

— Ça ne fait rien, je te parlerai de mon tonic Bec et Ongles une autre fois.

De l'autre côté du battant, une voix annonça : « C'est Linnet. »

Charlotte se leva pour aller ouvrir la porte, non sans redouter la conversation qui allait suivre. Plus tôt dans la journée, elle avait quitté Linnet sans crier gare, en grommelant qu'elle terminerait la visite toute seule, merci bien. Visite qu'elle avait aussitôt abandonnée, à vrai dire, pour regagner sa cabine, rongée par la culpabilité et la colère. Le *Calypso* avait levé l'ancre, Pip était venue prendre de ses nouvelles, mais Charlotte était restée cloîtrée dans sa chambre. En dépit des heures écoulées depuis son mouvement d'humeur, elle était toujours gênée de s'être ainsi emportée, mais aussi contrariée par la discussion qui l'avait provoqué. Quel qu'ait pu être son embarras, pourtant, il semblait à la fois ridicule et puéril d'éviter Linnet.

Elle ouvrit donc la porte.

— Bonsoir, Linnet.

— Bonsoir, Charlotte, répondit la jeune femme avant de baisser la voix. Tu m'en veux toujours ?

Charlotte éprouva alors un élan d'affection pour cette fidèle amie qui ne craignait pas d'affronter la tempête. En guise de réponse, elle secoua vivement la tête.

— Bien, dit Linnet.

Avec un soulagement non feint, elle attrapa la main de Charlotte pour la serrer, fort. Puis elle passa la tête à l'intérieur de la cabine.

— M'en voudrez-vous si je vous enlève un instant cette charmante demoiselle ? (Avec un regard taquin à l'intéressée, elle ajouta, assez fort pour que tout le monde puisse l'entendre :) Car tu es toujours une demoiselle, n'est-ce pas, Charlotte ?

Pip s'étouffa, Scoff s'esclaffa ; quant à Birch et Grave, ils parurent juste gênés, jusqu'à ce que Charlotte enfonce un coude dans les côtes de Linnet. Son amie feignit une grimace, et les deux jeunes femmes éclatèrent de rire.

Lorsque Charlotte eut souhaité bonne nuit à ses compagnons, Linnet la conduisit dans sa propre cabine.

— J'ai une surprise pour toi, lui annonça-t-elle. J'espère qu'elle te plaira.

Charlotte doutait pouvoir supporter une énième surprise, pourtant elle ne put masquer son admiration devant le spectacle qui s'offrit à elle lorsque Linnet eut tourné la petite roue contrôlant l'éclairage de la cabine. La couchette était couverte de robes de soies, brodées ou lisses, et de riches taffetas. Très différentes des frêles tenues à ceinture haute de la Cité Flottante, elles se laçaient dans le dos comme des corsets, et leurs jupes bouffaient sous leur taille cintrée.

— Tu m'offres une robe ? demanda Charlotte, ravie quoiqu'un peu perplexe.

— Si tu en trouves une qu'il te faut absolument, tu pourras la garder, dit Linnet. Mon intention était plutôt de te prêter une tenue adéquate pour les festivités de ce soir.

— Que veux-tu dire ?

La méfiance avait vite repris le dessus chez Charlotte.

— Lord Ott organise une fête, expliqua son amie. Les invitations sont impossibles à trouver. Sauf pour moi.

Charlotte s'esclaffa.

— Parfait ! s'exclama Linnet en tapant des mains. Oh, on va tellement s'amuser ! Dépêche-toi de choisir une robe.

— Rien d'étonnant à ce que Lord Ott se plaigne de ton goût pour la mode, constata Charlotte, qui soulevait chaque vêtement l'un après l'autre. Elles doivent toutes coûter une fortune !

— Je le vaux bien, répliqua Linnet. Oh, tu peux choisir ce qui te plaira, bien entendu, mais si tu veux mon avis, ce modèle vert olive t'ira à ravir.

La robe en question était spectaculaire, en effet, taillée dans une soie dont la douceur et la fraîcheur évoquaient à Charlotte le clair de lune.

— Tu veux bien m'aider à l'enfiler ?

Linnet eut vite fait de s'exécuter. Le plissé de la jupe imitait le mouvement d'un tissu souple que l'on faisait virevolter d'un coup de hanches. Le bustier épousait la silhouette de la jeune fille, moulant sans être trop serré, même après que son amie eut fini de le lacer.

Linnet recula d'un pas pour admirer le résultat.

— Cette robe te va bien mieux qu'à moi. Je crains que tu ne doives la garder !

Elle-même sélectionna une tenue d'une belle teinte acier, dont la jupe cerclée d'une épaisseur de mousseline grise ajoutait une touche de mystère et d'élégance.

Les deux jeunes femmes se coiffèrent tour à tour, rehaussant leurs chevelures de peignes d'argent incrustés de perles.

— Pour être honnête, confia Linnet à Charlotte juste avant de quitter la cabine, je n'avais jamais participé à ce rituel féminin des préparatifs en vue d'une sortie, mais c'était plutôt agréable, tu ne trouves pas ?

Son amie déposa un baiser sur sa joue.

— Ce soir, ça l'était.

La soirée très huppée de Lord Ott avait lieu dans les entrailles du navire, et non sur les ponts supérieurs comme s'y attendait Charlotte. Au terme de leur descente, Linnet s'arrêta devant une lourde porte métallique qui ressemblait à l'entrée d'une salle des machines ou d'une réserve de charbon. Une fois le palier franchi, cependant, Charlotte se trouva transportée dans un tout autre monde, loin des passerelles et autres mécanismes qui propulsaient le navire : un repaire de sorcier aux lumières tamisées, digne d'un vieux conte populaire. La fumée virevoltait à travers la pièce, charriant avec elle un mélange de tabac et d'autres arômes plus exotiques.

Charlotte pria Athéna que son amie ne la quitte pas d'une semelle en ce lieu aussi intimidant que le labyrinthe du Jardin aux Miroirs. Des lampes encerclées de verre cramoisi emplissaient la pièce d'une lueur rougeâtre qui peinait à percer les ténèbres. Linnet attira la jeune fille vers un canapé de velours.

— Voilà qui devrait nous offrir un point de vue satisfaisant, déclara-t-elle.

— Comment ça ? demanda Charlotte sans prendre la peine de faire remarquer à Linnet qu'elle aurait sans doute du mal à voir plus loin que son bras.

— Soirées, bals, dîners… Si tu veux mon avis, tous les événements mondains, sans exception, sont gâchés si on les considère uniquement comme une occasion de s'amuser. Il vaut bien mieux en profiter pour observer et apprendre.

Charlotte se redressa légèrement, intriguée.

— As-tu l'intention de m'inculquer les rudiments de l'espionnage ?

— Si c'est pour que tu me poses ce genre de questions, autant abandonner tout de suite !

Sur un claquement de doigts de Linnet, un homme apparut – mais d'où, ça, Charlotte n'en avait pas la moindre idée.

— Que puis-je vous offrir ? demanda-t-il.

Il portait l'uniforme des serveurs du *Calypso*. Ses traits, cependant, étaient en partie dissimulés derrière un masque noir qui lui couvrait le haut du visage.

— Un nectar de pêche, ordonna Linnet avant de sourire à son amie. Je sais que le champagne de ce matin t'a plu mais, pour le bien de nos activités, il faudra s'en passer ce soir.

Elle se tourna vers le serveur pour ajouter :
— Apportez-nous aussi une assiette de fraises.

La pièce se remplissait peu à peu de convives. Des hommes en costumes élégants, des femmes dans des robes exquises. Peu importait son choix vestimentaire, songea Charlotte : la lumière écarlate assombrissait tout.

— Continue à observer l'assemblée, lui intima Linnet. Dans quelques minutes, je t'interrogerai sur ce que tu auras vu.

— Ne vois-tu pas la même chose ? lui demanda Charlotte, occupée à sonder les profondeurs de la pièce.

Linnet soupira.

— Je vais devoir t'imposer une règle sur les questions.

— Laquelle ?

— Pas de questions.

Même si elle ne tenait pas à provoquer une nouvelle dispute, Charlotte fut irritée par le comportement de son amie.

— Je t'ai à peine…

— Cesse de feuler, chaton, protesta Linnet d'un ton enjoué. En d'autres circonstances, tu serais prudente de t'interroger, mais pour l'heure tu risques seulement de relâcher ton attention. L'espionnage requiert patience et vigilance. Tu es une glaneuse d'informations, pas une inquisitrice.

— Entendu.

Alors que la pièce bourdonnait jusque-là de chuchotements et des bruits de pas feutrés des serviteurs qui se glissaient entre les convives, Charlotte repéra soudain un nouveau son. Un subtil murmure tout d'abord, qui bientôt prit la forme d'une note avant d'enfler en une mélodie moelleuse comme le velours et douce comme le miel sauvage, déversée par les cordes d'un violoncelle. L'interprète, sans doute tapi dans un coin sombre, demeurait invisible, ce qui ne faisait qu'ajouter à la mystique du lieu. Des rubans de fumée ondulaient dans le sillage de la musique, au rythme de la mélopée.

Le serveur masqué réapparut avec un plateau d'argent chargé de fraises et de deux flûtes de cristal remplies à ras bord de nectar de pêche. Charlotte souleva sa coupe et en absorba le contenu ; le liquide lui chatouilla la langue avant d'aller danser au fond de sa gorge. Tout, dans la pièce, semblait voguer sur les ailes de la musique. Les corps se tournaient, s'asseyaient, se penchaient les uns vers les autres. Les conversations se poursuivaient, à voix basse, couvertes par le riche chant du violoncelle.

Charlotte goûta une fraise. La morsure acidulée de la baie fraîche se mêla à la douceur de la pêche pour former un bouquet capiteux.

— Dis-moi ce que tu vois, murmura Linnet.

Sirotant une nouvelle gorgée de jus de fruits, Charlotte laissa ses yeux balayer la pièce.

— Très peu de choses, mais je doute que ce soit important.

— Dans ce cas, qu'est-ce qui importe ? lui demanda son amie.

Même sa voix semblait se plier au tempo de l'instrument à cordes.

— Ce que je ressens, répondit Charlotte. Cet endroit essaie de me dire quoi ressentir. Il tente de me plonger dans un rêve vertigineux où faire disparaître le monde réel.

Linnet laissa passer un long silence avant de décréter :

— Très bien, chaton. Très bien.

— Qu'est-ce que ça veut dire ?

Charlotte posa son verre pour regarder son professeur en espionnage.

— Pas de questions, lui rappela Linnet, malicieuse. À mon avis, tu sais ce que ça veut dire. Laisse parler ton instinct.

Charlotte huma la fumée aux senteurs épicées qui flottait dans l'air.

— Je ferais mieux de rester sur mes gardes, si je ne veux pas perdre les sens.

Linnet saisit le verre de Charlotte pour le rendre à sa propriétaire avant de faire tinter sa propre coupe contre lui. Le tintement de cristal transperça le sortilège ambiant et sembla tirer l'apprentie espionne d'un merveilleux sommeil… alors même qu'elle se croyait éveillée.

Les traits de Linnet se précisèrent. Elle dévorait son amie de ses yeux alertes.

— Sacré potentiel, Charlotte ! Je suis impressionnée. Ce qui n'arrive pas souvent, tu dois t'en douter.

— Mais je… (Charlotte avait encore l'esprit embrumé.) J'étais captivée.

Elle se pinça l'arête du nez dans l'attente que ses pensées s'éclaircissent.

— C'est vrai, mais juste un peu. (Linnet lui tapota le dos de la main.) La plupart des gens sont incapables de résister.

Lorsque Charlotte releva la tête, la pièce lui sembla plus claire, les convives plus faciles à discerner, et quant au violoncelle, qui jouait toujours, sa mélodie n'avait plus rien d'exceptionnel.

— Qu'est-ce que c'était ? demanda-t-elle à Linnet. Qu'est-ce qui s'est passé ?

La jeune femme dégusta une longue gorgée de nectar, suivie d'une fraise, avant de répondre :

— Le violoncelliste est un hypnotiseur.

Charlotte plissa le front, perplexe. Elle avait entendu parler des hypnotiseurs, même si elle n'en avait jamais rencontré. Elle les avait toujours imaginés comme des colporteurs qui échangeaient tours et illusions contre nourriture et biens au gré de leurs déplacements. Rien à voir avec ce à quoi elle venait d'assister.

— Est-ce de la magie ?

Linnet haussa un sourcil.

— Je ne saurais te le dire, pour la simple et bonne raison que je ne connais pas la magie, pas plus que je n'y crois. Le talent des hypnotiseurs, lui, est bien réel. D'où vient-il, comment il fonctionne, je n'en ai pas la moindre idée. C'est un talent inné, en tout cas, qui se manifeste de façons variées. Zéphyr, notre violoncelliste, est capable de plier la volonté de ses auditeurs et d'altérer leur perception grâce à sa musique, mais j'en ai vu d'autres utiliser le langage, la danse, le chant… C'est un talent incroyable.

À présent que le mystère était levé, Charlotte constatait l'effet qu'avait l'hypnotiseur sur les autres invités. Leurs gestes et mouvements se faisaient languides, comme sous l'effet de l'ivresse, quoique dénués de maladresse. Ce tableau emplit la jeune fille de tristesse et lui arracha un grognement de frustration.

— Toujours troublée ? demanda Linnet en lui tendant une fraise.

Charlotte repoussa l'offrande, que Linnet engloutit.

— Je n'en aurais rien su.

Charlotte ne supportait pas l'idée d'être une marionnette manipulée par un autre.

— Mais si, justement, répondit son amie. Tu as tout de suite compris que quelque chose clochait. Si tu avais succombé à son contrôle, tu n'aurais même pas pu répondre à mes questions. Sa tentative d'altérer ton esprit t'aurait accaparée jusqu'à ce que tu puisses t'en délivrer.

L'explication ne suffisait pas à rassurer la jeune fille.

— J'ai cru que c'était le tintement de nos verres qui m'avait arrachée à l'illusion.

— Ça a accéléré le processus, concéda Linnet. Mais si je l'ai fait, c'est parce que je savais que tu en étais capable. Je ne voulais pas attendre.

Devant le scepticisme de son amie, elle ajouta dans un souffle :

— Cesse donc de nourrir tes doutes, chaton. C'est une perte de temps, et une insulte à ton talent.

Elle balaya l'assemblée somnambule d'un revers de main.

— Tu n'as rien à voir avec eux. Les hypnotiseurs n'ont aucun pouvoir sur les forts caractères.

— Serions-nous les seules personnes fortes dans cette soirée ?

Charlotte en doutait.

— Ton talent brille une nouvelle fois ! (Avec un sourire, Linnet engloutit la dernière fraise.) Non, bien sûr, nous ne sommes pas les seules. Quelle conclusion en tires-tu ?

Charlotte observait l'assemblée.

— Si tous paraissent affectés par l'hypnotiseur, certains doivent faire semblant.

— Très juste. (Linnet porta sa coupe à ses lèvres, et constata qu'elle était vide.) Quant à nous, nous sommes à court de nectar.

— Et de fraises, ajouta Charlotte avec un sourire taquin.

— Très juste.

Linnet fit signe au serveur. Lorsqu'il eut rempli leurs verres et emporté l'assiette vide, elle se tourna vers son amie.

— Tous les fêtards ne sont pas égaux… Certains convives ici présents sont venus se perdre. Pour eux, la présence de l'hypnotiseur est une aubaine, et ils seront ravis de se laisser porter par ce songe jusqu'à la fin de la nuit. Les autres sont venus profiter des premiers, faciles à manipuler sous l'influence de la musique.

— Des criminels ?

Charlotte se morigéna bien vite de sa surprise. Lord Ott trempait dans toutes sortes d'affaires, légales ou non. Ses invités avaient toutes les chances de venir des deux côtés de la loi.

Linnet s'esclaffa.

— Comme tu y vas ! Mais oui, un certain nombre d'entre eux pourraient être décrits comme des criminels, même s'ils ne sont pas aussi misérables que ceux que tu auras croisés à la Fête Fluviale. Ceux qui nous intéressent ce soir se considèrent plus volontiers comme des artisans, dont les services sont cher payés.

— Des espions, en somme.

Charlotte serait-elle capable de distinguer les convives lucides si elle étudiait leur comportement avec plus d'attention ?

— Exact. (Linnet attendit que le serveur les ravitaille en fraises avant de poursuivre.) Sans oublier des assassins, des concubines, des pirates et des escrocs.

— Des pirates ? Tu plaisantes ?

— Rien de plus sérieux que les pirates, répliqua Linnet. On en compte quelques-uns à bord du *Calypso*. À la Nouvelle-Orléans, ils seront beaucoup plus nombreux. Si tu en croises, je te déconseille de te moquer de leur profession.

Charlotte n'arrivait pas à décider si son amie tentait de la taquiner ou de la mettre en garde. Sans doute la vérité se situait-elle entre les deux.

— Ce que j'essaie de te dire, reprit Linnet, c'est que, certes, ta volonté de fer t'a permis de résister, mais maintenant que tu connais les effets de l'hypnose, tu les reconnaîtras à chaque fois… et c'est bien plus courant qu'on ne le croit. Seuls les plus médiocres vendent leurs services sur la route ; les meilleurs, eux, opèrent sous l'apparence de saltimbanques ordinaires, mais se font payer rubis sur l'ongle.

Jusqu'à récemment, Charlotte ignorait presque tout des saltimbanques, et elle fut donc soulagée d'apprendre qu'elle avait peu de chance d'avoir croisé la route d'hypnotiseurs par le passé.

— Maintenant que c'est réglé, te voilà fin prête, annonça Linnet, qui se releva.

De surprise, Charlotte suivit le mouvement.

— Prête pour quoi ?

— Pour faire le tour de la pièce, répondit son amie. Te mêler aux autres, charmer ton auditoire. Flirter, même, si ça te chante. À mon avis, tu manques de pratique.

Charlotte ignora la dernière pique.

— Une raison pour laquelle tu tiens à ce que je me mêle aux autres ?

— Il y en a une, la seule qui me pousse à m'adonner à ces mondanités, répondit Linnet. Je suis une glaneuse.

Elle passa un bras autour de la taille de Charlotte pour l'orienter.

— Et ce soir, toi aussi. On se retrouve ici, dans une heure.

— On ne reste pas ensemble ?

Charlotte avait beau être touchée par la confiance de son amie, elle doutait de parvenir à un résultat satisfaisant si elles se séparaient.

— Tout va bien se passer, chaton, lui assura Linnet. Rends-moi fière.

Et elle disparut.

Chapitre 9

L'anxiété que ressentit Charlotte au départ de Linnet laissa vite la place au frisson de l'inconnu. *Je dispose d'un avantage*, se rappela la jeune fille. *Les autres sont captifs d'un rêve. Moi, je suis là pour observer, glaner des renseignements. Je ne risque rien.*

Elle infiltra d'abord un trio de dames aux traits d'habitude tirés par le dédain, comme le suggéraient quelques rides légères, mais à présent relâchés sous l'effet du plaisir. Épouses de barons du transport maritime basés dans le port de Charleston, Lady Gordon et Lady Firth, sœurs de leur état, conversaient avec Lady Rothmore, leur plus chère amie. Leurs conjoints souhaitaient explorer de potentiels investissements auprès d'une poignée de commerçants parmi les plus réputés. Ces dames ne cachaient par leur exaltation à l'idée de s'aventurer – en compagnie de leurs maris, bien entendu – en ces terres sauvages, tellement éloignées de la côte. Les histoires dont elles avaient eu vent sur la Nouvelle-Orléans avaient de quoi intimider (ces épouvantables Français et leurs scandales !), mais jusqu'à présent, le voyage s'était avéré étonnamment agréable.

Interrogée par Charlotte sur l'entreprise des lords, Lady Firth lui avoua que les fleuves avaient gagné en intérêt à la suite de plusieurs attaques de pirates menées contre des navires aux cales pleines. Lady Gordon confia pour sa part que, même si les cargaisons avaient échappé à ces brigands des mers, l'Empire avait augmenté le coût des matériaux nécessaires à la construction de nouveaux vaisseaux – au point que son époux s'était vu forcé de s'endetter lourdement. À l'évocation de ces créances, Lady Rothmore fut prise d'un spasme, et bientôt elle racontait, en larmes, comment elle avait découvert le goût prononcé de Lord Rothmore pour le jeu, activité pour laquelle il n'hésitait pas à dilapider l'héritage de sa femme. Charlotte prit congé alors que Lady Rothmore épanchait son chagrin dans le décolleté de Lady Firth.

À peine eut-elle abandonné ces dames qu'un duo de gentlemen lui fit signe d'approcher. Leur jeunesse jurait avec leurs tenues, qui trahissaient une richesse bien plus extravagante que celle des autres convives. Ils se présentèrent comme messieurs Lannock et Hume, insistant sur le fait que leurs fortunes étaient acquises, et non héritées. Les jeunes gens, maîtres d'eux-mêmes et pleins de charmes, représentaient le revers de la triste médaille dépeinte par Lady Rothmore : de leur propre aveu, Lannock et Hume étaient les meilleurs joueurs de cartes du Mississippi, qu'ils parcouraient nuit et jour à bord de grands vapeurs, sans attaches. S'ils avaient fréquenté les tables de tous les vaisseaux qui offraient un niveau de jeu satisfaisant, le *Calypso* demeurait toutefois leur favori.

— C'est le seul à proposer une bonne cave, des lits douillets et de jolies femmes, déclara M. Hume avec un clin d'œil à Charlotte.

— Très juste, confirma son comparse. Les autres navires ne remplissent en général que deux de ces critères.

— Parfois même aucun, se lamenta Hume.

Sentant qu'on lui effleurait le poignet, Charlotte se retourna et vit un serveur masqué prendre sa coupe presque vide pour lui offrir un verre de cristal droit rempli d'un liquide sombre.

— Jus de mûres fraîches, avec les compliments de votre hôte, dit-il, avant de se retirer sans plus d'explications.

Les interlocuteurs de Charlotte l'observèrent avec un regain d'admiration – et un intérêt non dissimulé.

— Vous nous avez écoutés débiter nos vieilles histoires, mais c'est plutôt nous qui devrions vous interroger, fit remarquer M. Lannock. Vous avez, à l'évidence, des amis haut placés.

— Aux meilleurs des amis, dit M. Hume en levant son verre. Ceux qui ont du pouvoir.

— Aux meilleurs des amis, répéta M. Lannock.

Tous deux se tournèrent vers Charlotte, dans l'expectative. Après une hésitation, elle se joignit à leur toast. Dès qu'elle eut porté la boisson à ses lèvres, elle reconnut le parfum caractéristique de l'anis sous la douceur des mûres. Même si elle préférait le nectar de pêche, elle appréciait l'offrande de Lord Ott ; nul doute qu'il se cachait dans un coin de la pièce pour s'assurer qu'elle naviguait sans heurts à travers l'assemblée. Elle savoura une nouvelle gorgée et sourit à ses interlocuteurs, songeant qu'ils devaient faire partie des individus susceptibles de profiter des pouvoirs de l'hypnotiseur, même si rien dans leurs propos n'indiquait une quelconque résistance à la magie du violoncelle. Il lui faudrait demander à Linnet comment reconnaître une personne immunisée contre l'hypnose. Elle devrait aussi apprendre à masquer sa propre lucidité.

— Je ferais mieux d'aller trouver notre hôte pour le remercier, annonça-t-elle.

Les deux joueurs s'inclinèrent, et Charlotte se mit en quête de nouveaux puits d'informations afin d'enrichir son tableau de chasse.

Le vieux M. Bellard escortait la jeune Mlle Joliet de la source du Mississippi à la Nouvelle-Orléans. Sans cesser de siroter son tonic à la mûre, elle se régalait du récit de la vie du vieil homme, qu'elle trouvait passionnante. Après s'être enrichi dans le commerce de la fourrure, M. Bellard s'était retrouvé au bord de la ruine lorsque l'Angleterre avait défait la France au terme de la guerre de Sept Ans. Pesant le pour et le contre, il avait préféré la prudence au patriotisme et obtenu le droit de rester sur ses terres à présent anglaises pour y poursuivre son commerce, à la condition de verser à l'Empire un pourcentage non négligeable de ses bénéfices. Il avait amassé assez de richesses pour que l'arrangement lui demeure profitable. Il s'était marié sur le tard, le cœur en fin de compte adouci par une métisse, Ma'iigan Joliet, fille d'une femme Anishinaabe et d'un explorateur qui depuis longtemps fournissait les entrepôts Bellard.

De leur union était née une unique enfant : Mlle Joliet. Son prénom, Namid, signifiait « danse des étoiles » dans sa langue maternelle. Hélas, Ma'iigan avait succombé à la maladie peu après le deuxième anniversaire de sa fille. Terrassé par le chagrin, M. Bellard avait des années durant laissé à ses beaux-parents le soin d'élever Namid – ce dont il n'était absolument pas fier. Même s'il regrettait d'avoir si longtemps disparu de l'existence de sa fille, le vieil homme avait repris son rôle de père avant le sixième anniversaire de Namid. Afin de rendre hommage à sa femme, mais aussi à ses beaux-parents, Bellard avait donné leur patronyme à la fillette.

À présent que Mlle Joliet avait atteint l'âge de se marier, son père était convaincu qu'elle aurait plus de chances de trouver un parti convenable à la Nouvelle-Orléans. Peu d'hommes résidant dans leur région d'origine auraient pu offrir à la jeune femme une qualité de vie acceptable, selon M. Bellard. Lequel, de son propre aveu, « préférait encore l'envoyer épouser Hadès, à l'instar de Perséphone, plutôt que de la voir mariée à un crétin de lord anglais ».

Charlotte était captivée par la nature à la fois tragique et romantique du récit que lui faisait le vieil homme. Elle imaginait des explorateurs bien charpentés déchargeant des monceaux de peaux de bêtes de leurs canoës, visualisait de profondes rivières à la surface ondulante et aux rapides bouillonnant d'écume.

— Ma chère, vous sentez-vous bien ?

La voix de Mlle Joliet carillonnait, claire et élégante, telle une cloche dans le lointain.

— Très bien, merci, répondit Charlotte.

À sa grande surprise, sa propre voix résonna comme si la jeune fille avait parlé depuis les profondeurs d'une caverne. Elle ne parvenait pas à se défaire des images vivaces qui accompagnaient le récit de Bellard. Devant ses yeux, l'eau dansait toujours et faisait onduler les murs de la pièce.

Trouve Linnet ! Quelque chose cloche, lui intima une petite voix tapie au fond de son esprit.

— Si vous voulez bien m'excuser, lança-t-elle au duo père-fille, je dois retourner auprès de mon amie.

— Bien entendu.

Bellard inclina la tête et Mlle Joliet se fendit d'une révérence.

Ils la regardèrent s'éloigner avec une insistance qui frôlait l'impolitesse. Elle n'avait pas vu la chaise devant elle, la belle affaire ! Une erreur idiote, il n'y avait pas de quoi en faire des choux gras.

Bien qu'elle ignorait combien de temps s'était écoulé depuis leur séparation, Charlotte décida de retourner attendre Linnet sur le canapé. À trop vouloir se mêler aux convives, l'esprit encore assujetti à de ravissantes, quoique importunes, visions, elle risquait de se ridiculiser.

Où est donc passé ce fichu canapé ?

Les murs ondulaient toujours, et la lueur cramoisie des lampes mêlée à la fumée ambiante dessinait des silhouettes étrangement familières.

Des images ? Non, des lettres… qui forment des mots. Un message dans la fumée !

Voilà qui est extraordinaire…

Plissant les yeux, Charlotte s'efforça de suivre les volutes de fumée à mesure qu'elles dessinaient des lettres avant de s'évanouir. Si seulement elle avait eu de quoi noter !

Ce n'est qu'en percutant un autre convive qu'elle se rendit compte qu'elle marchait toujours.

— Je vous demande pardon, madame… Charlotte ?

Elle cligna des paupières devant l'importun qui avait eu l'audace de détruire une lettre de fumée avant qu'elle ait eu le temps de la déchiffrer. Et qui avait manqué de lui faire lâcher son verre, par-dessus le marché.

— Charlotte !

Elle sentit des mains sur ses épaules. Deux yeux qui la dévisageaient. Il lui semblait reconnaître leur propriétaire.

— Qu'est-il arrivé ? Vos yeux…

— Ahh, mais je vous connais, vous ! (Elle leva sa main libre, qu'elle posa sur une joue broussailleuse.) Coe. Vous voilà barbu.

— En effet. (L'inquiétude perçait dans sa voix. Ne savait-il pas qu'il n'y avait rien à craindre ? Pour personne…) Combien de temps avez-vous passé dans cet état ?

— Hmm…

Charlotte passa la paume sur les favoris de Coe sans pouvoir retenir un gloussement. Sa barbe était tout à la fois douce et rêche. Elle avait envie de frotter sa joue contre celle de l'officier, juste pour voir. Elle se dressa sur la pointe des pieds, prête à tenter l'expérience, mais perdit soudain l'équilibre.

Coe la rattrapa par la taille, interrompant sa chute. Charlotte jeta les bras au cou de son sauveur dans un grand éclat de rire. Toujours vacillante, elle s'exclama :

— Dansez avec moi !

Elle se fichait de savoir si les autres convives dansaient ; des ombres batifolaient dans chaque recoin de la pièce. Elle les prendrait pour partenaires, si personne n'acceptait son invitation.

— Baissez le ton, Charlotte, lui intima Coe dans un murmure, comme si un événement terrible venait de se produire. Laissez-moi prendre soin de vous.

La jeune fille se garda bien de protester, car la perspective lui semblait des plus agréables. Ils pourraient toujours danser plus tard, lorsque le commodore aurait fini de tout prendre au sérieux. Ses pieds effleuraient de temps à autre le sol tandis que l'officier lui faisait traverser la pièce. Pendant un moment, il n'y eut plus que les froufrous de ses jupes et les bras musculeux de Coe. Puis elle se sentit tomber – non, on la déposait quelque part. La caresse du velours contre sa peau lui arracha un frisson et sa gorge laissa échapper un murmure lascif. Des coussins cédèrent sous son poids, lovés contre les courbes de sa silhouette. Elle s'enfonça dans un océan de velours, jusqu'à ce que la voix de Coe l'attire à la surface.

— De quoi souffrez-vous ? lui demanda-t-il. Vous semblez avoir mal quelque part.

— Non.

Charlotte ne parvenait pas à faire le point sur le visage de l'officier, mais elle le savait près. Le souffle de Coe avait effleuré sa joue.

— Je me sens merveilleusement bien, ajouta-t-elle.

— Je ferais mieux d'aller chercher de l'aide.

Il fit mine de se retirer. Charlotte l'agrippa par la chemise, tirant tellement fort que le jeune homme tomba à la renverse sur elle.

— Tiens donc ! s'esclaffa-t-elle. Je suis forte, on dirait. N'est-ce pas que je suis forte, Coe ?

— Étonnamment, oui.

L'âpreté de sa réponse plut à la jeune fille, même si elle ne savait trop pourquoi.

— Je ne peux pas rester ainsi avec vous, Charlotte, ce n'est pas convenable.

— Pourquoi donc ?

— Pour bien des raisons. La première étant que nous ne sommes pas seuls. J'ai fait de mon mieux pour vous mettre à l'abri des regards indiscrets, mais ce n'est pas le problème.

Charlotte ne comprenait rien à ses simagrées. Elle relâcha sa chemise et posa les mains sur ses épaules.

— Vous aussi, vous êtes fort. Plus fort que moi, je parie.

Pas de réponse. Coe tentait de reprendre son souffle.

Charlotte était émerveillée par la forme de ses muscles. Il en avait tellement, et aux contours si fascinants. Elle s'intéressa particulièrement au passage abrupt de son large torse aux arêtes étroites de son abdomen. Le contraste devait être saisissant. Déterminée à le voir de ses propres yeux, elle entreprit de dégrafer la chemise de l'officier. Elle avait déjà défait deux boutons lorsqu'il lui immobilisa les mains.

— Par Héphaïstos, jeune fille ! grommela-t-il. Que faites-vous ?

— J'essaie de vous examiner, répliqua Charlotte, surprise de le voir aussi contrarié. Ne soyez pas fâché, vous êtes très beau, j'en suis sûre. Sans doute même parfait. Mais j'ai besoin de le vérifier par moi-même.

Avec un grognement, Coe reposa sa tête sur l'épaule de la jeune fille.

— Qu'Athéna me vienne en aide… Charlotte, vous ne savez pas ce que vous dites.

Bien au contraire, et d'ailleurs elle était tentée de lui faire savoir qu'il compliquait inutilement la situation, mais le front du jeune homme effleurait à présent sa clavicule, et une mèche de cheveux vint lui chatouiller le décolleté. Tout à coup, elle eut envie de faire bien plus que le regarder.

Elle attrapa le visage de Coe et posa ses lèvres sur celles du jeune homme. Il se figea, mais la sensation de la bouche de l'officier contre la sienne l'intriguait bien plus. Des lèvres douces, une moustache rêche. Les doigts de Charlotte s'aventurèrent dans la chevelure du commodore et elle ouvrit la bouche, goûtant son haleine. Elle lui embrassa la lèvre supérieure, le menton. Sel et genévrier. Elle aurait voulu le dévorer.

Coe demeurait immobile.

— Je brûlerai dans la forge d'Héphaïstos si nous ne cessons pas tout de suite, dit-il avant de se dégager.

— Mais…

Charlotte était incapable d'articuler un mot de plus. Elle avait la peau en feu, le corps léger comme une plume… à l'exception de ces satanées jupes. Oh, si elle avait pu s'en délivrer ! Elle serait bien plus heureuse, une fois débarrassée de sa robe tout entière. Depuis quand la pièce était-elle devenue fournaise ? Elle tira sur son col, qui resta coincé à hauteur de son épaule gauche, à présent dénudée. Le reste de sa personne, lui, était toujours emprisonné.

Coe l'aiderait à s'échapper de sa cage de tissu si elle lui disait ce qu'elle ressentait : sa chair était celle d'une rose brûlée par le soleil, et il lui fallait se rafraîchir dans l'air nocturne. Elle ne pouvait plus respirer.

— Aidez-moi à l'enlever, implora-t-elle. Je vous en supplie.

Le monde au-delà de ses veines enflammées se précisa lentement, et une voix nouvelle lui emplit les oreilles.

— Je ne sais pas ce qui me retient de te châtrer !

— Tu exagères, protesta l'officier.

Il était tellement loin… du moins le semblait-il, même si Charlotte le savait toujours assis à ses côtés. Elle distinguait à peine le visage du jeune homme. Sa tête battait comme l'enclume sous le marteau.

— Tu ne serais pas de cet avis si tu assistais au spectacle que je viens de découvrir. (Une voix de femme – de furie, plutôt.) Reboutonne ta chemise.

Les inflexions de Coe se chargeaient à présent de colère, elles aussi.

— Et tu serais moins prompte à me condamner si tu avais dû t'occuper d'elle dans l'état où je l'ai trouvée.

— C'est comme ça que tu « t'occupes » d'elle ? En la déshabillant ?

Charlotte avait la vague impression de connaître cette femme en colère. Qui plus est, elle était presque certaine de ne pas l'apprécier. Comment aurait-elle pu ?

— Tu n'étais pas là, plaida Coe. Je l'ai portée jusqu'ici, j'essayais de comprendre ce qui lui était arrivé. C'est alors que la situation… a pris un tour bien plus compliqué.

— Oh, je vous demande pardon, très cher frère, ironisa la jeune femme avec emphase.

Ce qu'elle pouvait se montrer méprisante !

— La complexité de la situation t'absout de ce qui ressemble fort à un acte impardonnable, bien sûr. Comment pourrais-tu profiter d'elle dans un tel état ?

— Jamais je ne lui ferais de mal, souffla Coe, lugubre. Tu dépasses les bornes.

— Non, rétorqua la jeune femme d'un ton glacial. C'est toi qui les as allègrement franchies.

Très cher frère. Charlotte s'efforçait d'associer leurs paroles à ses pensées dispersées. *Je sais que Coe a une famille. Cette femme… sa sœur.*

Au prix d'un effort considérable, elle se redressa en position assise.

— Linnet, dit-elle, pêchant le nom dans le brouillard qui lui enfumait l'esprit. Cesse donc de l'asticoter.

— Athéna soit louée ! (Linnet s'agenouilla auprès de son amie et lui prit la main.) Que s'est-il passé ? Comment te sens-tu ?

Rien de ce qu'elle disait n'avait le moindre sens pour Charlotte, qui fronça les sourcils.

— Que veux-tu dire ?

Linnet se tourna vers son frère.

— As-tu seulement essayé de savoir ce qui l'a mise dans cet état ?

— Bien entendu, répondit Coe.

— Pourquoi es-tu aussi peste avec lui ? demanda Charlotte. Il n'a rien fait de mal.

— Je vais laisser couler pour cette fois… (Linnet posa une main sur la joue de son amie.) Tâche de te concentrer, Charlotte. Est-ce qu'on t'a donné quelque chose ? À manger ? À boire ?

Charlotte avait beau savoir que Linnet était son amie, elle aurait aimé la voir partir. Une boisson aurait été fort bienvenue, cependant. Elle avait la gorge irritée, comme si elle avait avalé du sable. Il lui fallait à boire, un nectar doux et moelleux afin d'apaiser l'incendie qui lui rongeait la langue.

— Oui, dit Charlotte, qui regardait autour d'elle. J'ai très soif, je buvais quelque chose de délicieux.

— As-tu vu le contenu de son verre ? demanda Linnet à Coe. J'aurais dû m'en douter, maugréa-t-elle devant le silence de son frère.

— Ah, le voilà ! s'exclama Charlotte. (Elle venait de trouver son verre gisant par terre.) Oh non, il est vide… Tu veux bien m'en chercher un autre ?

Linnet ramassa le récipient.

— Je vais te chercher autre chose.

Charlotte secoua la tête.

— Non ! Cette boisson était un délice… Je veux la même chose.

Profitant de l'inattention de Linnet, Charlotte bascula afin de s'asseoir sur les genoux de Coe.

— Charlotte…

L'attitude de l'officier avait changé depuis l'arrivée de sa sœur. Voilà qui ne plaisait pas du tout à Charlotte.

Elle lui passa les bras autour du cou.

— Elle ne va pas tarder à partir, chuchota-t-elle.

— J'en doute, répondit Coe.

Ses bras encerclèrent néanmoins la taille de Charlotte, pour le plus grand plaisir de la jeune fille.

Elle lui caressa la joue, toujours fascinée par la rugosité de ses favoris.

— Elle ne pourra pas rester éternellement. J'attendrai. Jusqu'à ce que les étoiles s'éteignent, s'il le faut.

Linnet manqua de s'étouffer.

— J'ai dû mal entendre, dit-elle à Coe.

Ses yeux dévisageaient pourtant Charlotte comme s'il s'agissait d'un monstre.

— Es-tu toujours déterminée à me châtrer ? demanda le jeune homme. J'ai essayé de protéger son intégrité, mais elle s'est montrée très… insistante.

Linnet posa sur lui un regard vide.

— Je doute que tu veuilles entendre la vérité. Peu importe. Je me fiche de ce que tu veux. Tu es en pleine possession de tes moyens, pas elle. C'est tout ce que j'ai besoin de savoir.

Charlotte soupira. Leur dispute l'exaspérait, et rien de tout ça ne serait arrivé si Linnet ne les avait pas dérangés.

— Va-t'en, Linnet, s'il te plaît. Tu es mon amie, et je t'aime beaucoup. Mais j'étais tellement heureuse avant ton arrivée… Tu as tout gâché. Tu ne veux donc pas que je sois heureuse ?

Ignorant sa tirade, Linnet renifla le verre vide.

— De l'absinthe… mais ce n'est pas tout. L'absinthe n'a pas cet effet, même en grande quantité.

— On aurait empoisonné son verre ? demanda Coe.

Il resserra son étreinte. Charlotte lui embrassa le cou avec un ronronnement d'aise.

— Cesse donc ! aboya Linnet.

— Pourquoi es-tu aussi méchante ? gémit Charlotte en se blottissant contre Coe. Il sent tellement bon… J'ai envie de le dévorer !

Coe toussota poliment et repoussa les assauts de la jeune fille.

— Ce n'est pas très gentil, protesta Charlotte. Vous n'êtes pas très gentils, tous les deux. (Elle foudroya Linnet du regard.) J'aimerais que tu partes. Je te l'ai demandé poliment. Maintenant tu fais exprès de me fâcher.

— On en reparlera demain matin, répliqua Linnet. Tu as déjà bien assez de raisons de t'apitoyer. Je ne fais que t'éviter des blessures plus graves.

— Je suis blessée ? s'étonna Charlotte. (Elle étendit les bras pour les examiner.) Je ne vois pas de sang… Y en a-t-il sur ma robe ? En dessous, peut-être ? Devrais-je l'enlever ?

— Par l'égide d'Athéna ! maugréa Linnet. Ce n'est pas l'absinthe… Je ne vois pas ce que ça peut être.

— La peste soit de cette robe ! marmonna Charlotte, qui tentait de délacer son corset. J'ai terriblement chaud. Pourquoi fait-il aussi chaud, ici ?

Coe lui immobilisa les poignets.

— On reste habillée, Charlotte.

— Je vous déteste !

Elle fondit en larmes sous le regard de Linnet.

— Je sais que tu t'en moques éperdument, mais je tuerai celui qui a osé te faire ça, décréta la jeune femme.

Avec un sanglot, Charlotte agita le bras et tomba à la renverse.

— Je crois qu'elle a essayé de te frapper, remarqua Coe.

Il berçait à présent la pleureuse sur ses genoux.

— Tu vois bien qu'elle n'a pas toutes ses facultés, rétorqua sa sœur.

Charlotte se redressa d'un bond pour pointer un index accusateur sur son amie.

— Toi ! Toi…

Le feu qui alimentait ses membres ne lui procurait plus le moindre plaisir et consumait chaque parcelle de sa chair. Elle poussa un hurlement de douleur. Linnet s'empara de la jeune fille pour la serrer de toutes ses forces contre sa poitrine alors qu'elle était secouée de spasmes.

Les flammes se fondirent en un épais goudron qui lui couvrit la peau et lui tapissa le gosier pour la noyer.

Chapitre 10

À son réveil, Charlotte ne perçut que la douleur. Rien à voir avec la souffrance ressentie la nuit où le monde avait sombré dans les ténèbres – elle n'avait pas de mots pour décrire une telle agonie, qui défiait l'entendement, et elle aurait été prête à vendre son âme plutôt que de se soumettre à pareille torture une nouvelle fois. Quand bien même, la douleur qui l'assaillit lorsqu'elle ouvrit les paupières n'avait rien d'une sinécure. Charlotte ne put retenir un grognement.

Elle fut accueillie par deux grands yeux qui la dévisageaient… et s'emplirent tout à coup de larmes – elle eut bientôt les joues trempées.

— Charlotte ! s'écria Pip en se jetant sur son amie. J'ai prié Athéna tous les jours. J'ai eu tellement peur pour toi !

Charlotte passa les bras autour de la jeune fille et la serra sur son cœur. Les nerfs en pelote, elle se laissa réconforter par l'affection de la timonière. Les rares souvenirs qu'elle gardait des heures précédentes étaient aussi perturbants qu'incompréhensibles.

— Merci, Pip !

Après plusieurs minutes d'une étreinte étouffante, Pip bondit pour ouvrir la porte et claironner :

— Elle s'est réveillée !

Charlotte eut à peine le temps de se redresser dans sa couchette avant que ses amis n'affluent dans la cabine.

Birch apparut le premier.

— On était morts d'inquiétude !

Scoff venait juste derrière.

— On m'a fait préparer un antidote. Par Héphaïstos, Charlotte, jamais je n'avais eu aussi peur de ma vie ! Ne me refais jamais ça ! Je n'aime pas jouer les sauveurs. C'est beaucoup trop de responsabilité. Enfin, je suis soulagé que ça ait marché…

— Laissez-la respirer !

La voix de stentor de Lord Ott fit sursauter les visiteurs, qui s'écartèrent sur-le-champ du lit de la convalescente. L'aristocrate jeta un regard gêné aux deux jeunes gens.

— Je ne voulais pas vous effrayer, mais je vous serais reconnaissant de me laisser seul un instant avec notre patiente.

Charlotte fit signe à Birch et Scoff d'obéir, et les garçons sortirent en hâte de la cabine.

Lord Ott prit une chaise, le visage rongé d'inquiétude.

— On a bien failli vous enlever à nous, lui dit-il. Et votre ravisseur en herbe se trouve à bord de mon navire, par-dessus le marché ! Je le prends comme une insulte personnelle.

— J'ai été empoisonnée ? demanda la jeune fille. Combien de temps suis-je restée inconsciente ?

La mémoire lui revenait peu à peu. Elle n'était d'ailleurs pas certaine de vouloir se rappeler l'intégralité des événements…

Lord Ott acquiesça et lui prit la main.

— Un peu plus d'une journée.

La malice qui habitait d'habitude son regard avait disparu pour laisser place à la crainte.

— Grâce aux informations que m'ont rapportées Linnet et Coe sur votre comportement et vos symptômes physiques, nous avons pu réduire considérablement la liste des substances possibles.

Il secoua la tête avec une grimace.

— Celui qui a trafiqué votre boisson s'est montré plus inconscient qu'un Dionysien… Un vrai travail d'amateur ! Vous avez failli y laisser la vie. Sans l'ingéniosité de votre Scoff… Qu'est-ce que c'est que ce nom, au juste ? Peu importe. Sans son intervention, disais-je, nous n'aurions pas pu vous sauver.

Charlotte ne sut que répondre. Elle avait la peau gelée, il lui semblait qu'elle ne connaîtrait plus jamais la chaleur, et son cœur était à l'étroit dans sa poitrine. Elle se faisait l'effet d'une fillette sur le point de pleurer. Tout ce qu'elle voulait, c'était voir Ashley.

— Tout va bien se passer, chère enfant.

La voix d'Ott, bourrue, était chargée d'émotion. Une larme s'échappa des paupières de Charlotte. Il lui serra les mains.

— Vous êtes plus forte que l'acier, mademoiselle Marshall. Je l'ai su dès l'instant où je vous ai vue. Ne vous laissez pas contaminer par la peur. C'est un poison, pareil à celui qu'un lâche a versé dans votre verre. Ne le laissez pas agir.

Charlotte, qui s'efforçait de se raccrocher aux paroles de l'aristocrate, hocha la tête.

— Mais si le but n'était pas de me tuer, alors pourquoi m'empoisonner ?

— Selon Scoff, votre réaction correspond aux effets secondaires possibles d'une concoction qu'il s'emploie à mettre au point depuis un certain temps. Un élixir de vérité, comme il l'appelle. Le problème, c'est que l'organisme est extrêmement sensible à la combinaison d'herbes utilisée dans ce genre de potion. Les effets varient considérablement en fonction du poids, de l'âge et de nombreux autres facteurs. L'individu qui s'en est pris à vous n'avait que faire de votre sécurité, ou alors il était trop pressé pour se soucier du dosage. Quoi qu'il en soit, même si le scélérat ne désirait que vous soutirer des informations, il a failli vous ôter la vie.

Ott se radoucit.

— Avez-vous la moindre idée de ce qui s'est passé ? Je ne tiens pas à vous accabler de questions gênantes. Si le souvenir de cette soirée est trop douloureux, nous pouvons attendre. Je ne voudrais pas vous épuiser, pas tant que vous ne serez pas parfaitement remise.

En dépit de la douleur qui punissait le moindre de ses mouvements, Charlotte refusait de se laisser manipuler plus longtemps par un ennemi invisible. Elle fouilla donc sa mémoire.

— Je regrette, grimaça-t-elle. J'essaie encore de comprendre comment cette soirée… Comment mon comportement a pu changer du tout au tout… Mais je ne vois vraiment pas ce que je pourrais savoir de si précieux. Je ne suis qu'une réfugiée.

— Vous n'avez rien à vous reprocher. (Les yeux de Lord Ott brûlaient de colère.) On vous a attaquée alors que vous étiez sous ma protection. Je suis le seul fautif. Je vous demande pardon de vous avoir ainsi fait défaut.

Charlotte sentit de nouveau les larmes pointer le bout de leur nez. Mais elle refusait de craquer. Elle devait se montrer forte.

— Vous n'y êtes pour rien. Seul mon empoisonneur est à blâmer.

— Vous êtes bien généreuse, remarqua Ott avec un sourire.

— La générosité n'a rien à voir là-dedans, répondit la jeune fille. Je sais que vous ne me voulez aucun mal. On a tenté de me nuire, mais vous n'êtes pas impliqué dans ce complot, s'il y en a un. J'en suis convaincue.

L'aristocrate la dévisagea un long moment.

— Je retire ce que je viens de dire. Ce n'est pas de la générosité, mais de la rouerie. Linnet ne cesse de vanter votre vivacité d'esprit. Elle a bien raison.

— Je vous remercie.

Charlotte tenta de se redresser avec une grimace, gênée de paraître aussi vulnérable devant Lord Ott.

— Il n'y a pas de honte à souffrir, ma chère enfant, s'empressa-t-il de remarquer. Vous avez fait preuve d'une endurance admirable.

Elle lui adressa un faible sourire.

— J'aimerais me rappeler le plus de détails possibles, aussi déplaisant que ça puisse être.

— Hélas, les instants les plus importants de notre existence sont souvent déplaisants, même si j'aimerais pouvoir dire le contraire.

— La soirée n'avait pas si mal commencé… J'étais avec Linnet.

— Elle m'a dit vous avoir invitée à un petit jeu auquel elle excelle, gloussa Lord Ott. Elle a l'esprit d'entreprise, c'est le moins qu'on puisse dire.

— Pour mon plus grand bonheur, déclara Charlotte. C'est lorsque vous m'avez offert ce verre que les choses ont mal tourné.

— Je vous demande pardon ? demanda Ott, troublé.

— Je conversais avec deux gentlemen. Des joueurs, nommés Lannock et Hume.

Lord Ott inclina la tête.

— Je les connais. Des crapules, certes, mais inoffensives. Du moins lorsqu'il s'agit de l'intégrité physique de leur interlocuteur. Pour la bourse, c'est une autre histoire.

— C'est l'impression qu'ils m'ont faite. J'étais en pleine conversation avec eux quand un serveur est venu me porter une boisson.

— Quel genre de boisson ?

— Je n'en suis pas certaine… Il m'a confisqué ma coupe de nectar de pêche pour la remplacer par un verre droit contenant un autre breuvage. J'y ai senti de la réglisse et des mûres.

— Linnet a pris ça pour de l'absinthe, dit Ott. (Il se leva pour se mettre à arpenter la cabine.) Beaucoup accusent la fée verte de provoquer des hallucinations, mais ceux qui en ont vraiment fait l'expérience savent que ce ne sont qu'exagérations. Même si votre verre était rempli en grande partie d'absinthe, ce n'est pas la substance qui a mis votre vie en péril.

— La boisson venait bien de vous ?

Charlotte ne savait ce qui la troublait le plus : qu'on ait pu empoisonner le verre que lui avait personnellement envoyé l'homme d'affaires, ou qu'elle ait accepté l'offrande sans se poser de questions.

Lord Ott lui sourit d'un air contrit.

— Je regrette. Je n'étais même pas présent à cette soirée. Je n'avais d'hôte que le nom. Même si je suis très peiné que votre confiance en moi vous ait mise en danger, ce détail nous offre un premier indice sur le scélérat qui a perpétré ce crime.

— Celui qui m'a empoisonnée savait que je vous faisais confiance, constata Charlotte.

— Tout juste. (Ott joignit les mains dans son dos, le front plissé.) Un fait des plus troublants.

— Car l'individu qui m'a fait parvenir ce verre en savait assez sur nous pour être certain que je l'accepterais, compléta Charlotte.

La douleur ressentie au réveil avait commencé à se dissiper. Les conclusions qu'elle tirait de cette conversation s'avéraient bien plus inquiétantes que d'éventuelles séquelles physiques.

Lord Ott posa sur elle un regard déterminé.

— Et maintenant ? demanda Charlotte, soulagée de constater que sa voix ne tremblait pas.

— On ouvre l'œil, répondit Ott.

Même si Charlotte admettait volontiers les vertus de la vigilance, elle ne put masquer sa déception.

— C'est tout ?

Lord Ott s'esclaffa.

— C'était là mon sage conseil, chère demoiselle.

— Et à part ça ? insista la jeune alitée avec une curiosité renouvelée.

Elle n'avait encore jamais remarqué à quel point le sourire de l'aristocrate pouvait se faire cruel.

— Je dispose de bien d'autres atouts, Charlotte. Mais si je vous en disais plus, je me trouverais dans l'obligation de verser moi-même du poison dans votre prochain verre.

Il déposa un baiser sur la main de la jeune fille incrédule avant de se retirer.

Charlotte digérait encore les paroles du lord lorsqu'une nouvelle voix se fit entendre.

— Puis-je entrer ?

Coe se tenait sur le seuil de la cabine.

La gêne qui embrasa les joues de la jeune fille le disputait à une autre vague de chaleur, nichée au creux de son ventre.

Charlotte s'efforça d'ignorer les deux réactions, et c'est d'un ton calme qu'elle répondit :

— Je vous en prie, Coe.

Le jeune officier prit soin de refermer la porte derrière lui, contrairement aux autres visiteurs. Le détail n'échappa pas à la jeune fille, qui hésitait entre satisfaction et perplexité.

À l'évidence, Coe hésitait à l'approcher. Il parcourut sa silhouette étendue du regard. Charlotte s'aperçut avec horreur qu'elle n'avait aucune idée de son apparence. Elle lutta contre l'envie de plonger sous ses draps et de poursuivre la conversation à l'abri de sa forteresse de coton – attitude aussi lâche que vaniteuse. Elle endura donc l'inspection, évitant de penser aux terribles transformations qu'elle avait dû subir au cours de sa lutte contre les toxines. Ses cheveux étaient-ils toujours de la même couleur, ou avaient-ils pris l'apparence d'un toit de chaume ?

Elle était encore occupée à imaginer le pire comme le meilleur lorsque le jeune homme vint se poster au pied de son lit.

— Sans vouloir vous brusquer, dit-il d'une voix douce, j'aimerais m'asseoir près de vous.

Charlotte chassa ses angoisses et bougea afin de faire une place au commodore.

Il s'assit, sans pour autant la regarder.

— Charlotte, vous devez me trouver le plus méprisable des hommes, dit-il, tête baissée.

De tous les souvenirs qu'elle était parvenue à rassembler, aucun ne donnait le mauvais rôle à Coe.

— Comment pouvez-vous dire une chose pareille ? (Elle posa une main sur son bras.) C'est à moi de vous demander pardon pour mon comportement inexcusable.

— Vous n'étiez plus vous-même.

— Quand bien même…

Elle baissa les yeux. Certes, on l'avait privée de ses sens en lui offrant cette boisson, mais elle s'en voulait terriblement d'avoir perdu le contrôle. Ce qu'elle avait pu être sotte !

Coe posa une main sur la sienne.

— Cessez, je vous en prie, plaida-t-il. Je vois bien que vous vous faites des reproches. Vous n'êtes pas responsable de ce qui est arrivé.

Charlotte leva les yeux. Le visage du jeune homme, dénué de tout jugement, respirait la gentillesse.

— Merci… murmura-t-elle.

Avec un sourire, il porta les doigts de Charlotte à ses lèvres.

— Je ferai tout ce qui est en mon pouvoir pour vous protéger. Vous avez ma parole.

Le serment la prit au dépourvu. Qu'avait-elle fait pour mériter une telle dévotion de l'aîné des Winter ? Ils avaient tout juste noué connaissance.

Quelqu'un se racla la gorge sur le seuil de la cabine.

— Si vous voulez bien m'excuser… dit Linnet.

— J'allais partir. (Coe lâcha la main de Charlotte et se leva.) Bonne journée, Linnet.

— Bien le bonjour.

La jeune femme esquissa une révérence impertinente au passage de son frère.

Charlotte suivit l'officier du regard, encore déroutée par sa déclaration et son départ précipité. Pensait-il que Linnet l'avait entendu ? En éprouvait-il de l'embarras ? Dans sa hâte, il ne lui avait même pas dit au revoir.

— Charlotte !

La voix de Linnet claqua comme un fouet pour réclamer son attention.

— C'est si bon de te voir ! s'exclama Charlotte. Tu t'es démenée pour me porter assistance après mon empoisonnement, je le sais. Si seulement mes souvenirs étaient plus nets, je pourrais apprécier toute l'étendue de ton aide…

— Si c'était le cas, tu ne me remercierais sans doute pas, ironisa Linnet.

— Que veux-tu dire ?

La question, abrupte, sembla froisser la jeune femme. Charlotte s'empressa de se rattraper.

— Pardonne-moi, je ne voulais pas être désagréable.

— Que voulais-tu, au juste ? demanda son amie d'un ton glacial.

— Mes souvenirs sont encore flous, plaida Charlotte – ce qui n'était pas faux. J'ai du mal à admettre que j'avais complètement perdu le contrôle.

Linnet s'assit au bord du lit.

— C'est horrible de se voir déposséder de sa volonté… Je déteste savoir qu'on t'a fait une chose pareille.

La gravité de son expression mit Charlotte mal à l'aise.

— Et moi donc ! répondit-elle. Même si ça aurait pu être pire. Je vais bien maintenant, grâce à toi.

— Et à Coe, ajouta la jeune femme.

L'aveu surprit Charlotte. Linnet ne semblait jamais heureuse de croiser son frère.

— C'est vrai. Je lui suis redevable, à lui aussi.

Linnet soupira et esquissa un sourire tolérant, tout au plus – comme un parent aimant qui se sentirait obligé de faire preuve de gentillesse à l'égard d'un enfant capricieux.

L'attitude plutôt condescendante de son amie irrita Charlotte.

— Tu ne me fais pas confiance quand il s'agit de lui. Je me trompe ?

— À toi, si. À Coe, en revanche… Cela dit, je ne pense pas qu'il te ferait du mal intentionnellement.

— Quel est le problème, alors ? demanda Charlotte en tentant de masquer son impatience.

Elle ne comprenait pas l'hostilité que Linnet affichait à l'endroit de son frère.

La jeune femme se laissa retomber sur le lit avec un nouveau soupir – de frustration, cette fois, plutôt que d'impatience.

— Pour être honnête, Charlotte, je n'en suis pas sûre moi-même.

Charlotte s'étendit auprès de son amie.

— Je ne te suis pas.

Linnet la regarda du coin de l'œil.

— Dans mes pires moments, j'ai peur d'être jalouse.

— Jalouse ? (Charlotte se redressa sur un coude afin de mieux voir son amie.) De quoi ?

— Mes deux frères sont attirés par toi. (Linnet contemplait le plafond.) Ils sont prêts à se battre pour toi, à se disputer tes faveurs.

Charlotte ne savait que répondre. Linnet lâcha un petit rire amer.

— J'ai beau être leur sœur, ni l'un ni l'autre ne se soucient de mon affection. (Elle rit de plus belle.) Ne te méprends pas : loin de moi l'idée d'envier les sentiments qui les poussent à se battre pour toi.

— Je doute qu'ils se disputent vraiment mes faveurs, remarqua Charlotte. Jack n'est même pas là.

Elle fit mine d'ignorer le pincement de cœur ressenti à l'évocation de Jack, brouillant un peu plus ses inclinations envers Coe.

Linnet sourit tristement.

— Pense ce que tu veux, chaton. Mais je suis prête à parier ma prochaine paie qu'il faudra séparer les frères Winter à cause de toi avant la fin de l'année.

— Je n'en ai pas envie, dit doucement Charlotte.

— Je le sais bien, répondit Linnet. (Elle lui prit la main.) C'est pourquoi je n'ai de cesse de m'immiscer entre vous.

Quelque mesquinerie qui ait pu s'insinuer dans son cœur, Charlotte ne put résister au torrent d'affection qu'elle ressentait pour Linnet.

— J'espère que tu n'abandonneras jamais, dit-elle. Même si je n'ai jamais perçu ça comme une intrusion, mais plutôt comme ta façon de me maintenir sur le droit chemin.

Linnet s'esclaffa.

— Athéna te garde de me faire aussi aveuglément confiance !

Charlotte posa la tête sur l'épaule de son amie, et Linnet la serra dans ses bras.

La peur n'avait aucune prise sur elles.

Chapitre 11

Au fil des jours, Charlotte commença à douter des souvenirs qui lui restaient de la fameuse soirée. Non seulement sa mémoire semblait lui faire défaut, mais comment savoir si le poison n'avait pas laissé des séquelles ? Elle tenta de se convaincre que cette incertitude tenace quant à son intégrité physique et morale découlait de son besoin de se sentir aussi utile que possible à l'enquête que menait Lord Ott. Qu'elle le conduise sur une fausse piste ou lui offre des indices erronés, et elle risquait de retarder, voire de faire échouer la découverte de l'identité de son assaillant.

Toutes les explications rationnelles qu'elle ressassait ne pouvaient pourtant annihiler ce qu'elle pensait être une vérité honteuse : sa crainte, ses hésitations à examiner cette soirée en détail se rapportaient à Coe. Les remarques acerbes de Linnet sur les frères Winter l'empêchaient de rêver à une romance avec l'aîné. Il n'y avait pas d'histoire d'amour simple.

J'ai dit à Jack que je l'aimais.

Sans doute Charlotte ne s'était-elle pas encore remise de la trahison de l'officier. Leur affection mutuelle n'était-elle qu'une invention, un artifice destiné à faciliter la mission du jeune homme dans les Catacombes ? La question valait d'être posée. Sa déclaration, cependant, demeurait. Et elle ne pouvait nier avoir été sincère.

Sous l'influence des toxines distillées dans sa boisson, Charlotte avait recherché le contact de Coe, son étreinte. Si sa réaction physique au charme du commodore avait été amplifiée par les substances qui l'intoxiquaient, ses sensations en elles-mêmes n'avaient rien de fictif. Elle ne pouvait ignorer le désir qu'elle éprouvait pour Coe – elle avait fini par l'admettre – mais elle était aussi incapable de le démêler de ses sentiments pour Jack.

Son attirance pour l'aîné n'était-elle qu'un dérivé de sa passion première pour le cadet ?

Ou son attachement au cadet ne représentait-il que les prémices de celui qu'elle pourrait développer à l'endroit de l'aîné ?

Elle avait beau retourner l'équation en tous sens, la solution lui échappait toujours.

Elle choisit donc d'adopter le seul comportement raisonnable en attendant d'avoir résolu l'énigme de son cœur : éviter de se trouver seule avec Coe. Ou avec Jack, d'ailleurs – à supposer qu'elle croise de nouveau sa route. La décision avait beau être déplaisante, elle demeurait préférable à une valse-hésitation qui la portait d'un cavalier à l'autre sans espoir de résolution.

Sa nouvelle stratégie s'avéra plutôt aisée à mettre en place : ses amis faisaient montre d'une vigilance exceptionnelle depuis ses déboires avec l'empoisonneur. Lord Ott insistait pour qu'elle garde le lit un jour de plus, et ce, sous surveillance constante. Charlotte fit appel aux services de Linnet afin de s'assurer sa présence chaque fois que venait le tour de Coe de lui tenir compagnie. Même si son amie était trop bien élevée pour le faire remarquer, Charlotte ne doutait pas qu'elle approuvait hautement cette disposition. Pour sa part, Coe pestait de ne pouvoir demeurer en tête-à-tête avec Charlotte et s'abaissa bientôt à darder vers l'intruse des regards de protestation que Linnet ignorait sans mal.

Lord Ott lui-même fit son apparition pour ramener Charlotte à la lumière du jour et lui faire découvrir un paysage comme elle n'en avait jamais vu. Debout aux côtés de son hôte à la proue du *Calypso*, la jeune fille scrutait l'horizon, guettant leur destination.

Linnet les rejoignit d'un pas vif.

— Je vois que le chaton est enfin sorti de sa cage.

Charlotte tapota le bras de Lord Ott.

— Ma cabine n'avait rien d'une prison, dit-elle. J'en apprécie la décoration. Peu de patients ont la chance de se reposer dans un tel confort.

— Voilà donc à quoi ressemble la compagnie d'une charmante jeune fille ! dit l'aristocrate avec un sourire railleur à Linnet.

— Si on aime ce genre de passe-temps, répondit la jeune femme avec un haussement d'épaules.

Son employeur se garda de relever le commentaire.

— Après de si gracieux compliments, vous me voyez très triste de vous apprendre que je ne serai en mesure de vous offrir la même qualité de logement à la Nouvelle-Orléans. Pour préserver les apparences, je séjournerai à *La Belle Fleur*, dans le quartier du Salon.

Charlotte n'y comprenait rien. Comme s'il s'attendait à une objection de sa part, Ott leva pourtant les mains en signe d'apaisement.

— Ce n'est pas un problème d'argent, je vous assure. Simplement, les murs des plus belles auberges ont des oreilles. Or il vous faut rester discrets.

— Ce qu'il veut dire, c'est que tu devras loger dans les quartiers louches, intervint Linnet.

— Tu exagères, pouffa Ott. *Le Poisson Noir* est modeste, pas louche.

— Si vous le dites, vieux brigand ! rétorqua Linnet avec un sourire complice. J'ai vu de drôles d'affaires se conclure au *Poisson Noir*… y compris certaines dont j'étais partie prenante.

— C'est peut-être toi qui y fais entrer les criminels, remarqua Ott.

— Mais bien sûr ! lança la jeune femme, malicieuse. C'est bien pour ça que vous me payez, non ?

— Je ne les ai pas exactement envoyés au Quai, dit Ott, à l'évidence froissé.

— Autant dire : « Au moins, je ne leur ai pas donné du purin » après leur avoir servi du pain moisi.

— Tout doux, ma chère ! (L'épaisse moustache de l'homme d'affaires commençait à frémir.) Je pourrais très bien te faire interdire l'entrée de *La Belle Fleur*.

— Et vous savez parfaitement que je les convaincrais sans problème de me donner leur plus belle suite, répliqua Linnet avec un rire cristallin.

Exaspéré, Lord Ott adopta un ton chagrin.

— Es-tu forcée de tourmenter ainsi ton bienfaiteur ?

— Vous perdriez tout respect pour moi si je m'en abstenais, vieux bandit, gloussa Linnet. (Elle se hissa alors sur la pointe des pieds pour lui déposer un baiser sur le nez avant de se tourner vers Charlotte.) Trêve de plaisanterie, je te déconseille de mettre les pieds au Quai sans moi ou un membre de la Résistance.

— C'est si terrible que ça, comme endroit ? demanda Charlotte, piquée par le sous-entendu qu'elle ne pourrait se défendre contre le premier malfaiteur venu.

— Oh, je n'irais pas jusque-là, répondit son amie. Vu de l'extérieur, le quartier est plutôt sympathique. Mais une fois que tu y pénètres, bonne chance pour en ressortir avec ta bourse… ou même ta vie.

Charlotte soupçonnait la jeune femme de noircir le tableau, au moins en partie.

— Et si je m'y aventure par accident ?

— Impossible. Il faut y descendre volontairement.

— Pardon ? demanda Charlotte, perplexe.

Du menton, Lord Ott désigna la proue du navire.

— Vous comprendrez bien assez vite. Voici le Mur d'Acier.

Dans les Catacombes, Charlotte n'avait pas eu le loisir d'imaginer à quoi ressemblait la Nouvelle-Orléans. Même si la cité française jouait depuis longtemps un rôle essentiel dans la survie de la Résistance, la jeune fille était bien trop occupée pour avoir le temps de rêver à des destinations lointaines qu'elle ne verrait peut-être jamais. Elle ne se rappelait avoir entendu parler des imposantes portes de la cité qu'à une ou deux occasions, et le souvenir qu'elle en gardait demeurait flou.

Aussi, lorsque le *Calypso* s'engagea dans un méandre du Mississippi et qu'apparut à l'horizon la gigantesque structure nommée Mur d'Acier, Charlotte en eut le souffle coupé.

Une grande muraille métallique se dressait en travers du fleuve, vaste coque noire qui s'étirait jusqu'au ciel et masquait complètement la ville qu'elle protégeait. Unique ouverture aménagée dans le rempart, une immense herse, pour l'heure levée, dardait vers le bas ses pointes luisantes, qui n'étaient pas sans rappeler les crocs d'une mâchoire béante.

— Au cas où l'Empire rival oublie que les Français dominent ce continent, glissa Lord Ott, amusé par l'expression ébahie de Charlotte.

Gênée, la jeune fille s'empressa de fermer la bouche. Malgré tout, elle ne pouvait détacher son regard des portes de la cité, qui ne cessaient de grossir à mesure que le vapeur approchait.

Linnet esquissa une grimace de dégoût.

— Ne t'en fais pas : la ville est bien plus jolie à l'intérieur.

— Depuis que la rébellion américaine a été écrasée, les Français ont consacré toutes leurs ressources à défendre cette cité, expliqua Ott. Elle a été construite pour résister à un long siège et repousser tous les envahisseurs potentiels. La Nouvelle-Orléans n'est accessible que par les eaux. Vous n'y trouverez pas le moindre aérodrome. Non que cette mesure dissuade les attaques aériennes…

— On est au courant, merci. (Linnet balaya le sujet d'un revers de la main.) Je reconnais que cette forteresse a de quoi impressionner, mais le règlement intérieur de la cité, lui, est tout simplement brillant.

— Quel règlement ?

Charlotte avait espéré que la Nouvelle-Orléans ne s'embarrasse pas des contraintes sociales qui régissaient New York.

— Un choix intéressant de la part des Français, pour sûr, observa Ott, qui se grattait la barbe. Une véritable révolution en matière de vie urbaine.

— Vous l'adorez, ricana Linnet. Cette ville, c'est l'endroit rêvé pour les joueurs de votre acabit.

— Hmm…

Un sourire étira la commissure des lèvres de Lord Ott, perdu dans le souvenir d'autres temps et d'autres lieux.

— Mais enfin, de quoi parlez-vous ? s'impatienta Charlotte devant l'étrange tour pris par la conversation.

Tiré de sa rêverie, l'aristocrate lui répondit d'un air malicieux :

— La Nouvelle-Orléans est aussi appelée la Cité des Masques.

Charlotte étouffa un grognement : le dernier masque qu'elle avait croisé lui avait servi du poison. Elle n'était pas pressée de renouveler l'expérience.

Linnet décrypta aussitôt son expression inquiète.

— Pas de panique, plaida-t-elle. Tu vas trouver tout ça fascinant, je te le promets. Un peu ridicule, certes, mais fascinant quand même.

— Dans ce cas, peut-être devrais-tu m'expliquer ce que je suis censée trouver si fascinant, au juste ? maugréa son amie.

Linnet jeta un regard de connivence à son employeur.

— Votre charmante demoiselle me semble bien irritable.

— Personne n'est parfait, dit Ott avec un clin d'œil à Charlotte.

— Sauf moi, affirma Linnet d'un ton dédaigneux. Je suis la perfection incarnée.

— Attention, très chère, murmura Ott. Tu sais ce qui arrive aux fanfarons dont la vantardise chatouille l'oreille des dieux…

— Ce n'est pas de la vantardise : c'est la pure vérité.

Ott sembla hésiter entre soupir et rire.

— Les masques. (Charlotte dégagea son bras de celui de son protecteur pour tapoter Linnet du doigt.) Dis-m'en plus sur ces masques.

— En voilà des manières ! s'offusqua Linnet, qui frottait l'endroit sur son bras où Charlotte avait planté son index.

Devant le sourire de son amie, elle se radoucit et poursuivit :

— La Nouvelle-Orléans a beau appartenir à la France, c'est à peine si elle est française. Elle représente un atout, l'un des plus précieux sur ce continent, et tous rêvent de l'exploiter à leur avantage.

— Par les affaires, tu veux dire ?

— Il y a toutes sortes d'affaires, répondit Lord Ott. Le commerce, bien entendu, joue un rôle prépondérant et sert d'intermédiaire entre la cité et la côte sud. Bien des marchands, cependant, rejoignent la Nouvelle-Orléans pour y chercher bien plus que de l'argent ou des denrées.

— Des informations, devina Charlotte, guidée par la lueur d'excitation qui enflammait le regard de l'aristocrate. Ils viennent échanger des renseignements. Comme vous.

Ott fit la moue.

— Je suppose…

— Il aime à se croire unique en son genre, souffla Linnet. Ne lui gâche pas ce plaisir.

— Puisque tu es si bavarde, dit Lord Ott, qui venait de tirer une montre de son gousset pour consulter l'heure, je te laisse le soin de présenter la ville à Charlotte. Nous n'allons pas tarder à accoster, et il faut que je parle au pilote.

— Je ne l'ai pas vraiment vexé, rassure-moi ? s'enquit Charlotte lorsqu'il eut disparu.

— Bien sûr que non. (Linnet dégaina un pistolet et sortit un mouchoir de sa poche.) Il adore être le centre de l'attention, c'est tout. Il aurait dû être comédien.

Elle se mit à polir la crosse nacrée de son arme à l'aide du morceau d'étoffe.

— Plaisanterie mise à part, je tiens à ce que tu comprennes le fonctionnement de la cité.

— Je t'écoute.

— Les Français ne soutiennent pas ouvertement la rébellion américaine, expliqua Linnet. Malgré tout, chacun sait que la Résistance a établi ses quartiers à la

Nouvelle-Orléans. Si l'Empire n'a pas encore assiégé la ville, c'est qu'il n'est pas prêt à déclarer une guerre ouverte contre la France. Mais ça ne saurait tarder.

— Quel rapport avec les masques ?

Charlotte se pencha par-dessus le bastingage pour contempler la silhouette démesurée du Mur d'Acier. Quelques instants encore, et le *Calypso* serait plongé dans son ombre.

Linnet rengaina son pistolet et en sortit un deuxième, dont elle entreprit de polir la crosse d'ébène.

— Il s'agit plus d'un moyen de titiller les Anglais que d'une stratégie politique.

Charlotte acquiesça, l'oreille tendue mais les yeux toujours rivés sur la muraille. Ils en étaient à présent tellement proches qu'il lui fallait renverser la tête pour apercevoir le sommet des remparts.

— Les Britanniques ne se voilent pas la face : ils savent qu'ils doivent en grande partie leur victoire au refus de la France de s'engager dans le conflit, poursuivit son amie. Comme il ne voulait pas braquer son plus vieil ennemi, l'Empire a renoncé à poursuivre les rebelles venus chercher refuge auprès des Français. Ce qui ne veut pas dire qu'il se désintéresse de ceux qui ont déclenché la révolution. Lorsque la France s'est à son tour trouvée plongée dans la tourmente révolutionnaire, les rebelles américains, tapis dans l'ombre, ont perdu contact avec leurs homologues de l'autre côté de l'Atlantique. La Résistance s'est alors formée pour lancer des attaques constantes, quoique peu efficaces, contre l'Empire. Après la prise de la Nouvelle-Orléans aux Espagnols par Napoléon, la Résistance a renoué les liens avec la France, ce qui n'a pas eu l'heur de plaire à Britannia. L'Empire ne pouvait envoyer ses troupes aux trousses des dirigeants de la Résistance sans risquer de déclencher une guerre sur le sol américain, alors même que le conflit s'enlisait en Europe. C'est ainsi que la Nouvelle-Orléans est devenue le cœur des opérations secrètes britanniques, et en moins d'un an elle croulait sous les intrigues, assassinats et autres conspirations.

— N'est-ce pas toujours le cas ? demanda Charlotte, qui était parvenue à détacher son regard des fortifications.

— Bien sûr, confirma Linnet. Mais ce n'est plus le même chaos qu'autrefois. Les masques ont réduit la pagaille ambiante : ils ont fait de la ville la capitale de l'étrange et attiré des visiteurs qui n'avaient que faire du conflit impérial et ne cherchaient qu'à se divertir.

— Je ne te suis pas…

— Parce que la solution semble complètement farfelue, expliqua Linnet. Sans compter que c'était le fruit du hasard. Il n'y a vraiment que les Français pour l'adopter et en faire la signature de la cité.

Charlotte tourna le dos au mur, dont la masse se faisait à présent trop intimidante.

— Le « droit des masques » a été mis en place en 1803, poursuivit Linnet. Lorsque l'Espagne a rendu le contrôle de la Nouvelle-Orléans à la France. Le gouverneur de la Couronne, un excentrique du nom de Guy de Rohan-Rohan, arborait sur la figure, en dépit du sang noble qui coulait dans ses veines, une tache de naissance dont la forme, selon la rumeur, rappelait celle d'une pieuvre.

Charlotte étouffa un rire d'incrédulité. Linnet se contenta de sourire de toutes ses dents.

— Peu enclin à montrer son visage, Rohan-Rohan n'apparaissait jamais en public sans un masque des plus sophistiqués. Lorsqu'il prit ses fonctions à la Nouvelle-Orléans, son premier décret fut d'établir une loi imposant à chacun, homme, femme et enfant, de dissimuler ses traits en public. Bien sûr, les masques ont attiré l'attention de tout le continent, et les visiteurs n'ont pas tardé à affluer comme jamais. À la suite des touristes et de leur fortune, les marchands ont débarqué par navires entiers. La Nouvelle-Orléans est devenue une oasis de divertissement à nulle autre pareille. Tous ces changements ont quelque peu calmé les machinations politiques qui, jusque-là, faisaient de l'ombre aux entrepreneurs.

— Plutôt étrange comme histoire…

Charlotte n'aimait toujours pas la muraille, mais les explications de Linnet avaient piqué sa curiosité.

— Tu l'as dit ! Voilà pourquoi tu devrais tout expliquer à tes amis avant qu'ils ne débarquent.

Charlotte hocha la tête. Lorsque Linnet coula vers elle un regard insistant, la jeune fille demanda :

— Tout de suite ?

— Oui, chaton. Tout de suite.

Chapitre 12

Linnet avait vu juste : tout le temps qui restait avant l'amarrage du *Calypso* ne fut pas de trop pour que Charlotte explique la situation à ses amis. Il lui fallut s'y reprendre à trois fois pour que ses camarades saisissent parfaitement l'histoire de Linnet.

Scoff tira sur ses bretelles.

— Jack m'avait raconté tout ça une fois… mais j'étais persuadé qu'il mentait.

— Pas étonnant, le rassura Charlotte. C'est tout à fait le genre d'histoires qu'inventerait Jack.

— On est bien d'accord, renchérit Birch. Quelle drôle de loi !

— Moi, elle me plaît, décréta Scoff d'un ton exagérément enjoué.

— À quoi ressemblent ces masques ? demanda Pip, perchée sur le lit de Charlotte. Est-ce qu'on peut choisir celui qu'on veut porter ?

— Aucune idée, répondit Charlotte. On le saura bien assez vite.

— J'ai toujours eu le projet de créer un élixir capable de modifier les traits, dit Scoff. Peut-être pourrais-je le mettre au point ici et en faire le commerce ?

— Étant donné que la loi impose de se couvrir le visage, je doute que ça change quoi que ce soit. Un visage reste un visage, dit Charlotte, pourtant perplexe.

— Sans doute, grommela le jeune chimiste.

— Pour ma part, je doute qu'il soit interdit de modifier son masque, hasarda Birch en se grattant le menton. Qu'en penses-tu ?

— Je n'en sais rien, avoua Charlotte.

— Oh, oh ! (Pip se mit à sautiller sur place sans cesser de tirer sur la manche de Birch.) Moi aussi, je veux modifier mon masque. Tu m'aideras ?

— Mieux vaut s'assurer que les modifications sont autorisées avant de se mettre à dessiner des plans, dit Charlotte.

Pip esquissa une moue boudeuse.

— Même si les modifications sont minuscules ?

— Qui veut modifier quoi ? demanda Linnet.

Elle transportait une large malle avec l'aide de Coe.

Pip courut en soulever le couvercle avant même qu'ils l'aient posée au sol.

— Des masques ! s'écria-t-elle, les yeux écarquillés. Qu'ils sont beaux…

De ce que Charlotte pouvait en voir derrière l'écran formé par le corps de son amie, ils brillaient de couleurs vives.

— Des animaux !

Pip souleva un masque de cuir d'un vert profond et tacheté, modelé d'après la tête d'un serpent.

— J'aime autant ne pas prendre celui-là, dit-elle avant de le délaisser.

Linnet fronça les sourcils lorsque le loup tomba au sol.

— Tâche de faire un peu attention. Ces masques coûtent une fortune.

— Oh, un papillon ! (Pip brandit un nouveau trophée.) Celui-là, il est pour moi.

Elle porta l'accessoire à son visage. Des ailes turquoise bordées de noir lui couvraient les joues ; leurs pointes dépassaient tout juste de ses tempes et de ses mâchoires. Elle noua le ruban derrière sa tête.

— Ce n'est pas un animal, fit remarquer Scoff. C'est un ornement.

— Est-ce qu'on peut en faire battre les ailes ? demanda Pip au rétameur, ignorant la remarque de son ami.

Linnet tourna un regard perplexe vers Charlotte, qui expliqua :

— Les fameuses modifications.

— Ah. (Linnet sourit au papillon.) Les modifications mécaniques discrètes sont autorisées. À condition que le mouvement ne dévoile pas le visage.

Pip laissa échapper un couinement de délectation.

— Vous feriez bien de vous trouver un animal fétiche, vous autres, leur intima Coe. On accoste dans moins d'une heure.

— Évitez de vous attacher à un seul modèle, ajouta sa sœur avec un regard à Pip. Mieux vaut en changer chaque fois que vous quitterez un lieu privé pour sortir en public. Cette astuce donnera un peu de fil à retordre aux espions en herbe attachés à vous identifier. Surtout, il est de bon ton de varier les plaisirs, plutôt que d'adopter une signature visuelle.

Pip opina vigoureusement du chef avant de se tourner vers Birch.

— Il ne faut pas lésiner sur les modifications.

Le rétameur esquissa un semblant de sourire avant de répondre avec le plus grand sérieux :

— En effet. Je ne voudrais surtout pas que l'on passe pour des ringards.

Les passagers du *Calypso* émergèrent de leurs cabines transformés en toutes sortes d'animaux. Charlotte passa devant une araignée, plusieurs chouettes, une poignée de chats, un cheval, deux ou trois taureaux et même un éléphant pendant que la petite troupe débarquait du vapeur. Les quais grouillaient de personnages masqués qui affluaient vers le cœur de la cité.

À la droite de Charlotte, Coe portait un masque de loup, alors que de l'autre côté, Grave était grimé en aigrette neigeuse. Charlotte, elle, avait choisi de faire ses premiers pas à la Nouvelle-Orléans sous l'apparence d'un renard. Les passagers fraîchement débarqués sur les docks accédaient aux plateformes citadines en empruntant des rampes qui s'élevaient en colimaçon. La cité avait beau se situer en hauteur, elle ne ressemblait en rien à New York. Soutenue par d'épaisses arcades d'acier, elle dominait le fleuve et les bayous.

— La cité est divisée en quadrants, expliqua Coe pendant leur ascension. Le Jardin porte bien son nom, c'est le seul espace vert dans une ville autrement dominée par le métal. Le Salon accueille les plus puissants et les plus fortunés, qu'ils soient résidents ou simples visiteurs.

— C'est là que loge Ott ? demanda la jeune fille.

L'officier confirma d'un signe de tête.

— C'est là que se situe *La Belle Fleur*.

— Où logeons-nous ? s'enquit Grave, le regard rivé sur les docks de plus en plus lointains.

— Vous trouverez *Le Poisson Noir* dans le quadrant du Domicile, répondit Coe. Le Domicile et le Marché sont les quadrants les plus vastes et les plus animés. À l'instar du Jardin, le nom du Marché affiche la couleur.

— Qu'en est-il du Quai ?

La zone dont on lui avait déconseillé la visite se dissimulait-elle quelque part au sein des quadrants ?

— Qui vous a parlé du Quai ? demanda l'officier d'une voix tellement tranchante que Charlotte en fut hérissée.

— Pourquoi ne devrais-je pas être au courant ?

Par réflexe, la jeune fille porta la main à sa ceinture de munitions.

Le brusque changement de ton de l'échange attira l'attention de Grave.

— Qu'est-ce que le Quai ?

Coe posa sur Charlotte un regard désapprobateur.

— Un endroit dangereux, à ce qu'on m'a raconté, répondit-elle. À éviter.

— On vous aura bien conseillée, au moins, marmonna l'officier.

— Pour suivre ce conseil, j'ai besoin de savoir où se trouve le Quai.

L'attitude du commodore, qui la traitait comme une enfant insouciante et vulnérable, l'irritait. Avait-il oublié comme elle avait repoussé les brigands dans la Forêt d'Acier ? Et ce, sans son aide ?

Coe jeta un regard en biais à Grave avant de baisser la voix.

— Je ne voulais pas vous vexer, Charlotte. Sachez toutefois qu'il ne faut pas prendre cet endroit à la légère.

— Pourquoi commettrais-je pareille erreur ? rétorqua la jeune fille. Me croyez-vous aussi naïve ?

Coe posa une main sur le bras de Charlotte, qui sentit aussitôt son pouls s'affoler.

— Bien sûr que non, dit l'officier. Votre colère, cependant, me fait craindre que vous n'ayez oublié l'agression que vous venez de subir. Nous ignorons toujours qui s'en est pris à vous, et pourquoi. Ce que nous savons, c'est qu'ils étaient à bord du *Calypso*. Autrement dit, ils viennent d'accoster à la Nouvelle-Orléans, tout comme nous. Je ne tiens pas à ce que vous vous jetiez au-devant du danger.

Charlotte sentit la gêne lui serrer la gorge.

— Oh…

— Le Quai ne désigne pas un lieu unique, expliqua Coe avec un sourire contrit. Il s'agit d'un ensemble dispersé sur la même superficie que la ville, mais sous ses pieds. Seuls les docks, lourdement contrôlés par les Français, sont désertés par ceux que le Quai est susceptible d'attirer. Boutiques, saloons et maisons closes se répartissent par petites grappes autour des trois lacs enfermés par les murs de la ville : Pontchartrain, Borgne et Catatouatche.

— Si le Quai est tellement dangereux, pourquoi les Français en tolèrent-ils l'existence ?

— Il s'agit des entrailles de la ville, dit Coe. Aussi laides qu'elles soient, leur destruction entraînerait l'agonie de la cité.

Grave secoua la tête.

— Cette ville n'a rien de bon, alors, si elle repose sur de telles fondations.

— Toute cité repose sur ce type d'endroit, Grave. Du moins toutes celles que je connais.

Le garçon poussa un soupir si profond que Charlotte lui prit la main.

— Plus je découvre ce monde et moins il me plaît, déclara-t-il à voix basse.

— Tout n'est pas noir, affirma-t-elle.

Charlotte regrettait de ne pouvoir se montrer plus réconfortante.

La guerre les avait menés à la Nouvelle-Orléans, pourtant. Nul doute que le pire était à venir.

— Ça, c'est parler comme un oracle ! (Avec un sourire, Coe quitta la rampe et désigna le tableau qui se dressait devant eux.) Admirez le paysage !

L'esthétique spartiate des docks et des fondations d'acier de la ville contrastait tant avec ce qui les attendait dans les hauteurs de la cité qu'elle en soulignait la beauté. Des bâtiments immaculés aux façades pastel les accueillirent, lovés le long de sentiers pavés de mosaïques. Des fontaines de cuivre et de marbre gargouillaient joyeusement à côté de buissons aux fleurs exotiques comme Charlotte n'en avait encore jamais vu.

— Le Salon, je suppose, dit-elle juste avant qu'ils ne s'engagent dans l'allée.

De plus près, elle constata que les motifs de la mosaïque représentaient les grands mythes. Ils suivirent le destin tragique d'Actéon, transformé en cerf et chassé par ses propres chiens pour avoir transgressé l'interdit et espionné Artémis pendant que la chaste déesse prenait son bain.

— Non, rectifia Coe. C'est le Domicile.

— Mais… (Charlotte parcourut les environs du regard pour relever un quelconque défaut – en vain.) Par Athéna, à quoi peut bien ressembler le Salon ?

Dans un grand éclat de rire, Coe lui tendit un bras qu'elle se garda de refuser.

Le Poisson Noir siégeait au centre du quadrant. Bâtisse trapue peinte en vert, l'auberge était ceinte d'un balcon en fer forgé orné de créatures sous-marines noires qui rappelèrent à Charlotte le *Poisson-Lune*. Linnet et Coe conduisirent leurs compagnons dans le hall, et quelques mots de la jeune femme suffirent à obtenir les clés d'un vaste appartement situé à l'étage. Les serviteurs de Lord Ott apportèrent leurs maigres possessions. Ces vestiges de leur vie dans les Catacombes avaient-ils encore la moindre valeur ? Les ressources de l'aristocrate semblaient illimitées, et d'après ce que Charlotte avait pu constater, il ne reculait devant aucune dépense pour les aider.

À l'exception d'une chambre à *La Belle Fleur*, songea Charlotte, amusée.

Pressés d'aller contacter la Résistance, Linnet et Coe laissèrent à la petite troupe le soin de s'installer dans l'immense suite. Charlotte pénétra dans un salon spacieux, meublé de canapés recouverts de satin et soutenus par de délicats pieds de bois polis comme des sous neufs. Les portes vitrées donnaient sur le large balcon à la balustrade de poissons d'acier. Elle entendit Pip pousser un soupir d'aise depuis l'une des pièces attenantes.

— Quel lit immense ! s'écria la jeune fille. Dix oreillers… Qui peut bien avoir besoin de dix oreillers ?

Charlotte s'esclaffa, mais choisit de visiter le balcon avant d'explorer le reste de la suite.

Accoudée à la balustrade, elle contemplait le panorama de la ville. La muraille d'acier dominait tout, même si sa présence se faisait bien moins menaçante vue de l'intérieur. Depuis son point d'observation, orienté nord, elle pouvait apercevoir ce qu'elle devinait être le quadrant du Jardin, avec son étendue émeraude dépourvue de constructions. Le peu qu'elle avait vu de la ville lui semblait bien plus agréable que la Cité Flottante. Là où New York, condescendante, soumettait quiconque posait le pied sur ses plateformes à son organisation rigide, la Nouvelle-Orléans, elle, assumait son étrangeté et invitait ses visiteurs à se prendre au jeu.

Charlotte admettait volontiers son manque d'objectivité : le voyage avait été long et semé d'embûches, et sa destination représentait depuis longtemps un refuge pour ses semblables, qui fuyaient la poigne de fer de l'Empire. Seul le temps lui dirait si la Nouvelle-Orléans offrait un authentique répit, un foyer potentiel. Quoi qu'il en soit, l'aperçu qu'elle avait eu de la cité lui avait mis l'eau à la bouche : elle souhaitait en explorer les autres quadrants au plus vite.

Linnet et Coe avaient-ils précisé quand ils reviendraient ? Leur avaient-ils explicitement interdit de quitter l'auberge ? À l'évidence, il fallait éviter le Quai, mais le reste de la cité ne semblait guère dangereux...

Charlotte résolut de prévenir Birch qu'elle s'apprêtait à faire un tour en ville. S'il insistait, elle pourrait emmener Grave avec elle. Personne n'irait prétendre qu'il ne pouvait la défendre, et puis il lui tiendrait compagnie.

De retour dans le salon, Charlotte ferma les portes-fenêtres et ôta son masque. La suite faisait partie des rares endroits où elle pourrait circuler à visage découvert. Le port d'un loup, bien qu'inhabituel, n'avait rien d'inconfortable ou de contraignant. Elle s'accommoderait sans trop de peine du « droit des masques ».

Assis sur un des canapés, Birch tenait le masque de Pip dans sa main gauche. De sa main droite, il fouillait un sac dont le contenu métallique tintinnabulait.

— Alors, on fait battre les ailes ? demanda Charlotte, qui vint prendre place à ses côtés.

Le rétameur sourit, le visage enfin débarrassé de toute tension.

— Ça fait passer le temps, déclara-t-il. Qui sait combien de jours on va rester ici, et ce qui nous attend ensuite ? J'aime autant m'occuper.

Charlotte se pencha pour déposer un baiser sur sa joue.

— C'est l'une des raisons pour lesquelles nous ne pourrions nous passer de toi.

Birch s'esclaffa, les joues soudain roses.

Sa réaction laissa Charlotte songeuse. Le cœur tiraillé entre deux hommes, elle ne s'était jamais demandé ce qu'il en était de ses amis. Birch avait-il succombé aux traits d'Éros ? Et quid de Scoff ? Pip, elle, était trop jeune pour se laisser entraîner dans une romance, mais elle était bien la seule. Charlotte savait combien Ash tenait à Meg, et comme il avait été affecté par sa décision de prendre le voile. Son frère mis à part, Charlotte n'avait pas la moindre idée de la situation amoureuse de ses camarades.

Et quid de Grave ?

La question lui donna un frisson, sans qu'elle sache pourquoi.

— Tu ne te sens pas bien, Charlotte ? (Birch avait cessé de fouiller son sac pour scruter le visage de son amie.) Te voilà bien pâle, tout à coup.

La jeune fille ne sut que répondre. Ses pensées l'avaient menée sur un terrain inconnu et plus que troublant. Elle doutait pouvoir faire marche arrière.

— Je...

Quel qu'ait été son embryon de réponse, il fut étouffé par un coup frappé à la porte.

Pip fit irruption dans le salon.

— J'y vais !

— Demande qui c'est avant d'ouvrir, Pip, lui ordonna Charlotte, qui s'était tout de même levée.

— Je ne suis pas idiote ! souffla la jeune fille.

Une fois devant le battant, elle demanda d'un ton doucereux :

— Qui est là ?

— Pip ? C'est Ash.

Charlotte aurait voulu fondre sur la porte pour l'ouvrir à la volée. Elle demeura cependant immobile, paralysée par l'excitation.

Ashley… Il est ici !

Au comble de la joie, Pip ne s'embarrassa pas d'une telle hésitation et ouvrit au jeune homme.

— Ash ! Ash ! Ash ! Oh, un aigle… Qui est cette dame ?

Ashley n'était pas venu seul. Une femme élancée se tenait sur le palier, le visage dissimulé sous les traits d'un blaireau.

Le jeune homme passa un bras autour des épaules de Pip pour l'inviter à se pousser. L'inconnue entra à sa suite et ferma la porte.

Lorsque son frère eut retiré son masque, Charlotte retrouva enfin l'usage de ses jambes.

— Ash !

Elle traversa la pièce en trombe et sauta au cou de son aîné.

— Lottie ! C'est si bon de te revoir.

Charlotte ne put retenir ses larmes.

— Tu m'as tellement manqué…

— Charlotte.

L'inconnue avait parlé, d'une voix à l'intonation familière, qui résonna au plus profond de la jeune fille.

Quand Charlotte se tourna vers elle, l'étrangère avait abandonné son masque. Son visage n'avait rien d'étranger.

— Lottie, souffla Ashley.

Il serra la main de sa sœur, qui entrelaça leurs doigts.

Lorsque Charlotte ouvrit la bouche, sa voix n'était plus qu'un murmure.

— Mère.

Chapitre 13

Caroline Marshall dominait sa fille d'une bonne tête, mais les deux femmes partageaient de nombreux traits : nez aquilin, cheveux bruns, doigts longs et fins, menton pointu. Dans le souvenir de Charlotte, le visage de sa mère semblait plus doux que celui, sévère et anguleux, penché sur elle en cet instant – une différence qu'elle mettait sur le compte de sa candeur enfantine. Le monde entier paraissait bien plus aimable avant qu'elle ne grandisse ; pourquoi sa mère ferait-elle figure d'exception ?

Elle portait une chemise blanche amidonnée et un pantalon drapé de soie gris profond dont les ourlets tombaient juste sous le genou. Deux dagues argentées brillaient dans leur fourreau, à mi-hauteur de ses bottes, auxquelles répondait l'éclat de crosses d'ivoire sur sa large ceinture de cuir.

Charlotte fut prise d'une étonnante timidité lorsque sa mère lui tendit la main. Tentée de rentrer la tête dans les épaules et de river son regard au sol – pourquoi pas même se cacher derrière son frère –, elle se redressa pourtant, lâcha les doigts d'Ashley et avança d'un pas assuré, en dépit des palpitations qui agitaient son cœur.

Elle serra la main tendue de Caroline, qui se pencha pour déposer un baiser glacé sur la joue de sa fille.

— Comme tu as grandi…

À court de mots, Charlotte se contenta d'acquiescer.

Caroline esquissa un sourire.

— Et tu as conduit les rescapés des Catacombes jusqu'à la Nouvelle-Orléans. L'exploit n'est pas banal, Charlotte.

— Merci, mère. Nous avons confié les plus jeunes à la crèche d'East Moirai.

— Tu as suivi le protocole et gardé la tête froide. Il faut savoir se montrer pragmatique lorsque les circonstances l'exigent. À mon avis, tu ne serais pas parmi nous aujourd'hui si tes sentiments t'avaient poussée à les amener jusqu'ici.

Charlotte redressa l'échine devant ce qui semblait être un compliment.

— Ashley a fait preuve de sagesse en te passant le flambeau, déclara Caroline avec un sourire approbateur à son fils. J'espère que tu continueras à montrer les mêmes qualités ici. Lutter pour la Résistance, s'y vouer corps et âme, impose de faire des sacrifices. Des choix épineux.

— Je comprends, répondit Charlotte, en dépit de l'incertitude que faisaient naître en elle les propos de sa mère.

L'expression fermée de Caroline avait tout de la sévérité.

— J'ai demandé à ton frère d'expliquer à tes compagnons le fonctionnement de la Résistance et de ses opérations à la Nouvelle-Orléans. Quant à toi, j'aimerais que tu m'accompagnes à la Tour de Dédale.

Charlotte manqua d'exploser de surprise et de bonheur. Sa mère voulait l'emmener, et elle seule, à…

— La Tour de Dédale ?

Elle avait beau ne pas vouloir paraître ignorante, surtout après avoir récolté les félicitations maternelles, elle n'était pas assez inconsciente pour feindre l'omniscience.

Caroline lui effleura la joue, et pour la première fois son sourire laissa paraître un rayon de chaleur.

— C'est là que nous passons le plus clair de notre temps. C'est le foyer de la Résistance.

Charlotte retint un cri d'excitation. Elle sentit quelqu'un tirer doucement sur sa manche. Pip s'était glissée à ses côtés et ouvrait de grands yeux – la timidité lui avait, semblait-il, faire perdre sa langue.

— Et qui avons-nous là ? s'enquit Caroline.

Les joues de la jeune fille rosirent. Bien que toujours impressionnée elle aussi, Charlotte passa un bras autour des épaules de son amie pour l'encourager.

— Voici Pip, dit-elle. Pip, je te présente ma mère, Caroline.

— Bonjour, madame Marshall, couina la jeune fille.

— Pip… (La tête inclinée sur le côté, Caroline examina les traits et la tignasse verte de l'adolescente.) La fille de Cressida et de Lark ?

Oubliant son embarras, l'intéressée bondit à la mention de ses parents.

— Tout juste ! Vous les connaissez ? Ils sont là ?

Le sourire de Caroline se figea imperceptiblement.

— Bien entendu. Mais j'ai bien peur que, pour l'heure, ils ne soient pas à la Nouvelle-Orléans. Une mission les a appelés sur le terrain.

— Oh, fit Pip, à l'évidence déçue.

Charlotte attira contre elle son amie, qui avait un peu pâli.

— Ce n'est rien, Pip. Et si tu allais voir où en est Birch avec ton masque ?

— Je crois bien que ça va marcher ! annonça le jeune homme.

Les yeux encore brillants de déception, Pip rejoignit le rétameur sur le sofa. Caroline la suivit du regard et, à la grande surprise de Charlotte, s'esclaffa.

— Tes expériences sont-elles aussi explosives que celles de ta tante, Birch ? lança Mme Marshall.

La question fit sursauter l'intéressé, mais Pip rattrapa le masque avant qu'il ne heurte le sol.

— Tante Io, vous voulez dire ?

— Tout juste.

— Est-ce que… Est-ce qu'elle est là ? demanda Birch, sans manquer d'adresser un regard coupable à son apprentie.

Caroline opina du chef avant de laisser échapper un nouvel éclat de rire.

— Elle supervise l'atelier de la Tour de Dédale. Ta tante est un as de la conception, mais ses réalisations manquent parfois de minutie. En la mettant à la tête de l'atelier, nous avons continué à bénéficier de son esprit brillant et en même temps réduit la fréquence des accidents de façon significative.

Les lèvres de Birch formèrent un sourire de guingois.

— Ça lui ressemble bien.

— Ash pourra te conduire à son bureau, proposa Caroline. Elle sera ravie de te voir. (Elle se tourna vers Pip, occupée à tripoter le masque, le regard baissé.) Et elle aura sans doute envie de rencontrer ta jeune protégée, ajouta-t-elle.

Pip leva la tête : elle avait retrouvé un peu de couleurs et un semblant de sourire étirait ses lèvres. Elle regarda le rétameur.

— Tu crois, toi aussi ?

— J'en suis certain, affirma le jeune homme en donnant une petite tape affectueuse sur la tête de son apprentie.

Le regard de Caroline quitta le duo pour se poser sur la figure solitaire qui occupait la chaise voisine.

— De nouvelles présentations s'imposent, je crois.

Elle observait Grave. À coup sûr, Ash avait dû lui parler du garçon. Charlotte se tourna vers son frère pour l'interroger du regard. Il lui adressa un hochement de tête.

— Mère… (Charlotte alla se placer derrière l'intéressé.) Voici Grave. Notre ami.

Mme Marshall, qui n'avait pas bougé d'un pouce, scrutait le visage du garçon.

— Ravie de faire ta connaissance… Grave.

— Enchanté.

— Nous ferions mieux de nous mettre en route, dit Caroline à sa fille, sans pour autant détacher son attention de Grave. N'oublie pas de changer de masque.

Ott a dû vous en fournir une belle sélection. Choisis-en un pour moi aussi.

Charlotte alla dans la chambre où étaient rangées les malles envoyées par l'aristocrate. Scoff ronflait, affalé sur le lit. La jeune fille sortit en silence deux masques, l'un composé de pétales de rose, l'autre façonné à l'image d'un ours. De retour dans le salon, elle offrit le masque floral à sa mère.

— Ravissant, murmura Caroline.

Pendant que sa mère mettait le loup, Charlotte alla embrasser son frère.

— J'ai à te parler, lui glissa-t-elle à l'oreille. J'ai tellement de questions. Et tellement de choses à te raconter, aussi.

— Bientôt, répondit son aîné. Pour l'heure, va avec Mère.

— Ash… (Charlotte resta blottie contre lui un instant.) Où est Père ?

Elle ne voulait pas interroger sa mère devant les autres. La réponse risquait d'être plus triste qu'heureuse.

— Elle te le dira, répondit Ash.

Charlotte aurait préféré des paroles plus rassurantes.

Le trajet du *Poisson Noir* à la Tour de Dédale n'offrit pas à Charlotte la possibilité de partager une conversation intime avec sa mère. Caroline avançait d'un pas vif sur les trottoirs du Domicile, sans même regarder sa cadette. La jeune fille se résigna à attendre d'avoir atteint leur destination avant de l'interroger sur le sort de son père, ou tout autre sujet.

Elles franchirent le pont couvert qui reliait le Domicile au Marché. Si le Domicile ne manquait pas d'animation, le Marché, lui, débordait de vie. Tentes et échoppes grouillaient de vendeurs et de clients de chaque côté de la chaussée, et, derrière les primeurs et artisans ambulants, se dressaient des bâtiments qui abritaient toutes sortes de denrées. Les vitrines des boutiques scintillaient sous le soleil tant on les avait polies pour offrir aux passants une vue imprenable sur les articles qu'elles renfermaient.

La variété des magasins d'East Moirai, bien que déjà impressionnante, faisait pâle figure face aux étals extravagants du Marché de la Nouvelle-Orléans. Un grand fournisseur de mobilier exposait des articles aux lignes arrondies et élancées, taillés dans des bois exotiques de toutes teintes. Des dames aux masques délicats et aux jupes pastel tourbillonnantes pénétraient d'un pas guindé chez un couturier dont la vitrine laissait voir des automates qui agitaient les bras et tournoyaient, leurs corps métalliques vêtus de velours, de soie et de dentelle. Certains magasins dépassaient l'imagination de Charlotte : une boutique qui ne vendait que des jouets, une autre débordant de sculptures en sucre filé ou en chocolat et dont le parfum lui mettait l'eau à la bouche, une autre encore qui proposait des instruments de musique – la jeune fille s'attarda derrière sa mère afin d'observer le violoniste posté sur le vaste porche pour attirer le client à l'aide de mélodies élaborées.

Pressant le pas pour rattraper Caroline, Charlotte résista à ces vitrines enchanteresses avec un pincement au cœur. Aurait-elle le temps d'explorer la ville à loisir ? Elle suivit sa mère à un carrefour pour découvrir que, contrairement au Domicile dont l'artère principale était constituée d'une voie unique, le centre du Marché disposait d'une seconde rangée de bâtiments accompagnée d'un trottoir. Les boutiques les plus sophistiquées occupaient la première, tandis que la seconde abritait les magasins aux visées plus quotidiennes et pratiques : boucher, boulanger, tanneur, tonnelier. Rétameur, alchimiste, armurier, horloger.

Caroline quitta la chaussée devant un long immeuble qui portait l'enseigne de *L'Entrepôt des Sintiens*. En lieu et place de vitrines éblouissantes, cette boutique ne présentait que de petites embrasures maculées de poussière. Charlotte suivit sa mère à l'intérieur, où régnait une odeur d'huile et de métal, et découvrit des murs tapissés de hautes étagères et de caisses trapues emplies de toutes sortes de pièces détachées. À vue de nez, les objets étaient classés par type de métal : certains rayons accueillaient des gadgets et tubes de bronze, d'autres débordaient de pièces en cuivre, laiton, argent ou or. Un vrai dédale de machines démantelées et d'armes à moitié montées.

Pour Birch, le paradis, songea Charlotte.

Elles dépassèrent les rangées d'étagères pour se diriger vers le fond de la boutique, où un homme se dressait derrière un simple comptoir. Il leva la tête et adressa un signe de tête à Caroline, qui, sans lui adresser un mot, franchit une porte débouchant sur une pièce encombrée de caisses vides. Charlotte regarda sa mère fouiller l'une des grosses boîtes disposées au sol. Lorsqu'elle retira sa main, le fond de la caisse se souleva. Une trappe !

— Je t'en prie, dit-elle à Charlotte.

La jeune fille jeta un coup d'œil par l'ouverture et aperçut une échelle de bois qui plongeait dans un cellier. Elle descendit aussi vite qu'elle le pouvait. Caroline la suivit et ferma la trappe derrière elle. Le cellier était vide, à l'exception d'un mur couvert de crochets auxquels étaient suspendus tout un tas de masques. Parvenue en bas, Caroline ôta son loup en pétales de rose et le plaça sur l'un des crochets. Sa fille l'imita.

Mme Marshall s'accroupit ensuite et tourna le crochet le plus bas sur la droite. Un panneau coulissa dans le mur opposé pour révéler un long couloir aux parois métalliques et arrondies – on eût dit un tuyau d'évacuation. Ce qu'il avait sans doute dû être, à une autre époque.

Caroline passa devant et pénétra dans le corridor.

— Tu trouveras une poignée de bois au bout d'une chaîne sur ta gauche. Tire dessus pour refermer le panneau.

La jeune fille s'exécuta. Le panneau se remit en place. Une série de globes de verre ornait le plafond du couloir. À l'intérieur des sphères, des mottes de mousse émettaient une lueur bleu-vert qui rappela à Charlotte les champignons luminescents des Catacombes. Elles avancèrent en silence, avec pour seule musique le bruit de leurs pas qui se répercutait sur les parois du tuyau. Quand le moment serait-il venu d'interroger Caroline ? Son port altier et son pas vif n'invitaient pas à la conversation. Son silence commençait malgré tout à agacer sa fille.

Charlotte tentait de rassembler son courage pour prendre la parole lorsqu'elles atteignirent l'extrémité du tunnel. Caroline tourna un volant pour ouvrir une porte ronde en laiton. La lumière naturelle s'engouffra à l'intérieur, accompagnée d'un courant d'air frais chargé de saumure. Charlotte sortit du boyau pour se retrouver dans un nouveau couloir, bien plus vaste que le précédent. De chaque côté, quatre escaliers en métal s'élançaient sur toute la hauteur des parois, à perte de vue, leurs paliers reliés par des passerelles.

— Bienvenue dans la Tour de Dédale, annonça Caroline d'une voix qui trahissait sa fierté.

Charlotte tourna lentement sur elle-même pour évaluer l'endroit.

— Où sommes-nous ?

— À l'intérieur de la muraille, répondit sa mère.

— Dans le Mur d'Acier ? demanda la jeune fille, incrédule.

Caroline acquiesça avec un sourire.

— Il te faudra un peu de temps pour trouver tes repères, étant donné que l'intérieur de la muraille est dénué de caractéristique notoire. Essaie de retenir par où tu es entrée.

Elle désigna la porte en laiton. Le battant arborait le symbole d'un marteau.

— Il y a d'autres accès ?

Charlotte pensait non seulement aux entrées, mais aussi aux sorties. La Tour de Dédale, avec ses passages étroits et ses recoins caverneux qui n'étaient pas sans rappeler les Catacombes, lui paraissait étonnamment familière. Rassérénée, elle attendait avec impatience les explications de sa mère.

— Bien entendu, répondit Caroline, qui s'engagea dans le vaste couloir. Certains sont connus de tous au sein de la Résistance, d'autres sont réservés à un cercle restreint.

Elles dépassèrent une série de portes numérotées qui s'alignaient de chaque côté de la muraille.

— Des gens habitent ici ? demanda Charlotte.

— Nous disposons de quartiers résidentiels, oui. La plupart se trouvent à ce niveau, dans le mur intérieur. Il s'agit surtout de logements temporaires pour les membres de la Résistance souvent contraints de partir sur le terrain. Ceux d'entre nous qui servent en permanence dans la cité occupent des résidences situées dans le quadrant du Domicile.

Charlotte ne laissa pas passer cette occasion d'interroger sa mère.

— Est-ce que vous avez une maison ici, tous les deux ?

— J'occupe un modeste appartement, répondit Caroline d'un ton raide.

— Et père ?

Elle avait besoin de savoir, aussi horrible que soit la réponse.

Mme Marshall s'arrêta pour faire face à sa fille.

— Ton père nous a quittés, Charlotte.

— Mais… comment ?

La réponse de sa mère n'était pas seulement abrupte, elle était aussi dure, prononcée d'une voix dépourvue de toute émotion.

— Que s'est-il passé ?

Charlotte sentit le souffle lui manquer. Même s'ils étaient peu nombreux, les souvenirs qu'elle possédait de son père débordaient de chaleur et de réconfort : promenades au milieu des pins, escapades où elle s'esclaffait, juchée sur ses épaules, et faisait mine de voler à la cime des arbres. Ces images étaient tout ce qu'il lui restait des visites paternelles à la crèche, elle le savait, même si le passé continuait à lui échapper. À peine effleuré, chaque souvenir lui glissait entre les doigts. De son père, elle ne connaîtrait plus que ces instants fugitifs, fantomatiques.

Caroline contempla un long moment sa fille avant de la serrer dans ses bras avec délicatesse.

— Le chagrin est un luxe. Ça peut sembler cruel, je le sais, mais nous ne pouvons nous permettre de pleurer ton père trop longtemps.

Charlotte, qui n'avait pas envie de décevoir sa mère, versa deux ou trois larmes et retint les autres – tâche ardue s'il en était.

Sa mère avait-elle raison ? Caroline avait traversé des années de conflit, perdu son mari, et c'était là sa conclusion. Il devait y avoir du vrai dans ses propos, même s'ils défiaient les conventions.

La finalité de la déclaration, que l'esprit de Charlotte s'efforçait d'accepter, ne lui en donnait pas moins la nausée. Comme si elle avait ingéré un aliment avarié, dont son organisme désespérait d'évacuer les toxines.

Desserrant les poings, Caroline serra sa fille contre son cœur.

— Pardonne-moi, Charlotte, dit-elle d'une voix douce. Il semblerait que la guerre m'ait endurcie depuis notre dernière entrevue, et que j'aie oublié ce que c'est que d'être mère. J'aurais dû mieux choisir mes mots. Fais-moi confiance, cependant, quand je te dis qu'il n'est pas bon de s'attarder sur le passé, sur ce qui ne peut être changé. Mets toute ton énergie dans ce que tu peux altérer. Et crois-moi, Charlotte, tu as les moyens de faire une incroyable différence.

Encore désarçonnée, la jeune fille se laissa guider dans les étages jusqu'à une porte ménagée dans le mur extérieur. Au centre de la pièce se dressait une large table carrée, recouverte d'une carte surmontée de pions d'acier, de laiton et de cuivre.

— L'acier pour la Résistance, le laiton pour l'Empire et le cuivre pour les Français. (Caroline s'approcha de la table.) C'est ici que les officiers se réunissent pour mettre au point chacune de nos opérations.

Charlotte enfouit les derniers fragments tremblants de son cœur aussi profond que possible. Penchée sur la carte, sa mère observait les figurines et leurs positions tour à tour, les yeux plissés. Son allure respirait l'autorité.

— Faites-vous partie des officiers, Mère ? s'enquit Charlotte.

— Je suis commandant des Opérations spéciales. Autrement dit, oui, j'ai ma place à cette table.

L'information attisa la fierté de la jeune fille et dispersa en partie le chagrin provoqué par la discussion sur son père.

— Dans ce cas, puis-je… (Elle hésita, à la fois exaltée et dépassée par la situation.) Puis-je vous demander de m'attribuer une mission ? J'aimerais apporter ma contribution à la Résistance.

Caroline sourit à sa fille, qui dressa le menton, prête à recevoir les ordres maternels.

— Puisque tu viens à peine d'arriver, je me dois de réfléchir à ton enrôlement officiel dans la Tour. J'ai cependant une tâche à te confier. Une tâche d'importance.

— Laquelle ?

Charlotte joignit les mains au creux de son dos pour masquer leur tremblement.

— Tu connais tes compagnons mieux que personne, décréta Caroline. Au cours de votre périple, tu as dû observer comment chacun réagissait face au danger. Au sein de la Résistance, il est impératif que chacun occupe une position adaptée à ses talents et à son caractère. Je te demanderai donc de me fournir une évaluation détaillée de chacun des membres de ton groupe, accompagnée de commentaires sur la meilleure façon dont ils pourraient servir notre cause.

Le sourire de Caroline redoubla devant le regard ébahi de sa fille.

— Je suis ravie de constater que tu comprends l'importance d'une telle mission, poursuivit-elle. Surtout, Charlotte, n'hésite pas à inclure toute remarque utile sur les limites de tes camarades. Ne vois pas cet exercice comme un jugement à l'endroit de tes amis, mais plutôt comme un moyen de t'assurer qu'ils occupent la place adéquate au sein de la Résistance.

— Je m'en charge.

Charlotte avait déjà commencé à cataloguer les différents talents que ses compagnons pouvaient mettre au service de la cause.

— Je n'ai jamais douté de ta réponse, répondit sa mère.

Elle passa de l'autre côté de la table et effleura l'une des cartes, avant de poser un regard pénétrant sur sa fille.

— Il y a encore un point dont j'aimerais m'entretenir avec toi. J'ai besoin d'en savoir plus sur cet étranger que tu as trouvé dans les landes. Ce garçon.

— Grave. Il s'appelle Grave.

— Selon Ashley, ses origines relèvent du mystère. Son père serait un inventeur ?

— Hackett Bromley, oui.

Charlotte sentit des fourmillements dans sa nuque. Elle brûlait de savoir ce qu'Ash avait pu rapporter à leur mère. *Est-elle au courant de tout ?* Elle s'en voulait de montrer une telle réticence à partager l'histoire personnelle de Grave. Sa mère, un officier de la Résistance, venait de lui confier une mission qu'elle avait à cœur d'honorer. Elle ne lui poserait pas tant de questions si le sujet n'était pas important. Malgré tout, Charlotte ne pouvait s'empêcher de protéger Grave.

— Bromley, c'est ça, murmura Caroline. Mais avant de devenir… Grave, ce garçon était le fils de Bromley. Il était malade ?

— Très, répondit Charlotte. Il est mort.

Le commandant tira une chaise près de la table et fit signe à sa fille de s'asseoir.

— Mais Grave est vivant, constata-t-elle. (Songeuse, elle se tapotait le menton de l'index.) Quelle énigme ! Pour être honnête, Charlotte, je ne suis pas certaine que nous sachions la résoudre. Sais-tu comment cet inventeur, ce Bromley, a ramené votre Grave à la vie ?

Ashley a-t-il gardé pour lui les explications de Bromley sur le Livre des Morts ? Mère sait-elle que Meg a rejoint les Sœurs au temple d'Athéna dans l'espoir d'en apprendre plus sur la création de Grave ?

— Je serais d'avis que ça n'a pas grande importance, poursuivit Caroline. La méthode de sa création importe sans doute bien moins que ce qu'il est à l'heure actuelle.

— C'est un être humain, laissa échapper Charlotte.

Caroline posa sur sa fille un regard froid.

— Je n'ai jamais avancé le contraire.

— Je voulais juste dire…

Les mots manquaient à la jeune fille. Sa mère ne pouvait que désapprouver une telle saillie, aussi inutile qu'irrespectueuse.

— Je n'aime pas quand les gens le traitent comme une chose.

— Je m'en doute bien. Tu m'as fait comprendre que Grave était un ami cher. Et c'est tant mieux. Mais d'après Ashley, Grave est différent. Je ne remets pas en cause son humanité, mais je me dois d'observer qu'il peut s'enorgueillir de qualités rarement associées aux êtres humains. Or, servir la Résistance implique de rassembler tout renseignement susceptible de nous intéresser, y compris des informations en apparence insolites ou sans lien direct avec l'issue de ce conflit. Nous savons que Hackett Bromley a été capturé par l'Empire peu après votre entrevue. Si Britannia le juge digne d'intérêt, alors il y a fort à parier que son travail, ainsi que l'existence de Grave, ont leur importance pour la Résistance.

En dépit de sa réticence à parler de Grave, Charlotte ne put qu'acquiescer.

— Puissance… (Caroline faisait à présent les cent pas.) Invulnérabilité…

— Oui.

— Grave est demeuré à tes côtés après le départ d'Ashley, remarqua Caroline. As-tu observé quoi que ce soit d'autre dans l'intervalle écoulé depuis que tu as été séparée de ton frère ? Quelque chose qui le distingue encore des autres ?

Il ne dort pas, ne connaît pas la fatigue. Il réfléchit à ses actes. Il est loyal. Il est doué d'une conscience.

— Non.

— Tout de même… murmura Caroline, perdue dans ses pensées.

Elle fut arrachée à sa réflexion par un bruit de bottes sur le grillage métallique de l'escalier.

— Les autres officiers ne vont pas tarder à arriver, déclara Caroline. J'ai chargé quelqu'un de te faire visiter le reste de la Tour. Quelqu'un qui meurt d'envie de te voir.

— Je ne suis pas sûr d'avoir envie de mourir de quoi que ce soit, rétorqua une voix depuis le pas de la porte.

Charlotte se figea. Les yeux clos, elle s'efforçait de conserver son calme.

Par Athéna, pourquoi fallait-il que ce soit ici ? Pourquoi maintenant, en présence de ma mère ?

La gorge nouée, elle ouvrit les paupières et sourit à Caroline. Avant de se lever et de se tourner pour saluer Jack.

Chapitre 14

Il n'avait pas changé. Son visage souriant arborait l'expression taquine que Charlotte connaissait si bien. Et qui lui avait manqué. *Il* lui avait manqué.

Charlotte agrippa le dossier de sa chaise dans une vaine tentative de dissiper la nervosité qui l'envahissait.

Elle avait envie de courir se jeter au cou de Jack, soulagée de le voir, de le savoir sain et sauf.

Mais elle était aussi tentée de prendre ses jambes à son cou. Elle n'était pas prête à lui faire face, à le côtoyer, après ce qui venait de se passer avec Coe à bord du *Calypso*. Elle n'était même pas certaine de pouvoir lui pardonner de l'avoir abusée. D'avoir promis son cœur à une autre.

— Ravi de te revoir, Charlotte.

La voix de l'officier buta sur son nom.

— Moi aussi. (La jeune fille lâcha sa chaise.) Je suis contente de voir que vous êtes arrivés sains et saufs, Ashley et toi.

De nouveaux bruits de pas résonnèrent dans le couloir. Jack entra dans la pièce juste à temps pour laisser passer un homme à la chevelure et la moustache argentées.

— Capitaine, fit Caroline avec un signe de tête.

Il répondit d'un salut sec.

Charlotte attendait que sa mère fasse les présentations, mais Mme Marshall s'adressa à quelqu'un qui se tenait derrière le capitaine.

— Commodore.

— Commandant, répondit une voix familière.

Non...

Non, non, non.

Ce n'est pas possible ! Je suis coincée dans un rêve. Ou plutôt un véritable cauchemar.

— Je ne m'attendais pas à vous trouver ici, Charlotte, déclara Coe. Belle promotion que voilà !

— Bonjour, Coe.

Ce n'était pas un rêve : il s'avançait vers elle.

Le commodore lui adressa un salut poli avant de prendre sa main entre les siennes.

— Que pensez-vous de la Tour de Dédale ?

Charlotte jeta un regard à sa mère, qui haussa les sourcils avec intérêt. La jeune fille recula d'un pas.

— Je n'ai pas encore tout vu, dit-elle. Mais ma mère m'a organisé une visite.

— Ravi de l'apprendre, dit Coe, tout sourire. Même si je regrette la brièveté de cette rencontre. Puis-je vous voir ce soir ?

— Je...

Jack toussa bruyamment.

— Encore une surprise, constata Coe, que la présence de son frère semblait bien moins enthousiasmer que celle de Charlotte.

— Athéna te bénisse, très cher frère, ironisa Jack. Pas d'inquiétude, je ne te ferai pas perdre ton temps. Sommes-nous prêts ?

Coe se tourna vers Charlotte.

— Que veut-il dire ?

Sa voix trahissait sa contrariété.

— J'ai demandé à Jack de faire visiter la Tour à Charlotte, intervint Mme Marshall, ce qui fit sursauter sa fille. L'endroit peut sembler écrasant au premier abord.

— En effet, concéda l'aîné des frères Winter.

Caroline fixait le commodore, dans l'expectative. Il la rejoignit à la table de commandement.

Jack, déjà hors de la pièce, attendait Charlotte sur le palier. Deux nouveaux officiers, un homme et une femme, gravissaient l'escalier. Ils saluèrent Jack avant de rejoindre leurs pairs. La porte se referma derrière eux, laissant les deux jeunes gens seuls.

Pour la première fois depuis, semblait-il, une éternité, ils échangèrent un simple regard. Puis Jack fit un pas vers Charlotte, qui recula.

— Arrête, dit-elle. Ne me touche pas, s'il te plaît.

Il se figea, les bras à demi tendus, terriblement gêné.

— Si c'est ce que tu veux...

Je n'ai pas la moindre idée de ce que je veux.

— Tu es censé me faire faire le tour du propriétaire, lui rappela-t-elle.

Il fronça les sourcils, contrarié.

— On ne peut pas discuter, au moins ?

— Tu tiens vraiment à le faire ici ?

Charlotte jeta un regard à la porte close, puis agita la main vers un inconnu dans l'escalier.

— Je… (Jack s'accouda à la rambarde.) Non, tu as raison.

— Alors montre-moi cette Tour, que je m'y retrouve. Tu pourras dénicher un endroit plus adapté à une conversation intime quelque part en chemin, je n'en doute pas.

Le visage du jeune homme s'illumina. Charlotte sentit son cœur s'effondrer : elle ne faisait que retarder l'inévitable. Pour l'heure, ça devrait suffire.

— Suivez-moi, chère demoiselle. (Jack pivota sur ses talons.) Je ne supporterais pas de te voir te perdre dans ce labyrinthe.

Avec un grognement de frustration, Charlotte croisa les bras et emboîta le pas au jeune homme.

Il baissa la voix.

— Pour être honnête, tout le monde en rajoute sur le caractère déroutant et intimidant de la Tour… mais ce n'est rien comparé aux Catacombes.

Charlotte lâcha un petit rire – qu'elle regretta aussitôt. Elle n'était prête ni à évoquer leur passé commun ni à repenser avec nostalgie au foyer qu'ils avaient perdu. Elle observa Jack à la dérobée. Une ombre traversa l'expression du jeune homme. Il lui rendit son regard.

— Je suis content que tu sois saine et sauve, dit-il, soudain sérieux. Et que tu sois arrivée ici. Je voulais partir à ta recherche, mais les officiers ne m'en ont pas donné la permission.

— Ils ont eu raison. Tu aurais pu tous nous mettre en péril. La Libellule ne serait pas passée inaperçue en pleine campagne.

— Ça m'était égal, rétorqua Jack. J'avais besoin de savoir que tu allais bien.

— C'est le cas. (Il était temps de mettre fin à cette conversation.) Tu ne m'as rien dit de l'endroit où nous sommes, ni de celui où nous nous rendons. Je serai condamnée à me perdre si tu ne t'acquittes pas de ta mission.

Jack lui adressa un regard noir avant de se lancer dans une explication sur l'architecture de la Tour. À la fois refuge pour la Résistance et position de défense en cas d'attaque directe, la Tour de Dédale était conçue pour parer à tous les besoins des opérations quotidiennes comme à un siège prolongé. L'approvisionnement était assuré *via* des boyaux qui reliaient la Tour au centre-ville et au Quai. Conduits d'aération et tuyaux recyclés apportaient air et lumière dans un espace autrement austère. En dépit des va-et-vient depuis l'extérieur et de la circulation des individus d'un étage à l'autre, le vaste intérieur du Mur d'Acier donnait une impression de vacuité.

En descendant l'escalier, Jack lui expliqua que, hormis la salle du Conseil de guerre où se réunissaient les officiers, le deuxième étage servait en majeure partie à la bureaucratie : transmission des renseignements, archivage des rapports, gestion des comptes. Le mur extérieur du premier étage était percé d'écoutilles. Jack en ouvrit une. La lumière vint éclairer une énorme pièce d'artillerie.

— Toutes les écoutilles donnent sur des canons ? s'étonna Charlotte.

La Tour semblait en effet bien parée pour repousser n'importe quel assaut.

Jack confirma d'un signe de tête avant de poursuivre :

— Les canons et les capsules opératoires sont amarrés au mur. Les portes extérieures sont huilées, mais on ne les ouvre qu'en cas d'absolue nécessité, pour l'entretien. La Résistance pense que l'Empire n'est pas au courant pour les canons, et elle ne tient pas à ce que ça change.

Ils descendirent jusqu'au niveau inférieur où se trouvait, outre les quartiers résidentiels, une fonderie rudimentaire qui produisait armes et munitions, sans oublier l'atelier des rétameurs.

— Scoff sera déçu d'apprendre qu'il n'y a pas de local pour les apothicaires, observa-t-elle.

Peut-être pourrait-elle en suggérer l'installation au commandant ? Même si les expériences de Scoff défiaient parfois l'entendement, il disposait d'un vrai talent. S'il l'aiguisait, il pourrait produire de précieux toniques et élixirs.

— La Résistance préfère travailler avec des apothicaires sous contrat, répondit Jack. Mais il semble que ça n'ait pas toujours été le cas. Quelqu'un, à un moment donné, a décrété qu'abriter un apothicaire dans la Tour de Dédale apportait plus de risques que de bienfaits.

À l'approche de l'atelier, Charlotte ralentit l'allure. Un barrage de sons s'élevait de la pièce – ronronnement, cliquètements, bourdonnements, sifflements, carillons, détonations, chuintements –, accompagné d'un parfum âcre de fumée et de cuir calciné, qui variait du dangereusement récent au vaguement perceptible. Mue par la curiosité, Charlotte jeta un coup d'œil à l'intérieur de la pièce.

Dans les Catacombes, Birch passait le plus clair de son temps seul dans son atelier, aidé de temps à autre par Pip, lorsque la fantaisie prenait à la jeune fille de se proclamer son apprentie. La salle où pénétrait à présent Charlotte n'avait rien d'un espace de création solitaire. Où qu'elle pose le regard, des rétameurs se penchaient sur de minuscules appareils qu'ils examinaient à travers des lunettes grossissantes, soudaient ensemble des éléments pour former des armes à feu, étudiaient les plans d'outils de surveillance et discutaient de leurs récentes innovations.

Birch accueillerait-il le changement avec joie, ou se sentirait-il écrasé par la présence de collègues aussi nombreux ?

— Charlotte !

Pip traversa le couloir en trombe.

— Jack ! s'écria-t-elle.

Elle sauta dans les bras du jeune homme qui la fit tournoyer dans les airs. Elle s'esclaffa et le serra de toutes ses forces, sous le regard envieux de Charlotte.

— Comment vas-tu, Pip ? demanda Jack, qui jouait avec ses couettes. Tu veilles à ce que Birch n'ait pas d'ennuis, j'espère ?

Pip acquiesça avec un sourire béat.

— On est venus voir sa tante. Elle a les cheveux bleus ! Scoff va essayer de concocter une potion pour que je puisse avoir la même couleur.

Charlotte sourit à sa jeune amie. Elle n'avait aucun mal à imaginer le rôle que remplirait l'enthousiaste Pip : presque un an plus tôt, elle était *de facto* devenue l'apprentie de Birch dans les Catacombes. Officialiser leur collaboration constituait logiquement la prochaine étape dans sa formation. Mais Pip n'aurait-elle pas plus à gagner en se séparant de Birch ? À l'évidence, elle adorait le rétameur, avec qui elle partageait un lien étroit, mais le confort et la familiarité pouvaient, parfois, entraver le développement et l'innovation. Autant de considérations que Charlotte devrait prendre en compte avant d'émettre une quelconque recommandation.

Birch, Grave et Scoff approchèrent à une allure plus mesurée, accompagnés d'une femme filiforme. La fameuse tante Io, sans doute. Sa chevelure n'était pas seulement bleue : elle scintillait comme une rivière de saphirs lui dévalant le dos. Ce n'était pas là sa seule excentricité, cependant. Deux paires de lunettes tenaient en équilibre sur son front, sans oublier une troisième suspendue à son cou, et la tante de Birch portait un tablier de cuir similaire à celui qu'enfilait son neveu pour travailler. Ses bottes à semelle épaisse lui montaient jusqu'aux genoux, et ses gants aux doigts noircis s'étiraient bien au-delà du coude.

— Tante Io, dit Birch avec un immense sourire. Permettez-moi de vous présenter Charlotte et Jack.

Jamais le rétameur n'avait paru aussi heureux. Charlotte n'aurait pas été surprise de le voir sautiller à travers le couloir si Pip le lui suggérait.

— Tout le monde ici connaît Jack, répondit Io d'un ton désinvolte. Mais c'est donc là la jeune fille qui est parvenue à se frayer un chemin à travers la forêt pour nous rejoindre ? Enchantée.

— Je suis ravie de faire votre connaissance, répondit Charlotte.

Elle n'avait pas envie de passer pour mal élevée, cependant elle ne pouvait détacher son regard de la crinière de la rétameuse.

Io suivit son regard et gloussa.

— Elle n'a pas les yeux dans sa poche, celle-là ! dit-elle à ses compagnons. Allez-y, posez votre question.

Charlotte hésita.

— Je ne voudrais pas vous vexer…

— Aucune inquiétude, répondit Io. Je vous en prie.

— Étant donné votre profession, votre chevelure ne représente-t-elle pas un danger ?

— Autrefois, oui. (Io ôta l'un de ses gants avant de rassembler sa tignasse par-dessus son épaule.) Mais j'aime porter les cheveux long. Les attacher me donne la migraine.

Charlotte se retint de lui demander comment attacher ses cheveux pouvait lui donner la migraine mais pas le port simultané de trois paires de lunettes.

— Je m'en suis plainte à un ami qui se trouvait être alchimiste et apothicaire. (Elle esquissa un sourire mélancolique.) Il m'a conseillé de l'ignifuger.

Scoff manqua de s'étrangler. Pip contemplait l'objet du délit avec admiration.

— C'est lui qui a mis au point la potion, poursuivit la tante de Birch. Je me suis contentée de la boire. Ensuite, nous avons essayé de mettre le feu à ma chevelure.

Jack fut pris d'une violente quinte de toux, sans doute vouée à masquer un éclat de rire.

Io balaya sa crinière avec panache.

— Une expérience qui fut couronnée de succès ! Mes cheveux sont parfaitement ignifugés. Et les effets secondaires n'ont rien d'affreux.

Scoff paraissait s'être remis de ses émotions. Mais alors que son amie semblait envoûtée par la couleur de cheveux d'Io, le jeune chimiste, lui, affichait l'air peiné de l'artiste qui vient de découvrir une technique qu'il croyait ne jamais pouvoir maîtriser.

— Quels effets secondaires ?

— La couleur, bien entendu. (Io remit son gant.) Et puis, ils ont cessé de pousser. Ils ne tombent pas, non plus. Oh, et dans le mois qui a suivi le traitement, le moindre aliment contenant du citron me donnait des rayures violettes sur le visage.

— Vous serait-il possible de nous présenter à votre ami ? implora Scoff, qui triturait sa propre tignasse, le regard halluciné. J'ai des tas de questions à lui poser. Quelques théories à lui soumettre, aussi.

— J'en déduis que vous êtes un alchimiste en herbe ? demanda Io.

Scoff confirma d'un hochement de tête. Il tirait toujours sur ses cheveux comme un fou – sans doute ne s'en rendait-il même pas compte.

— J'aimerais pouvoir vous présenter, soupira Io. Hélas, ce cher Albion s'est fait sauter il y a quelques années.

Le teint de Scoff n'avait plus rien à envier aux cheveux de Pip.

— Il s'est vraiment fait sauter ? demanda Birch. J'ai toujours cru que ces histoires étaient inventées.

— Pour la plupart, oui, répondit Io. Certes, il n'a pas exactement explosé. On n'a retrouvé de lui que des plumes.

— Des plumes ? couina Scoff.

— Albion travaillait à un élixir qui lui permettrait, espérait-il, de se transformer en oiseau à l'envi, expliqua la rétameuse le plus sérieusement du monde. J'espère de tout cœur qu'il a réussi. Je continue à jeter du grain dans le Jardin tous les samedis, au cas où. Maintenant, si vous voulez bien m'excuser, je dois attribuer un poste de travail à mon neveu. Je suis épatée de voir ce qu'il a accompli pour aider une pauvre petite bête, et gagner au passage un merveilleux compagnon.

Charlotte adressa à Io un regard interrogateur. La rétameuse se fendit d'un claquement de langue, et Moïse émergea au beau milieu de sa cascade capillaire.

— C'est la créature la plus enchanteresse que j'aie jamais vue ! déclara-t-elle en grattant le menton de la chauve-souris de la pointe de son auriculaire. Mon neveu est un génie au cœur pur.

Birch baissa la tête, les joues empourprées.

— Je voulais juste l'aider.

— C'est tout naturel. (Io adressa un sourire béat à son neveu.) Et maintenant que tu es là, tu vas pouvoir accomplir de grandes choses.

Elle passa un bras autour des épaules de Birch pour le guider au cœur de l'atelier. Pip les suivit au petit trot ; Scoff trébucha à sa suite.

Grave, qui comme à son habitude avait assisté à la conversation en silence, sourit à Charlotte.

— Elle est très étrange. Je l'aime beaucoup.

Toujours perplexe, Charlotte hocha la tête.

— Bonjour, Jack, dit Grave.

— Grave.

Jack fourra les mains dans ses poches, sans doute préoccupé par l'idée que Grave en sache trop sur la relation complexe qui le liait à Charlotte.

La jeune fille brisa le silence gêné.

— Veux-tu nous accompagner, Grave ?

Elle ignora le regard noir de Jack.

— Je préfère rester ici, répondit le garçon. J'aime regarder Birch travailler. Et tante Io m'a demandé d'accomplir quelques tâches pour elle.

— Quel genre de tâches, exactement ? demanda son amie, méfiante.

— Je ne sais pas. Mais d'après elle, ça rendrait service à la Résistance si elle pouvait m'observer et prendre des notes.

Il sourit de plus belle. Avant de surprendre la jeune fille en lui prenant la main.

— Prends soin de toi, Charlotte.

— Euh… merci ?

Charlotte regarda s'éloigner l'étrange garçon.

— Qu'est-ce que c'était que cette histoire ? demanda Jack.

Il semblait aussi perplexe que Charlotte, mais sa voix ne portait pas la moindre trace de colère.

— Aucune idée.

Un sentiment de malaise étreignit la poitrine de la jeune fille. Même si l'excentricité d'Io avait quelque chose de désarmant, Charlotte n'aimait guère l'idée qu'on conduise quelque expérience aux dépens de Grave.

Inconscient du trouble qui agitait son amie, Jack jeta un dernier coup d'œil à l'atelier avant de s'en détourner avec un haussement d'épaules.

— Il me reste une chose à te montrer.

Charlotte ne pouvait rien faire, à part se précipiter dans l'atelier pour exiger de savoir ce que la tante de Birch comptait faire avec Grave – initiative aussi ridicule qu'irréalisable. Elle choisit donc de suivre Jack vers une autre rangée d'écoutilles ménagées dans le mur.

— Encore des canons ? demanda-t-elle.

— Non, des issues de secours. En cas de prise de la Tour, c'est par là qu'il faut sortir. Chaque écoutille donne sur une capsule qui, une fois activée, sera propulsée à travers une chute d'eau dans l'un des lacs environnants. Les capsules sont insubmersibles, elles ne resteront donc pas coincées au fond.

— C'est bon à savoir.

Charlotte espérait ne jamais avoir à se soucier de ces issues de secours.

Elle pensait toujours à la chute et aux lacs quand elle remarqua le silence de Jack. Il se contentait de la regarder. Les issues de secours se trouvaient dans un coin reculé de la Tour, à l'écart des espaces de travail.

— Où est Ash ? demanda-t-elle dans l'espoir d'échapper à la discussion que souhaitait de toute évidence avoir Jack. Il faut que j'aille le trouver.

— Charlotte…

Un pas, et il se trouva juste devant elle.

Son cœur battait à tout rompre contre sa poitrine.

— Il faut vraiment que j'y aille. J'ai des choses…

Sa phrase mourut sur ses lèvres. Jack avait tendu la main pour entortiller quelques mèches de la jeune fille entre ses doigts.

— Ils ne sont pas bleus, dit-elle avec un rire gêné.

— Je sais.

Il lui effleura la tempe et glissa la main sur sa nuque.

Incapable de bouger, incapable de détacher son regard du visage de Jack, elle savait qu'il s'apprêtait à lui donner un baiser qu'elle appelait de ses vœux. Elle pourrait baisser sa garde, tout oublier pour quelques instants. Juste le temps de savourer une nouvelle fois le contact des lèvres de l'officier.

Jack ne l'embrassa pas. Il prit Charlotte dans ses bras pour la serrer contre lui, la paume toujours lovée contre la nuque de la jeune fille. Elle appuya la joue contre son torse, écouta les battements de son cœur. Le murmure de son souffle.

— Je suis désolé pour ton père, chuchota-t-il.

La gorge brûlante, les tempes battantes, Charlotte repoussa Jack. Elle était à deux doigts de pleurer. D'éclater en sanglots dévastateurs jusqu'à en perdre haleine. Hors de question de s'abaisser à un tel spectacle. Elle ne pourrait supporter pareille humiliation.

— Ne t'avise pas de me suivre, siffla-t-elle.

Avant de prendre la fuite.

Charlotte se retint de courir. Elle ne voulait pas attirer l'attention. Tout ce qu'il lui fallait, c'était retrouver la porte ornée d'un marteau. Elle longea les escaliers – elle se sentait trop vulnérable dans la largeur du couloir. Lorsqu'elle pensa approcher du but, elle ralentit le pas et tenta de se repérer. La tâche n'était pas aisée : tout, dans la Tour, semblait uniforme. Le chemin était direct, pourtant. Elle devait toucher au but.

Des voix résonnèrent sur le palier au-dessus de sa tête, et elle se figea sur place. Des voix familières. Sa mère. Et Coe.

Leur proximité confirmait que Charlotte touchait au but. Elle balaya les environs du regard, désespérée de les maintenir à distance. Si elle s'élançait en avant, ils remarqueraient sa présence. En repartant là d'où elle venait, elle risquait de tomber sur Jack. Elle scruta de plus belle les environs et finit par se glisser sous l'escalier pour se cacher entre des caisses empilées là. Elle serra les genoux contre sa poitrine et se fit toute petite.

Les pas des deux officiers se firent plus bruyants, leurs propos plus distincts.

— Gladwell commence à perdre patience, disait Caroline. Ce faisant il épuise la mienne.

— Je trouverai quelque chose pour l'occuper, répondit Coe.

— Je vous en serai gré, s'esclaffa le commandant.

Les bruits de pas cessèrent. Charlotte se rendit compte avec horreur qu'ils devaient s'être arrêtés au pied de l'escalier, même si elle ne pouvait les voir, tapie derrière les caisses.

— Maintenant que vous avez parlé à Ashley et à Charlotte, que dites-vous de ma proposition d'opération ? demanda Coe.

La jeune fille fut secouée d'un frisson.

— Elle m'intrigue. Elle n'est pas sans mérite, déclara Caroline. Mais je manque encore d'éléments. L'un comme l'autre semblent peu désireux de parler de lui.

— C'est dans la nature d'Ashley de se montrer réticent, constata Coe. Quant à Charlotte, si elle couve le garçon, c'est parce qu'elle a le cœur tendre. Même si je vous déconseille de jamais le lui faire remarquer.

— Son père avait le cœur tendre, lui aussi, dit Caroline. Ça ne lui a pas été d'un grand secours sur la fin.

Un sanglot tentait de s'échapper de la gorge de Charlotte. Elle plaqua une main sur sa bouche et lutta pour retenir son chagrin naissant.

— La réticence de mes enfants à divulguer plus d'informations sur Grave ne doit pas nous empêcher d'exploiter ce que nous savons déjà de l'Empire, poursuivit Caroline. Nos sources rapportent qu'ils ont l'intention de briser Bromley afin de recouvrer la méthode qui lui a permis de ressusciter son fils. Une fois qu'ils auront eu raison de sa volonté, ils auront les moyens de réitérer son expérience. Nous devons mettre la main sur cette information avant eux.

— Je connais Charlotte, dit Coe avec morgue. En un rien de temps, je l'aurai convaincue que la place de Grave est au sein de la Résistance. Elle le persuadera à son tour de se plier à nos desseins. Il fait tout ce qu'elle lui demande.

— Comme c'est étrange… Très bien, commodore. Je vous rends votre liberté, mais Grave ne doit pas quitter la Nouvelle-Orléans. Si tout ce que vous croyez savoir à son sujet est vrai, nous ne pouvons nous permettre de le perdre au profit de Britannia. Et puisque son inventeur est aux mains de l'Empire, ils ne tarderont pas à se lancer à sa recherche… si ce n'est déjà fait.

— Grave restera à la Nouvelle-Orléans tant que Charlotte y demeurera. Je lui donnerai toutes les raisons de rester, faites-moi confiance.

— Surveillez votre langue, commodore, aboya Caroline. Il s'agit de ma fille, ne l'oubliez pas.

— Ne m'avez-vous pas ordonné d'employer « tous les moyens nécessaires » ? répondit Coe. Si vous voulez disposer de soldats aussi puissants et résistants que Grave, vous me laisserez faire comme bon me semble.

Un grognement de frustration suivi de rapides bruits de bottes qui allaient en s'effaçant indiquèrent à Charlotte que sa mère était partie. Elle entendit Coe soupirer – de lassitude ou de contrariété, elle n'aurait su dire –, puis ses pas s'éloignèrent aussi.

Trop abasourdie pour bouger, Charlotte resta blottie un long moment dans sa cachette, le corps engourdi.

Elle avait dû mal entendre. Mal interpréter leurs paroles. Ou manqué un élément essentiel de la conversation qui prouvait que Caroline n'était pas aussi calculatrice, que Coe n'avait pas révélé son intention de manipuler Charlotte.

Ashley. Lorsque je lui aurai répété ce que j'ai entendu, il pourra tout m'expliquer.

La perspective d'aller trouver son frère ne suffit pas à la faire sortir de sa cachette.

Grave.

Ils voulaient Grave. Non pour qui il était, mais pour ce qu'il était. Des soldats à son image ? Comment le commandant espérait-il parvenir à un tel résultat ? Qu'allaient-ils faire à Grave pour être certains de réussir ?

Les scénarii les plus horribles envahirent l'esprit de Charlotte jusqu'à ce qu'elle ne puisse plus les supporter. Elle risquait de se perdre dans ses idées noires. Il lui fallait agir, faire son possible pour contrer les plans que sa mère espérait mettre en branle avec l'aide de Coe.

Elle devait trouver Grave. Elle ne pouvait le laisser seul dans cette Tour de Dédale. Pas avant d'en savoir plus sur ce qu'elle venait d'entendre.

Elle s'extirpa des piles de caisses et sortit nonchalamment de sa cachette – elle espérait que personne ne l'avait observée. En chemin vers l'atelier, où elle se dirigeait d'un pas pressé, elle fit de son mieux pour repousser le sentiment de panique qui l'envahissait. Que faire une fois qu'elle aurait trouvé Grave ? Son esprit tentait désespérément de trouver une explication. Comment pouvait-elle douter des motivations de la Résistance ? Son existence tout entière avait été modelée par le combat interminable de ses parents. Tant de morts, déjà. Et ce n'était pas fini.

Le pire, c'est qu'ils n'ont pas tort… Une pensée froide et pragmatique parvint à s'insinuer parmi le chœur hystérique de ses semblables. Coe et sa mère s'accordaient sur un point : Grave pourrait constituer l'arme parfaite s'il était entraîné au combat, et sa loyauté acquise à la Résistance. C'était la conclusion qu'avait pu tirer Coe en tant qu'officier. *La Résistance se compose de soldats. S'ils faisaient une découverte susceptible de renverser le cours de la guerre, comment pourraient-ils ne pas l'exploiter ? Mais créer des doubles de Grave aurait forcément des conséquences importantes…*

Voilà qui ne faisait rien pour rassurer la jeune fille. Si elle comprenait la logique sous-tendant un tel raisonnement, son estomac se nouait lorsqu'elle songeait à la facilité avec laquelle la plupart des gens semblaient prêts à considérer Grave comme un objet plutôt qu'un être humain. Dans le cas du mystérieux garçon, établir une distinction aussi capitale n'était pas une mince affaire, pourtant Charlotte se surprenait sans cesse à devoir défendre l'humanité du garçon en minimisant le rôle de la mystérieuse mécanique qui l'avait ramené d'entre les morts.

Il n'y avait pas que la mécanique. Avec un frisson, Charlotte se rappela sa brève intrusion au sein de la Ruche. Certes, Hackett Bromley avait eu recours à ses talents d'inventeur pour créer des mécanismes qui expliquaient la force, la rapidité et l'agilité de Grave, mais le garçon avait toujours été plus qu'une simple machine.

Il est l'écho d'une personne.

Charlotte se souvint de la fureur de Meg lorsque Bromley leur avait dévoilé le Livre des Morts, en admettant s'être reposé sur les secrets qu'il contenait pour parachever son œuvre. La réaction de la jeune femme avait été tellement violente qu'elle avait décidé d'abandonner ses amis pour rejoindre les Sœurs du temple d'Athéna afin d'en apprendre plus sur les mystères ésotériques capables d'insuffler la vie à la chair défunte. Après avoir été le témoin de ce que pouvait faire Grave et entendu le récit de ses origines, Meg s'était personnellement chargée de chercher le sens profond de l'existence du garçon.

Et moi, quelles sont mes responsabilités ?

Charlotte n'éprouvait aucune hésitation à parler au nom de Grave, son instinct la poussait à prendre la défense de l'étrange garçon. Elle avait malgré tout le pressentiment que bientôt les mots ne suffiraient plus. Que faire, le moment venu ? Quels choix s'offraient à elle ?

Non, se morigéna-t-elle. *Quels choix s'offrent à Grave ?*

Charlotte se fraya un chemin à travers l'atelier, esquivant fontaines d'étincelles et pièces de métal abandonnées. Tabliers de cuir et autres lunettes rendaient l'identification des rétameurs malaisée. Les couettes de Pip épargnèrent cependant à Charlotte le soin de tapoter chaque épaule jusqu'à trouver Birch et Grave. Le trio avait pour mission d'assembler des lance-pierres. Grave et Pip mesuraient des longueurs de câble métallique fin tandis que Birch affinait le mécanisme de déclenchement.

Le rétameur hissa ses lunettes sur son front à la vue de Charlotte.

— Terminée, la réunion ?

— Plus ou moins. Je peux t'emprunter Grave un instant ?

— Je n'y vois pas d'inconvénient, dit Birch avec un haussement d'épaules. Ils essaient simplement de nous occuper, d'après ce que j'ai pu voir. Personne ne me confiera de tâche importante tant qu'ils n'auront pas vu mon travail en détail.

— As-tu besoin de moi aussi, Charlotte ? demanda Pip.

Elle contemplait son morceau de câble avec dépit. L'activité ne semblait guère l'intéresser.

Charlotte s'excusa d'un sourire.

— Je ne voudrais pas priver Birch de ses deux apprentis.

— Ne fais pas cette tête, Pip ! dit le rétameur avec un coup de coude à la jeune fille. Si tu veux, je peux te montrer le fonctionnement de la détente, afin que tu puisses te faire la main sur la suivante.

Le visage de Pip s'illumina aussitôt et la jeune fille bondit sur un tabouret à côté de Birch.

Grave alla ranger lunettes, gants et tablier à l'entrée de l'atelier avant de suivre Charlotte dans le couloir. Elle choisit un itinéraire qui leur permettrait de rejoindre les hangars à bateaux sans passer par les parties communes. Elle avait beau marcher d'un pas vif, elle espérait que son départ soudain n'attirerait pas l'attention. Grave lui emboîta le pas en silence. Sans ralentir l'allure, la jeune fille élaborait différents scénarii dans sa tête, imaginant les conséquences de sa prochaine action. Elle ne pouvait rester les bras croisés alors que la Résistance s'apprêtait à utiliser Grave comme une arme, sans la moindre considération pour sa volonté propre. Mais comment les en empêcher ? Grave pouvait-il rester caché ? Ou au contraire fuir ? Pouvait-il tout simplement refuser le sort qu'on lui réservait et assumer les conséquences d'un tel acte de désobéissance ?

Charlotte fut troublée de constater que cette dernière option lui paraissait la plus risquée. Si, jusqu'à présent, elle s'était toujours fiée au bon jugement de la Résistance, elle ne pouvait cependant imaginer que sa mère ou les autres dirigeants laisseraient Grave tranquille pendant qu'ils poursuivraient leur combat. En refusant de se battre pour eux, Grave représenterait une menace. Au mieux, ils le feraient prisonnier. Au pire…

Ils rejoignirent la sortie et gravirent l'échelle jusqu'à la trappe donnant dans le placard qui faisait office d'entrée secrète de la Tour de Dédale. Une fois leurs masques enfilés, ils remontèrent dans le magasin et se frayèrent un chemin jusqu'à la porte d'entrée. Dehors, l'ambiance était à la fête. Les passants déambulaient dans les allées du Marché avec à la main des boissons tellement fortes que Charlotte sentit ses yeux s'emplir de larmes lorsqu'un vendeur lui fourra dans les mains un gobelet dont les vapeurs lui envahir les narines. Des saltimbanques enchantaient les enfants par leurs exploits défiant la gravité et la physique. Hommes et femmes criaient de joie ou de frustration au gré des caprices de la fortune présidant aux jeux de hasard. Les musiciens étaient partout. Certains paradaient dans les rues en costumes de couleurs vives, gambadant au son des bugles et des tambours. D'autres se postaient aux croisements pour attirer de leurs brillantes mélodies un auditoire conquis.

Charlotte prit Grave par la main et le guida à travers la foule. À peine eut-elle parcouru quelques mètres qu'elle se heurta à un mur de corps. Ne pouvant voir par-dessus les têtes et les épaules des spectateurs, elle se fraya un chemin entre eux sans que personne ne bronche. Quel que fût le spectacle qui s'offrait à leurs yeux, il devait être captivant : pas une âme ne prêta attention aux deux jeunes gens qui se faufilaient parmi le public.

Dans sa tentative de traverser le cercle des spectateurs, Charlotte se retrouva accidentellement au premier rang. L'objet de l'attention générale était un duo de musiciens – l'un jouait du fifre, l'autre du tambour – et une danseuse dont la robe écarlate flamboyait sur sa peau mate. Charlotte ralentit l'allure, incapable de détacher son regard de la danseuse aux mouvements d'une fluidité inouïe. Elle ondulait et tournoyait, s'élevait et retombait au rythme entêtant du tambour et à l'unisson de la mélodie frénétique du fifre.

Charlotte sentait chaque coup de l'instrument à percussion résonner dans ses veines. Les vibrations semblaient à la fois l'enflammer et l'apaiser. Aussi immobile qu'une statue, elle prit conscience de chaque tendon présent dans son organisme. Elle en connaissait la puissance, le potentiel. Elle était la danseuse. Elle était chaque battement de tambour, chaque envolée de flûte. Comme tous dans l'assistance.

Ce n'est pas normal.

La petite voix murmura son avertissement à Charlotte, perçant à travers l'envoûtement provoqué par la danseuse et ses musiciens.

Ce n'est pas une danseuse. Son but n'est pas de divertir.

La jeune fille ne put s'empêcher de répondre à sa conscience. *Bien sûr que si, c'est une danseuse. N'est-elle pas en train de danser ?*

Est-ce vraiment tout ? rétorqua la petite voix. *Regarde bien autour de toi. Observe ce qui est en train de se passer.*

Charlotte s'arracha à la torpeur dans laquelle l'avait plongée le numéro pour observer le reste de la foule. Les yeux vitreux, le corps bercé au gré des battements de tambour, les spectateurs pourtant figés sur place ne savouraient ni la musique ni les talents de la danseuse. Ils étaient captifs d'un piège invisible.

Une hypnotiseuse ! La danseuse est une hypnotiseuse.

À peine Charlotte eut-elle pris conscience de la situation que les dernières traces d'engourdissement et de confusion s'envolèrent, comme dispersées par une soudaine bourrasque. Elle contemplait la scène, aussi lucide qu'alarmée. La foule n'avait cessé de croître durant le numéro. Tout badaud qui s'arrêtait pour écouter et regarder le spectacle s'enracinait sur place. Charlotte et Grave étaient à présent cernés d'un épais mur de corps engourdis.

Quel qu'ait été le but de cette hypnotiseuse – aussi trivial, peut-être, que le vol à la tire –, Charlotte n'avait aucune envie de s'attarder pour le découvrir. Elle saisit Grave par le bras.

Il posa sur elle des yeux changés, quoique moins vagues que ceux de leurs voisins.

— Je me sens tout drôle.

— Je sais. (Charlotte tira sur la manche du garçon.) Suis-moi. Tu te sentiras mieux dès qu'on se sera éloignés.

Grave fronça les sourcils avant de reporter son attention sur la danseuse. Son visage afficha une expression de plénitude.

— Ça me plaît, ici.

— C'est bien le problème !

Charlotte s'apprêtait à l'empoigner par la taille pour le tirer en arrière lorsqu'elle perçut du mouvement à la périphérie de son champ de vision. Elle se retourna afin de repérer la source de l'éclair de vitesse venu contraster si violemment avec les gestes alanguis des corps qui les entouraient.

Un nouveau mouvement, furtif. Bien trop éloigné du premier pour être parti du même endroit, elle en était sûre.

— Grave, dit-elle en lui serrant le bras. Nous devons partir d'ici.

— Ça me plaît, ici, répéta le garçon.

— Je t'en supplie, Grave…

Les mouvements se faisaient plus fréquents. Elle avait beau les suivre des yeux, impossible d'apercevoir le ou les responsables.

Soudain, une haute silhouette surgit derrière Grave. Charlotte chercha sa dague, mais une main s'abattit sur son épaule pour la forcer à se retourner. Elle se trouva nez à nez avec un crâne – peint sur un visage. Elle serra les doigts sur le manche de sa dague. Trop tard : l'homme au masque de mort la précipita dans la foule, loin de Grave. Dans sa chute, elle percuta plusieurs spectateurs qui s'écartèrent d'un pas titubant, sans pour autant prêter la moindre attention à la bagarre naissante. L'hypnotiseuse captivait toujours leurs esprits. Charlotte atterrit sur le côté, le coude transpercé par la douleur.

Elle roula à quatre pattes, anticipant une nouvelle attaque. Elle fut séparée de son assaillant par la foule, qui se referma sur elle. Toujours prostrée pour éviter d'être repérée, la jeune fille rampa dans la direction d'où elle venait.

Je dois retrouver Grave. Elle se glissa à travers la forêt de jambes et de pieds, à l'affût de tout danger imminent, sans cesser de chercher son ami.

Elle entendit des piétinements non loin d'elle et accéléra l'allure pour rejoindre le théâtre de la rixe. Une silhouette s'abattit au sol. Entre les mollets et les genoux des spectateurs hypnotisés, Charlotte reconnut le visage de Grave. Les yeux clos, il gisait, immobile. Elle résista à l'envie de l'appeler. Qui savait combien d'ennemis s'étaient dissimulés parmi la foule ? Une chose était sûre : quiconque les avait attaqués la considérait comme un obstacle.

Grave, lui, était la cible.

Quelqu'un s'accroupit au chevet de Grave – l'homme au masque de mort. Il recouvrit la tête du garçon d'une cagoule noire ornée d'étranges symboles tissés de fil d'argent. Grave n'avait toujours pas esquissé le moindre mouvement.

Deux nouvelles silhouettes apparurent, le visage aussi peint plutôt que masqué. Les trois étrangers soulevèrent le garçon inerte pour l'emporter. Charlotte se lança à leur poursuite, toujours à couvert.

La leçon de Linnet sur les hypnotiseurs s'était avérée précieuse. Charlotte se félicita d'avoir aussi pris le temps d'assimiler les méthodes de traque de son amie. Pour une raison qui lui échappait, on venait d'enlever Grave – et Charlotte ne doutait pas qu'à moins de pister ses ravisseurs, elle ne reverrait plus jamais le garçon.

Chapitre 15

Ils s'étaient mis à six pour capturer Grave. Où ils l'emmenaient à présent, Charlotte n'aurait su le deviner – elle ne pouvait que les suivre, rampant à travers une série de tuyaux d'évacuation jusqu'à se trouver de l'autre côté du Mur d'Acier, les yeux rivés sur le groupe de silhouettes qui rôdaient au loin. Le bayou situé à l'est de la Nouvelle-Orléans fourmillait de bruits et de mouvements étranges qui encerclaient la jeune fille comme autant de dangers tapis dans l'ombre, prêts à l'assaillir.

En dépit de sa nature intimidante, l'étrange environnement jouait en faveur de la traqueuse, qui suivait ses adversaires grâce à la lueur de leurs lanternes. Le marais absorbait les sons et diminuait ainsi les risques de se faire détecter. Malgré tout, le chemin était un véritable parcours d'obstacles. Sans la pousser au désespoir, le terrain inégal et les nombreux trous d'eau – certains peu profonds, d'autres où elle se retrouvait plongée jusqu'à la taille dans des eaux saumâtres – épuisaient son énergie.

Parvenue près d'un énorme tronc d'arbre abattu, Charlotte fit une pause pour décider de la marche à suivre. Les ravisseurs de Grave avaient escaladé l'arbre sans hésitation. Si elle choisissait de les imiter, la jeune fille se retrouverait à coup sûr à découvert, sans compter que ses bottes et ses vêtements détrempés lui rendraient la tâche laborieuse et lui feraient perdre un temps précieux.

Accroupie, Charlotte longea le plus vite possible le tronc renversé. Lorsque, une fois à l'autre bout, elle scruta l'horizon, son moral sombra.

Le groupe avait disparu. Partout régnaient les ténèbres : les flambeaux qu'elle avait jusque-là suivis s'étaient évanouis. Rongée par la panique, elle eut un haut-le-cœur. Elle avait pris la mauvaise décision. En voulant rester à couvert, elle avait perdu leur piste.

Charlotte eut le plus grand mal à ne pas céder au désespoir. Elle se força malgré tout à mettre un pied devant l'autre. Elle n'avait d'autre choix que de poursuivre sa traque dans l'espoir de rattraper les ravisseurs de Grave. Elle continua donc à avancer.

Si la lueur des lanternes se laissait toujours désirer, le sol, lui, commença à changer sous ses pas. La terre, jusque-là spongieuse, se raffermit. La déception d'avoir perdu sa proie pesait sur le moral de Charlotte, tout comme ses vêtements entravaient ses mouvements. Ses bas et ses bottes étaient trempés. Sa jupe lui collait aux cuisses, aux genoux et aux mollets.

Elle traversait en silence les ténèbres, à l'affût du moindre mouvement ou point lumineux susceptible de la guider. Non loin à l'horizon, elle aperçut soudain des lueurs étouffées qui valsaient dans les airs telles des fées qui auraient abusé du champagne. Derrière ces étoiles virevoltantes, les foyers rougeauds d'une série de torches se reflétaient sur d'épais troncs de cyprès pareils à des colonnes ornées de guirlandes de mousse. Ces nouvelles lumières étaient bien plus nombreuses que les lanternes qui l'avaient menée jusque-là.

Les fées lumineuses s'approchèrent, dissipant le mystère de leur danse excentrique : Charlotte y reconnut la délicatesse de chandelles qui accompagnaient des pas feutrés. Elle se tapit derrière l'arbre le plus proche. Avec un peu de chance, elle réussirait à échapper aux regards le temps de comprendre qui avait pu enlever Grave – à supposer que ce nouveau groupe d'étrangers partageait un quelconque lien avec les ravisseurs.

Hélas, sa chance avait tourné. Perdue au milieu des chandelles, une voix caverneuse lança :

— N'allez pas vous cacher comme ça ! On a besoin de vous parler, et tout de suite.

Le ton de l'homme, qui demeurait invisible, n'exprimait pas la moindre agressivité. Rien ne servait de se cacher, à présent, aussi Charlotte quitta-t-elle son abri pour se diriger vers celui qui l'avait interpellée.

Les chandelles formèrent un cercle qui se resserra autour de la jeune fille jusqu'à ce qu'elle puisse distinguer les visages illuminés par leur lueur délicate. Les porteurs devaient être une douzaine au moins, hommes et femmes d'âges variés, jeunes gens à la peau lisse ou anciens aux yeux chassieux. Arc-bouté sur une canne noueuse, un homme apparut au centre du cercle qui pourtant n'avait pas bougé. Les épaisses touffes blanches qui lui couronnaient le crâne et la mâchoire trahissaient son grand âge. Sa peau sombre avait beau être plissée par les ans, il posa sur Charlotte un regard vif et pénétrant.

— Mon nom est Nicodémus.

Charlotte reconnut la voix qui l'avait interpellée. Sans un mot, Nicodémus la dévisagea jusqu'à ce qu'elle réponde, mal assurée :

— Je m'appelle Charlotte.

Nicodémus lui adressa un sourire bienveillant, quoique dénué de joie.

— Vous êtes bien loin de chez vous, Charlotte.

Elle décida de ne pas répondre, ne sachant pourquoi elle était là, ni qui étaient ce Nicodémus et ses compagnons. Tant qu'elle n'en saurait pas plus sur leurs intentions, elle n'avait aucune envie de leur fournir plus d'informations que nécessaire.

— Permettez-moi de m'interroger sur la raison de votre venue, dit Nicodémus devant le silence obstiné de la jeune fille. Et de me demander si vous savez ce qui vous a conduite ici.

— Je ne voulais pas venir en ce lieu tout particulièrement, répondit Charlotte. Je cherche un ami.

— Votre ami, vous dites ? ricana Nicodémus.

Le cercle se fendit derrière lui pour laisser passer deux hommes portant un grabat qu'ils déposèrent aux pieds du vieil homme. Dessus gisait une silhouette.

Grave !

Charlotte se retint de hurler son nom. Le garçon ne bougeait pas. En dépit du temps écoulé depuis sa capture en ville, il demeurait inconscient.

Qu'ont-ils bien pu lui faire pour le mettre dans cet état ?

Nicodémus dévisageait Charlotte.

— Vous craignez que nous ne lui ayons fait du mal. Ou que nous nous apprêtions à le faire.

— Est-ce le cas ?

Nicodémus secoua la tête puis s'accroupit au chevet de Grave pour effleurer le sternum du garçon de la pointe de sa canne noueuse. Le bois se mit à onduler. Charlotte sursauta, ébahie : ce qu'elle avait pris pour une branche recourbée était en réalité un serpent noir enroulé tout autour de la canne. Il glissa sur le torse de Grave pour venir se nicher sur son cœur.

— Nous l'avons envoyé passer un moment dans l'Au-delà, expliqua Nicodémus. Il y restera à moins que vous ne trouviez les mots pour nous convaincre de vous le ramener.

— Qu'attendez-vous de moi ?

Charlotte avait la gorge sèche. Une réponse erronée, une provocation involontaire, le moindre faux pas, et Grave serait perdu à jamais dans ce mystérieux au-delà.

— La vérité. (Penché sur sa canne, Nicodémus plongea son regard dans celui de la jeune fille.) Qui est-il ?

Charlotte sentait confusément que l'homme au serpent saurait débusquer le moindre mensonge. Elle le soupçonnait aussi de connaître déjà en partie le secret de Grave. Dissimuler la vérité ne ferait qu'empirer les choses.

— Il était perdu dans les bois, loin d'ici, quand je l'ai trouvé, déclara-t-elle. Il venait de la Cité Flottante.

Nicodémus opina du chef.

— Et vous êtes partie découvrir qui il était.

Charlotte acquiesça. Elle rechignait à en dire plus, mais avait-elle seulement le choix ?

— Permettez-moi donc de réitérer ma question, dit Nicodémus avec un sourire doux mais triste. Qui est-il ?

Charlotte contemplait son ami. Connaissait-elle la réponse ?

Qui est-il ?

Cette fois, la question n'émanait plus de Nicodémus. Elle entourait Charlotte, portée par le vent dans les arbres, l'eau plissée à la surface du marais.

Qui est-il ?

— C'est le fils d'un inventeur de la Ruche, dit-elle. Son nom est Timothy.

Le serpent lové sur le torse du garçon leva la tête et siffla.

— Vous m'avez révélé une partie de la vérité, déclara Nicodémus, les yeux rivés sur le reptile. Mais pas toute la vérité. Ni même le plus important.

Charlotte fixa à son tour l'animal, troublée à l'idée qu'il ne se contentait pas d'écouter et de comprendre les paroles humaines, mais communiquait aussi avec son maître.

— Je… (La crainte asséchait la gorge de Charlotte.) Je ne sais pas qui il est.

Le vent se leva, soupirant dans les arbres comme pour signaler sa déception à la jeune fille.

— Dites-moi ce que vous savez. (De la pointe de sa canne, Nicodémus traça une spirale sur le sol.) Dites-moi ce que vous croyez.

— Timothy est mort.

Les mots avaient à peine franchi ses lèvres que Charlotte sentit son cœur faire un bond. Elle n'avait jamais parlé des origines incroyables de Grave. Elle n'avait pas reconnu sa mort. À présent qu'elle se trouvait forcée de regarder la vérité en face, elle prenait toute la mesure de son effroi. Elle l'avait enfermée dans les profondeurs de son esprit afin de ne pas avoir à l'affronter, car elle n'était pas certaine d'en avoir le courage.

Nicodémus, qui dessinait toujours sur le sol, hocha la tête sans un mot. C'était à Charlotte de parler.

— Son père a décidé de redonner force et santé à son corps malade. De le débarrasser de toute faiblesse, de toute souffrance. Il voulait retrouver son fils, mais aussi le protéger quoi qu'il arrive. Il lui a bâti un meilleur corps et utilisé le Livre des Morts pour le ramener à la vie.

Un murmure parcourut l'assistance derrière le vieillard.

Le vieil homme baissa la tête.

— Chagrin et folie. Un mélange des plus fatals, quelle que soit l'intention.

Il regarda Charlotte droit dans les yeux.

— Son fils n'est pas revenu.

— Non, murmura la jeune fille. Je ne sais pas qui il est… Nous l'appelons Grave.

Le rire de Nicodémus, puissant et inattendu, fit sursauter Charlotte, qui manqua de perdre l'équilibre.

— Un nom de circonstance, remarqua-t-il avec un sourire féroce.

— Et que nous avons commencé à employer avant de connaître son passé, rétorqua Charlotte, irritée par cette étrange démonstration d'hilarité.

— Peu importe. Les noms ont le chic pour trouver leur place. Celui du garçon l'aura repéré avant même que vous ne découvriez son identité.

— Mais je ne… tenta Charlotte avant de serrer les dents.

— Oh, que si, répondit Nicodémus à mi-voix. Vous savez qui il est… dans un sens. Vous ne le comprenez pas, c'est tout.

Le murmure se fit bourdonnement, régulier et chaleureux, une note unique embellie par les trilles aigus des insectes et les coassements graves des grenouilles.

Les yeux clos, Nicodémus tourna en silence son visage vers le ciel nocturne, comme à l'écoute.

Le serpent quitta le torse de Grave pour retourner s'enrouler sur la canne du vieil homme. Sous le regard de Charlotte, il s'immobilisa. Lorsque Nicodémus éleva le bâton vers la voûte céleste, il ne portait plus aucune trace de la créature.

Le cœur de Charlotte battait tellement fort que tout son corps en était ébranlé. Ces lieux étaient le théâtre d'événements impossibles, incompréhensibles.

Le bourdonnement s'estompa, toujours présent mais discret. Nicodémus se tourna vers Charlotte.

— Vous nous avez rapporté ce que vous savez, déclara-t-il. À travers vos paroles, c'est votre cœur que nous avons entendu. Vos intentions ne sont pas mauvaises. Vous n'êtes pas une ennemie. Nous ne ferons rien pour vous séparer plus longtemps de votre compagnon, car votre amitié pour lui est sincère.

Il désigna Grave de sa canne.

— Nous avons vu d'où il venait. Nous savons ce qu'il est. Autant de choses que vous devez savoir aussi. Sa vie est liée à la vôtre. Ça aussi, nous l'avons vu.

Tant de questions se bousculaient dans l'esprit de la jeune fille qu'elle ne savait plus que penser.

Nicodémus esquissa un sourire entendu.

— Tout doux, chère enfant. Reprenez votre souffle avant de poser la question essentielle, celle qui fera s'envoler toutes les autres.

Rongeant son frein, Charlotte s'efforça d'attendre que la tempête s'apaise sous son crâne. Au bout de quelques minutes, une question se détacha des autres.

— Comment avez-vous su ce qu'il est ?

— Je peux interroger ceux qui gardent les grands secrets, expliqua Nicodémus. Beaucoup pensent que ceux que j'interroge n'ont rien à dire. Beaucoup sont sourds à leur voix, aveugles à leur présence.

— Pourquoi ?

— Pourquoi le monde est-il sourd et aveugle ? (Nicodémus hocha la tête, un sourire en coin, comme s'il venait d'entendre une plaisanterie qu'il était le seul à saisir.) Parce qu'à un moment donné, il a décidé que tout, sur cette terre, devait servir son dieu d'acier. Ils ont coupé, brûlé, arraché, percé afin de le nourrir. Ils l'idolâtrent en édifiant des cités qui bannissent la terre même. Ils aiment tout ce qui brille, tonne et résonne. Tout ce vacarme noie le silence, les bruissements, les vérités murmurées qui ne se révèlent qu'à la seule condition qu'on soit prêt à tendre l'oreille, encore et encore.

Jamais Charlotte n'avait encore entendu de description aussi dure et lugubre d'Héphaïstos. La plupart auraient crié au blasphème.

— Vous n'honorez pas la Grande Forge ? demanda Charlotte, qui hésitait à pousser plus loin la conversation. Vous n'admirez pas les ruses d'Athéna ?

— Les dieux impériaux n'ont pas leur place ici. (Nicodémus étendit les bras. Les sons du bayou se firent plus présents.) À quoi bon honorer des dieux que l'on ne peut accueillir chez soi ?

— Mais vous avez pénétré dans la cité, objecta Charlotte. Vous avez enlevé Grave à la Nouvelle-Orléans.

Nicodémus fit une grimace.

— Seulement parce que nous y étions contraints. (Il se tourna pour observer le garçon.) S'il y avait eu une chance qu'il s'aventure dans notre bayou, nous aurions attendu. Mais il était de l'autre côté du Mur d'Acier, aussi nous y sommes-nous rendus.

— Comment pouviez-vous seulement être au courant de son existence ? s'étonna Charlotte, désorientée par l'explication contradictoire que lui proposait Nicodémus. Si vous avez tourné le dos aux Français et aux Britanniques pour vivre isolés, en quoi les mésaventures d'un inventeur vous concernent-elles ?

Charlotte regretta sa formulation. Difficile, pourtant, de trouver les mots justes pour évoquer la relation tourmentée qu'entretenait Hackett Bromley avec le garçon qui avait été son fils.

— Ce n'est pas un automate conçu pour le labeur ou la servitude, rétorqua Nicodémus, le visage assombri par la colère. En puisant dans le pouvoir du Livre des Morts, l'inventeur a invité une âme de l'Au-delà dans ce monde. Le sol a tremblé sous nos pieds quand cette âme est venue parmi nous. Nous ne pouvions ignorer son existence.

— Vous le croyez dangereux.

Charlotte avait tant à craindre d'un tel préjugé.

— Non.

La réponse de Nicodémus la prit de court.

— Nous ne savions pas comment il avait été créé, expliqua Nicodémus. Ni pourquoi une nouvelle âme avait choisi de se manifester dans notre monde. Il nous fallait découvrir si son apparition apportait le bien ou le mal. Les esprits errants de l'Au-delà possèdent autant de désirs que les habitants de cette terre. Certains souhaitent seulement connaître la vie dans notre monde, d'autres y cherchent un foyer, mais d'autres encore… viennent avec des intentions mauvaises, dans le but de détruire ce monde où ils n'ont pas leur place. Nous ne pouvons ignorer de pareils esprits et encore moins les laisser agir à leur guise. Les esprits mauvais doivent être chassés du corps qu'ils habitent pour être renvoyés dans l'Au-delà.

— Mais maintenant vous savez qu'il est bon ?

Charlotte contemplait le visage paisible de Grave. Il n'avait pas l'air mauvais, pas plus qu'il n'avait fait quoi que ce soit de malicieux.

— Il n'est pas bon, répondit Nicodémus. (Avant que Charlotte ait pu défendre son ami, il ajouta :) Pas plus qu'il n'est mauvais. Il est, tout simplement.

— Et vous allez le laisser tranquille ? Vous n'allez pas le renvoyer…

— Nous ne déferons pas ce qui a été fait. (Nicodémus se mit à décrire un cercle autour du garçon.) Son âme est ici, désormais. Il fait partie de ce monde, au même titre que vous et moi. Le tuer ne réparera aucun tort, ni ne rétablira un quelconque équilibre. Ce serait comme laisser un aveugle tirer sur un chat domestique en le traitant de lion, au nom de la peur. Ce serait pure folie. Et haine. Les actes haineux ne font qu'attiser la fureur des esprits. Nous refusons de les affronter.

— Et moi ? demanda Charlotte, à présent convaincue que Nicodémus ne leur souhaitait aucun mal. Que dois-je faire de lui ?

— Faire ? s'amusa l'homme. Il n'y a rien à faire, si ce n'est vivre. C'est pourquoi l'esprit a traversé la frontière. Pour vivre, pour être. Vous pouvez demeurer à ses côtés comme bon vous semble, mais il n'y a rien à faire.

— Mais il est… différent, dit Charlotte, perplexe.

Nicodémus haussa ses sourcils broussailleux, quelque peu surpris.

— Avez-vous peur de lui ?

— Non, répondit Charlotte.

Elle hésita cependant à poursuivre. Qu'essayait-elle de lui demander ? Que voulait-elle entendre de la bouche du vieux magicien ?

— Grave est puissant. (Elle posa son regard sur le garçon, qui gisait toujours, silencieux, immobile.) Et pourtant tellement confiant. Je ne voudrais pas lui imposer ma volonté…

— Que vous vous posiez la question suffit à vous répondre. (Il s'arc-bouta sur sa canne.) Ça prouve que vous vous préoccuperez du bien-être du garçon avant toute chose. Vous ne lui imposerez pas de tâche ingrate.

Les paroles du vieil étranger emplirent Charlotte d'un profond réconfort. Avant qu'elle ait pu le remercier, Nicodémus abandonna sa pose nonchalante pour se redresser de toute sa hauteur, le dos bien droit.

Il saisit la canne par chacune de ses extrémités, la maintint parallèle au sol et ferma les yeux. Le silence était tel que les courtes inspirations de Charlotte semblaient assourdissantes.

Quel silence !

Un frisson glacé remonta le long de l'échine de la jeune fille.

Le bayou tout entier s'était tu. Pas une seule créature ne bougeait. L'endroit, qui débordait de vie l'instant précédent, semblait à présent aussi désolé qu'un tombeau.

Puis retentit un son, murmure imperceptible à la cime des arbres.

Nicodémus ouvrit tout à coup les paupières, alarmé. Traçant un large arc de cercle de sa canne, il cria des paroles inintelligibles. De minuscules flammes bondirent des chandelles pour s'élever dans le ciel. De plus en plus grosses, elles se pourchassèrent dans les airs jusqu'à ce qu'un cercle enflammé se forme au-dessus du mage.

Il poussa un nouveau cri. Les flammes rugirent avant de s'éteindre, laissant derrière elles un épais nuage de fumée et un manteau de ténèbres qui recouvrit les lieux et leurs occupants.

Chapitre 16

Nicodémus rejoignit Charlotte d'un pas vif, au contraire de ses disciples, qui se dispersèrent dans les bois sans un bruit. La fumée tournoyait toujours à la cime des arbres, mais elle n'offrait plus qu'un mince voile aisément percé par le clair de lune. Après la chaleur dorée des chandelles, la lune baignait le bayou d'une froide lueur argentée. Les troncs des cyprès se faisaient piliers, blancs comme l'os, et la mousse suspendue flottait au vent tels des esprits agités.

Écrasée par le silence oppressant, Charlotte eut l'impression de rapetisser, de rentrer dans sa coquille pour fuir l'absence de son. Dans les forêts des landes new-yorkaises, le silence signifiait toujours l'approche d'un prédateur. Quel genre de chasseur pouvait ainsi mettre en déroute un groupe aussi nombreux ?

Le regard de Charlotte passa du magicien à la menace invisible tapie entre les arbres. Elle se campa sur ses jambes, prête à affronter Nicodémus s'il ouvrait les hostilités.

Le vieillard tendit vers elle une main noueuse.

— Venez, murmura-t-il d'une voix rauque. Nous devons défendre le garçon.

Il jeta un coup d'œil au fourreau suspendu à la taille de la jeune fille. Charlotte lui serra les doigts de sa main gauche, et de la droite dégaina sa dague.

En dépit de son grand âge, que trahissait notamment sa peau tannée, Nicodémus possédait une poigne remarquable. Il mena Charlotte au chevet de Grave et lâcha sa main avant de se placer de l'autre côté du garçon.

Une ombre vint tout à coup bloquer le clair de lune au-dessus de la tête de Charlotte. L'intrus qui rôdait dans la canopée se mouvait avec une agilité et une discrétion incroyables ! Lame au clair, la jeune fille plaça la paume gauche au sol afin de conserver son équilibre, mais aussi de pouvoir se propulser si nécessaire.

Un nouveau murmure s'éleva au-dessus d'eux, répercuté à travers le feuillage depuis la direction opposée. Deux silhouettes, parfaitement synchrones, surgirent des branchages les plus hauts et descendirent à toute vitesse, telles des araignées sur leurs fils soyeux, avant de révéler leur forme humaine une fois parvenues au sol. Vêtues de noir de la tête aux pieds, elles étaient sveltes et dotées de courbes subtiles à la taille et aux hanches. Deux femmes. Qui étaient-elles ? Et que voulaient-elles ?

La curiosité de Charlotte laissa place à un mélange de colère et d'effroi lorsqu'elle aperçut l'éclat de quatre longues lames argentées qui pointaient de chacune de leurs mains comme d'affreuses serres recourbées.

Le duo s'avança de part et d'autre de Charlotte et Nicodémus.

— Partez, si vous tenez à la vie, lui intima l'une d'elles.

Charlotte eut un haut-le-cœur en entendant sa voix briser le silence interminable.

— Nous n'avons que faire de vous, ajouta sa camarade. Seul le garçon nous intéresse.

— Vous n'avez rien à faire en ces lieux, décréta Nicodémus.

Il brandit sa canne vers la femme qui se tenait à leur gauche et, d'un moulinet, traça une ligne invisible.

— Déguerpissez, et emmenez votre déesse de la guerre avec vous !

— La parole d'un païen sonne creux aux oreilles de notre Grande Dame, répondit la femme d'un ton dédaigneux. Dressez-vous contre elle, et vous affronterez son courroux.

— Rassemble tes guerriers, vieillard, ajouta sa compagne. Repoussez-nous si vous le pouvez.

— Notre peuple n'est pas belliqueux, rétorqua Nicodémus. Laissez-nous en paix.

— Pas de quartier tant que vous abriterez ceci.

La première femme désignait Grave de ses serres brillantes.

— Que lui voulez-vous ? demanda Charlotte d'une voix forte en dépit de la peur qui l'étreignait.

— Nos motivations ne vous concernent pas, répondit la première femme.

À présent, elles se tenaient de chaque côté de Charlotte et Nicodémus. Impossible pour la jeune fille de les avoir en même temps dans son champ de vision.

— Ne vous liez pas à la mort, leur conseilla la seconde femme. Nous vous avons donné congé. Si vous refusez, sachez que vous ne bénéficierez plus de notre clémence.

Le duo refermait son piège autour de Charlotte et du magicien. Les seize lames luisantes brandies par les étrangères rendaient la dague de Charlotte aussi menaçante qu'un couteau à beurre, et la canne de Nicodémus à peine plus utile qu'un bâton de berger. Les armes de leurs assaillantes offraient une bien meilleure portée que celle de Charlotte, qui ne pouvait frapper à moins de se placer à la merci de leurs serres. Si le bâton de Nicodémus semblait robuste, son propriétaire âgé, en revanche, aurait le plus grand mal à supporter un combat long et féroce. En d'autres circonstances, un coup d'œil aurait suffi à Charlotte pour déterminer que la fuite constituait leur meilleure stratégie de survie. Elle ne pouvait détaler, cependant : Grave gisait toujours, inconscient, sans défense.

— Quelle est votre réponse ? demanda la première femme.

— Je ne partirai pas.

Charlotte demeurait accroupie, tous les sens en alerte.

Nicodémus agrippa fermement son bâton et adopta une posture défensive.

— Comme vous voudrez, dit la seconde femme.

Les muscles tendus, Charlotte attendit l'assaut du duo. C'est pourtant Nicodémus qui porta la première attaque : il fondit sur la première femme en vociférant. Son bâton fouetta le vide, poussé par ses longs bras noueux. Charlotte fut d'abord tentée de le rejoindre pour se battre à ses côtés, mais un mouvement sur sa droite attira son attention. Elle se retourna juste à temps pour esquiver la seconde femme qui avait bondi, toutes griffes dehors, et visait le flanc exposé de la jeune fille.

Incapable de suivre tout à la fois Nicodémus et de repousser l'assaut, Charlotte se concentra sur son adversaire. Trop tard : le pied de l'attaquante fusa pour lui heurter l'avant-bras avec une force qui lui arracha un cri de douleur et fit voler la dague de ses doigts. Charlotte se jeta sur l'arme tombée au sol. Un nouvel éclair de douleur traversa son bras gauche lorsque les serres d'acier lui lacérèrent les chairs.

La jeune fille roula au sol, le bras palpitant et inondé de sang. Son assaillante la suivait sans doute, prête à frapper à tout moment. La vision obscurcie par la souffrance, elle se remit tant bien que mal sur pied. Elle refusait de se soumettre à la prochaine attaque de son adversaire.

Ignorant le feu qui rongeait son bras, Charlotte se carra, sa dague fermement brandie à deux mains. L'ennemie bondit, serres en avant, prête à griffer sa proie une nouvelle fois. Charlotte fit basculer son poids en avant et dirigea son poignard vers le haut. Le coup frappa la femme au sternum – la lame trancha la chair mais glissa sur une côte.

La guerrière poussa un grognement, brièvement déstabilisée. Charlotte roula sur le dos et esquissa une ruade. Son pied percuta l'assaillante en plein ventre et l'envoya voler par-dessus la tête de Charlotte pour atterrir loin, bien loin de la jeune fille.

Au moment où Charlotte se relevait, un horrible cri déchira l'air. À la périphérie de son champ de vision, Nicodémus tomba. Un flot de rage déferla en elle, irriguant son organisme d'une force nouvelle. Avec un hurlement de fureur, Charlotte plongea en avant, bras tendus, la dague serrée entre ses mains. Prise par surprise, l'assaillante se pencha, agitant ses serres vers le bas. Les lames déchirèrent la robe de Charlotte sans pour autant atteindre la chair.

La trajectoire de la jeune fille l'envoya droit entre les jambes de son adversaire. Une fois au sol, elle fit volte-face pour planter de toutes ses forces sa dague dans le dos de son ennemie.

La guerrière poussa un long grognement de douleur qui se mua en cri guttural lorsque la jeune fille fit tourner sa lame. Charlotte lui donna un coup de pied pour la mettre à genoux et dégager son arme. De nouveau sur ses pieds, elle passa le bras autour de la tête de la femme qu'elle tira en arrière. Les mâchoires serrées, elle lui trancha la gorge d'un geste rapide.

Débarrassée de son opposante, Charlotte vola au secours de Nicodémus. Hagard, le magicien tenait toujours debout malgré ses jambes maculées de sang. Son adversaire le dominait de toute sa hauteur avec un dédain non dissimulé.

Craignant qu'une approche discrète s'avère trop lente et ne coûte la vie à Nicodémus, Charlotte se jeta sur l'assaillante. Mais la guerrière, qui avait vu venir l'attaque, pivota, toutes griffes dehors. Charlotte l'esquiva de justesse et manqua de perdre l'équilibre en se contorsionnant pour éviter la morsure des serres d'acier. Dès que ses deux pieds eurent retrouvé la terre ferme, elle adopta une posture défensive. Mieux valait évaluer le style de son attaquante avant de la contrer.

Charlotte détourna un bref instant les yeux de son ennemie pour chercher du regard Nicodémus, dans l'espoir qu'il lui porte assistance. Hélas, le mage était tombé. Bâton toujours en main, il gisait sur le flanc, le souffle court.

— Tu peux encore fuir, déclara l'adversaire de Charlotte d'un ton enjôleur. Je promets de te laisser partir.

Charlotte la foudroya du regard.

— Je ne fuirai pas.

La guerrière esquissa un sourire.

— Si tu n'avais pas aussi mauvais goût en matière d'ennemis, je serais bien tentée de te recruter.

— Me recruter pour quoi ?

Avant que la combattante ait pu répondre, un hurlement résonna dans les ténèbres, suivi d'un tonnerre de bruits de pas. Surprises par ce soudain vacarme, Charlotte et son opposante en cherchèrent la source. Une silhouette apparut, et Charlotte sentit son cœur vaciller : drapée de couleurs sombres, elle était identique à celles des deux guerrières. Tout semblant d'uniformité était cependant compensé par de saisissants éclairs d'or et d'azur. Charlotte ne pouvait affronter deux ennemies en même temps, du moins pas pour longtemps.

En lieu et place de serres d'argents, pourtant, la nouvelle arrivée brandissait deux épées, et son assaut se porta exclusivement sur l'adversaire de Charlotte. Prise de court par l'intervention de cette alliée tombée du ciel, Charlotte regarda, subjuguée, les deux guerrières entrer en collision avec une violence qui les envoya au tapis. En un instant, elles étaient de nouveau sur leurs pieds pour se faire face. La combattante griffue attaqua la première, frappant vers le haut pour rencontrer une parade de la nouvelle venue. Un autre coup visa l'abdomen de l'épéiste.

La femme vêtue d'or et d'azur contra l'attaque de son épée droite et profita du choc pour esquiver le deuxième coup d'une pirouette. Elle continua à tournoyer tandis que son adversaire plongeait en avant, puis s'élança dans les airs pour lui décocher un coup de pied en plein dans le dos. La femme aux serres d'argent tituba mais ne chut pas.

Lorsque l'épéiste revint à l'attaque, elle était prête. Un hurlement métallique retentit quand les épées doubles rencontrèrent huit griffes croisées. Les guerrières s'écartèrent pour se jauger tels des félins à l'affût. La femme drapée d'ébène bondit en avant pour déchirer la poitrine de la guerrière d'azur, qui brandit ses épées et para l'assaut. Au dernier instant, l'attaquante griffue plongea vers les jambes de l'épéiste, prête à lui saigner les cuisses.

La femme aux épées s'élança pour effectuer un saut périlleux au-dessus des serres menaçantes de son ennemie, qui s'écrasa au sol et continua à y glisser. Dès qu'elle se fut réceptionnée, l'épéiste fit volte-face, ses deux lames de nouveau brandies. Tout juste la guerrière griffue avait-elle commencé à se relever que les deux épées la transpercèrent, clouant son corps au sol. Elle eut un affreux spasme avant de s'effondrer, inerte. L'épéiste dégagea ses armes, les yeux rivés sur le cadavre sans vie de son adversaire. Quelque chose attira son attention. Elle abattit l'une de ses épées avec un craquement métallique avant de se pencher pour ramasser un objet tombé près de sa victime.

Charlotte, qui venait de se précipiter au chevet de Nicodémus, cherchait ses plaies pour évaluer leur gravité – en vain. Une vague de regret enfla dans sa poitrine. Les yeux ouverts et vitreux, la silhouette avachie du magicien ne respirait plus.

Sous le regard de la guerrière, Charlotte abandonna le mage pour rejoindre Grave. Elle serrait fermement sa dague, même si elle craignait que l'hémorragie ne lui fasse bientôt perdre conscience si elle ne bandait pas très vite son bras.

Rien, dans le corps inerte de Grave, ne semblait indiquer un réveil proche. Immobile, d'une pâleur presque translucide, il avait tout d'un cadavre, à tel point que Charlotte sentit le souffle lui manquer. Il ne pouvait être mort, cependant. Neutralisé, certes, mais mort… Rien de ce dont elle avait été le témoin au cours de cette effroyable soirée n'aurait pu tuer le garçon. Elle se raccrocha de toutes ses forces à cette conviction.

— Aucun mal ne lui a été fait, déclara la femme en bleu d'une voix basse, légèrement étouffée et pourtant familière, confirmant les dires de Nicodémus.

— Comment le savez-vous ? rétorqua néanmoins Charlotte.

Trois guerrières. Parmi elles, deux ennemies. Mais qui était la troisième ?

— Les magiciens et gardiens des terres sauvages comme lui ont rarement des intentions mauvaises, répondit la voix, plus près cette fois.

Charlotte plissa les yeux pour voir son interlocutrice, mais les ténèbres demeuraient insondables.

— Mais on ne peut pas en dire autant de l'Ordre d'Arachné. Ses membres vouent leur existence à leurs lames.

Charlotte retint son souffle. Elle connaissait cette voix ! Mais comment était-ce possible ?

— Meg ?

Des pas légers se firent entendre sur la gauche. Charlotte vit une silhouette émerger dans le clair de lune, assez proche pour lui permettre de distinguer les détails de sa tenue. À l'instar des deux autres guerrières, Meg était vêtue de sombre et lourdement armée, jusqu'à ses bottes montantes ornées de boucles qui retenaient de fines dagues. Un pantalon à la coupe élégante et ajustée mettait en valeur la courbe féminine de ses hanches, accentuée par une ceinture d'un bleu profond. Des manchettes dorées protégeaient ses avant-bras jusqu'au coude d'un métal gravé de symboles inconnus de Charlotte. Les épées qui lui avaient permis d'occire leur assaillante reposaient dans des fourreaux fixés sur son dos, la garde ornée de symboles similaires. Un voile de soie azur drapé autour de son crâne lui couvrait le nez et la bouche. Elle soutenait le regard de Charlotte de ses yeux perçants.

D'une main, elle abaissa le voile, dont le tissu vaporeux glissa pour révéler ses traits.

— C'est bien moi, Lottie.

Charlotte contemplait la tenue exotique de son amie sans pouvoir trouver un sens au spectacle auquel elle venait d'assister.

— Mais comment…

— Je t'expliquerai tout bien assez tôt, répondit Meg. Nous devons d'abord quitter les lieux. (Elle tira une minuscule flasque d'une des poches de son harnais.) Bois. Je m'occupe de ton bras.

Charlotte obéit. Le liquide, amer, lui brûla le fond de la gorge mais dissipa le brouillard qui lui envahissait l'esprit. La douleur lancinante de son bras diminua. Meg déchira une longueur de tissu de son écharpe pour en bander la plaie de son amie.

— Il faudra que j'y applique un cataplasme une fois de retour à la Nouvelle-Orléans, déclara-t-elle. L'Ordre d'Arachné raffole du poison. Le tonique que je viens de te donner sert de panacée à la plupart de leurs formules, mais j'aurai besoin d'examiner les dégâts de plus près avant de me prononcer sur son efficacité.

— L'Ordre d'Arachné ? Qu'est-ce que c'est ? demanda Charlotte. Pourquoi nous ont-elles attaqués ?

Meg désigna Grave du menton.

— Leur cible, c'est lui. Tu n'étais qu'un obstacle.

— Mais Grave ne les connaît pas, objecta Charlotte, qui ne put retenir une grimace lorsque Meg serra le bandage sur sa chair meurtrie. C'est impossible. Il ne se rappelle presque rien de sa vie avant les Catacombes, et c'est tout juste s'il a atteint l'adolescence. Comment aurait-il pu se faire de tels ennemis ?

— Son identité n'a rien à voir avec leur mission. (Meg délaissa Charlotte pour aller s'agenouiller auprès de Grave.) C'est sa nature qui les motive.

— Qu'est-il, au juste ?

Charlotte observait le garçon. Inconscient, il paraissait paisible et tout à fait inoffensif.

— Une âme errante. Ni bonne ni mauvaise. Il est, tout simplement, répondit Meg, reprenant les paroles de Nicodémus. L'écho d'une personne.

Charlotte détacha les yeux de son amie et se tourna vers le mage défunt.

— Il a défendu Grave. Rien ne l'y obligeait.

Meg hocha la tête, l'air aussi triste que Charlotte.

— Son peuple viendra le chercher. Mais pas avant notre départ.

— En es-tu certaine ?

Charlotte ne pouvait supporter l'idée d'abandonner l'homme qui avait donné sa vie pour des étrangers.

— Absolument.

— Je n'y comprends rien, Meg, dit Charlotte, l'esprit assailli par les scènes qui venaient de se jouer sous ses yeux. Par où es-tu arrivée ?

— Je traquais les assassins lancés à vos trousses, expliqua Meg d'une voix pleine de compassion devant la lassitude de son amie. Elles campaient à l'extérieur de la Nouvelle-Orléans avec l'intention de capturer Grave en ville. Son enlèvement les a prises de court. Elles étaient fort mécontentes de devoir vous poursuivre par la faute d'un charlatan du marais. Je regrette de ne pas être arrivée à temps. Peut-être aurait-il survécu…

— Pourquoi ne pas être venue nous voir tout de suite ? s'enquit Charlotte. Tu savais que nous étions en ville. Tu aurais pu nous prévenir.

— Vous alerter n'aurait servi à rien. Les assassins d'Arachné sont les plus redoutables des guerrières. Je ne pouvais sacrifier l'avantage de la surprise. Quand bien même, je n'étais pas certaine de pouvoir leur tenir tête. Grâce à toi, je n'ai eu à affronter qu'une seule adversaire. Tu es incroyablement courageuse, Lottie.

— Qui les a envoyées ?

— Le magicien a peut-être déclaré Grave inoffensif, mais tous n'étaient pas de son avis. Certains pensent qu'il n'a pas sa place ici. Qu'il ne devrait pas exister.

— Comment peux-tu dire une chose pareille ? explosa Charlotte. Qui es-tu pour décider où se trouve sa place ?

— Je ne prétends pas détenir la réponse, loin de là, répondit la jeune femme avec un profond soupir. Mais les Sœurs du temple d'Athéna l'ont condamné. Elles ont ordonné à l'Ordre d'Arachné de l'éliminer de ce monde.

— Le tuer, tu veux dire.

— Pire… (Meg appliqua le dos de sa main sur le front du garçon.) Il est froid. Il ne dégagera jamais la même chaleur que toi ou moi. Les Sœurs diraient que c'est l'une des nombreuses preuves que le garçon autrefois nommé Timothy a péri depuis longtemps. Grave n'est pas le même. Il est autre. Son âme n'a pas sa place ici.

Certes, elles trouveront le moyen de tuer son corps, mais elles devront aussi bannir son âme.

Charlotte sentit le froid baiser de l'horreur lui effleurer la nuque. Grave l'avait lui aussi affirmé : il n'était pas le fils de Hackett Bromley, il était autre. Un être cherchant sa place dans ce monde. Même si elle ne pouvait réfuter son altérité, Charlotte était malgré tout incapable de se rendre à l'idée qu'il devait mourir pour cette raison. Si Grave n'était pas de ce monde, il n'en était pas pour autant mauvais, comme l'avait décrété sans sourciller le magicien.

— Dès que j'ai appris la décision des Sœurs, j'ai déserté le temple, poursuivit Meg d'une voix douce. Il fallait que je vous retrouve avant l'Ordre. J'ai failli échouer.

— Mais tu as réussi. (Charlotte se redressa pour se rapprocher de son amie.) Où as-tu appris à te battre ainsi ? Chez les Sœurs ?

Meg s'esclaffa.

— Crois-tu vraiment que j'aurais pu intégrer toutes ces techniques en un mois ?

— Je n'en sais rien. Je ne t'ai jamais vue te battre.

Charlotte se sentit soudain jeune, comme elle ne l'avait plus été depuis des semaines.

— La belle affaire. Ça ne veut pas dire que je ne me suis pas entraînée depuis l'enfance ! Ma mère était une guerrière. Ces vêtements et ces armes lui appartenaient. Ton frère avait l'habitude de s'entraîner avec moi, et même si je doute qu'il l'admette, j'avais très souvent le dessus. (Meg passa les bras autour de Charlotte pour la serrer fort contre elle.) Oh, Lottie ! Tu n'as pas idée comme vous m'avez tous manqué.

Charlotte retint ses sanglots, la gorge nouée.

— Toi aussi, Meg. Tous les jours. Il s'est passé tellement de choses, et c'était… c'était difficile. Plus que difficile.

— Je sais, murmura Meg. J'ai eu vent de certaines rumeurs. Les Catacombes… (Elle ferma les yeux.) J'ai encore du mal à croire qu'elles ont disparu.

Les yeux baignés de larmes, Charlotte céda à la vague de tristesse qui la submergeait. Bercée par son amie, elle laissa libre cours à son chagrin. Elle pleura les Catacombes, la trahison de Jack, le sort de Rufus, l'intransigeance de sa mère, le décès de son père, le vrai visage de cette Résistance en laquelle elle n'était plus sûre de croire. Meg garda le silence jusqu'à ce que les derniers reniflements de son amie s'évanouissent.

— Je regrette de n'avoir pas été présente pour t'aider, dit-elle en posant la joue sur la tête de son amie. Tu as dû surmonter tant d'obstacles en si peu de temps… Mais, Lottie, tu t'en es très bien sortie. Tu es courageuse, inébranlable. Ashley doit être fier de toi.

Le nom d'Ash lui arracha un sanglot qui n'échappa pas à Charlotte.

— Il sera tellement heureux de te voir ! dit la jeune fille.

Meg se dégagea. Son expression troublée surprit Charlotte.

— Je ne suis pas certaine qu'il soit sage pour moi de voir Ashley.

— Mais bien sûr que si ! Il est en ville… Pourquoi voudrais-tu l'éviter ?

— Tu te méprends sur le sens de mes paroles, Lottie, dit Meg, le regard distant et empli de regrets. Je ne trouve pas les mots pour… Quand il s'agit d'Ash…

Elle secoua la tête pour chasser sa mélancolie. Quand elle se tourna de nouveau vers Charlotte, son regard était dur comme la pierre.

— Je ne verrai pas Ashley car nous ne pouvons pas rester à la Nouvelle-Orléans. Nous devons partir.

— Quitter la Nouvelle-Orléans ? (Charlotte recula et bondit sur ses pieds.) Pourquoi ? Qu'entends-tu par « nous » ?

— Toi, Grave et moi.

Charlotte aurait voulu protester, affirmer qu'elle ne croyait pas son amie, mais lorsque Meg se leva à son tour pour lui faire face, elle comprit que la question ne se posait plus de savoir si, oui ou non, ils quitteraient la Nouvelle-Orléans. La seule question, c'était quand.

Chapitre 17

— Explique-moi pourquoi nous devons partir.

Charlotte voyait bien la détermination dans le regard de Meg, pour autant, elle n'allait pas accepter son plan sans explication.

Les yeux de Meg se posèrent sur les assassins inertes qui gisaient au sol.

— Ça ne te suffit pas ?

— Pas maintenant qu'elles sont mortes, rétorqua Charlotte.

— Elles n'étaient que deux. Il y en aura d'autres.

— Pas avant un moment.

Charlotte nourrissait des sentiments mitigés envers la Nouvelle-Orléans depuis qu'elle avait surpris la conversation entre sa mère et Coe. Pourtant, elle ne voyait pas de meilleur refuge.

— Les Sœurs ne sauront pas que les assassins ont échoué. Nous aurons le temps de discuter de l'attaque avec les autres. Avant de mettre au point un plan.

Meg plongea la main dans sa poche pour en tirer un étrange butin : en dépit du corps ratatiné et des huit pattes tordues dans des angles anormaux, Charlotte reconnut sans peine une araignée d'argent.

— J'ai pu la capturer avant qu'elle ne prenne la fuite, expliqua Meg, qui examinait l'automate brisé. Mais sa camarade est déjà loin.

— C'était donc ça que tu as écrasé tout à l'heure ? (Charlotte regarda l'araignée de plus près.) Qu'est-ce que c'est ?

— Une tisseuse. (Meg fourra l'objet dans sa poche.) Lorsqu'une femme est intronisée au sein de l'Ordre d'Arachné, on lui fixe l'une de ces tisseuses à la base de la nuque. La mécanique est alimentée par la circulation sanguine, les rouages remontés par chaque battement de cœur de l'assassin. Si le cœur cesse de battre, la tisseuse se détache de son hôte pour regagner le temple.

— Comme un mouchard… remarqua Charlotte. Mais les oiseaux volent. Combien de temps faut-il à une araignée pour rallier New York ?

Meg esquissa un sourire patient.

— Même si elle ne dispose pas d'ailes, la tisseuse se déplace par la voie des airs. L'araignée de l'assassin que tu as tué s'est empressée de grimper à la cime de l'arbre le plus proche pour déployer une voile de soie de son abdomen. Les pattes pivotent comme les pales d'une hélice. Mais elle n'ira pas jusqu'à la Cité Flottante. Leur nom fait référence au réseau d'informateurs contrôlé par l'Ordre. Notre petite araignée est sans doute en route pour la Nouvelle-Orléans, puisque c'est la cité la plus proche.

Ses derniers doutes sur l'efficacité des tisseuses dissipés, Charlotte se tint coite, mal à l'aise. Les Sœurs seraient au courant de l'échec de la mission confiée aux deux assassins en un rien de temps, et elles enverraient aussitôt de nouvelles guerrières finir le travail.

Abandonnant Charlotte à ses réflexions, la guérisseuse s'accroupit au chevet du garçon inconscient. Après plusieurs minutes passées à l'examiner, sans oublier le grabat qu'il occupait, elle sortit une dague de l'un de ses fourreaux et se fit une légère entaille à la paume gauche. Le sang tiré, elle passa son index droit sur la plaie et traça ensuite un cercle rouge au creux de la gorge de Grave.

Espoir, crainte et confusion assaillirent Charlotte à la vue de ce que faisait son amie. Ramener Grave de l'Au-delà (quelle que soit sa nature) n'allait-il pas mettre le garçon en danger ? Pourtant, les gestes de Meg ne trahissaient aucune hésitation. Charlotte la regarda tirer une petite pochette dissimulée sous la chemise de Grave. La jeune femme décrocha ensuite de sa ceinture un gadget compact, de la longueur d'une cuillère, et dont la forme rappelait une fleur étrange. La tige était constituée de deux pièces de bronze en spirale qui dissimulaient en partie les minuscules rouages les actionnant. La corolle, quant à elle, présentait des cercles concentriques : des pétales métalliques recourbés dont les pointes se terminaient en dards acérés.

Tenant la base de la tête entre deux doigts, Meg tourna plusieurs fois la tige. Les cercles intérieurs de la corolle se mirent à pivoter dans un ronronnement. Avec précaution, elle souleva la pochette par l'ourlet du tissu et y appliqua la fleur. Les pétales aiguisés déchiquetèrent le sac et son contenu en seulement quelques secondes.

Meg accompagna l'opération d'un murmure régulier qui n'avait aucun sens pour Charlotte.

Au lieu de tomber simplement au sol, les débris se mirent à fumer et à onduler dans leur chute. Il ne resta bientôt plus entre les doigts de Meg qu'un minuscule fragment de tissu. La pochette et son contenu n'étaient plus qu'un petit tas de cendres.

Qu'avait donc appris Meg au temple d'Athéna ? Était-ce là encore un talent qu'elle possédait déjà mais dissimulait ? Charlotte était aussi impressionnée que déstabilisée par ces révélations inattendues. De quoi Meg était-elle donc capable ?

Grave remua, attirant l'attention de Charlotte, qui s'agenouilla sur-le-champ au chevet du garçon.

— Tu vas bien ? lui demanda-t-elle. Comment te sens-tu ?

Grave se redressa sur les coudes et plissa les yeux.

— Où sommes-nous ?

— Dans les profondeurs du bayou, répondit Meg. Sur la rive est du lac Pontchartrain.

— Mais comment sommes-nous arrivés là ? (Une fois assis, le garçon se frotta les yeux.) Nous étions au Marché…

Charlotte l'examina de la tête aux pieds, mais elle ne lui trouva aucune blessure.

— Tu as été enlevé. Et j'ai suivi le mouvement.

— Enlevé ? (Grave se tourna vers Meg, perplexe.) Meg ? Que fais-tu ici ? Je croyais que tu étais restée dans la Cité Flottante.

La jeune femme lui adressa un sourire gêné.

— C'était le cas… Mais les circonstances ont vite changé, et j'ai compris que j'avais plus intérêt à vous retrouver qu'à rester au temple.

Toujours dubitatif, Grave consulta Charlotte du regard avant de demander à Meg :

— Tu étais au courant de mon enlèvement ?

Au lieu de répondre, la jeune femme se pencha pour lui saisir le bras et le mettre debout.

— Nous devons retourner en ville.

Charlotte maugréa. Traverser le marais, de nuit, pour regagner la Nouvelle-Orléans allait être aussi périlleux qu'épuisant. Elle était déjà à bout de forces.

— Le retour ne sera pas long, assura Meg à son amie. J'ai un bateau qui nous attend sur le lac.

— Louée soit Athéna !

— Ne la remercie pas trop vite, ajouta Meg avec une discrète grimace.

L'esquif glissait sur la surface lisse du lac Pontchartrain, propulsé par des nageoires qui battaient l'eau de part et d'autre de la coque. Debout à la poupe, Meg jouait du gouvernail pour les mener vers la Nouvelle-Orléans. Depuis qu'ils avaient embarqué et enfilé les masques préparés par la jeune prêtresse, la conversation avait cessé. Leur traversée s'effectuait donc dans le silence. Charlotte se demandait ce que Grave pouvait bien penser, et l'attitude de Meg ne laissait pas de la déstabiliser. En dépit de son extrême fatigue, elle se refusait à dormir. Il lui semblait devoir rester aux aguets, même si elle ne savait trop ce qui l'irritait le plus, de la menace que représentaient les assassins, ou de ses interrogations sur Meg et le temple d'Athéna.

Les nuages affluèrent pour masquer la lune, plongeant les lieux dans l'obscurité lorsqu'ils franchirent un petit portail près de l'angle nord-est du Mur d'Acier. Une sentinelle montait la garde à l'entrée du tunnel qui ne pouvait laisser passer que de modestes embarcations. Dès qu'ils furent assez près, Meg lança au garde un petit sac qui produisit un tintement métallique lorsque l'homme le réceptionna. Il les laissa passer sans poser de questions. Charlotte jeta un regard en arrière, médusée par l'échange silencieux.

— Un péage pour la contrebande, expliqua Meg à voix basse. Le Mur d'Acier en compte plusieurs.

— Les autorités sont au courant ? demanda Charlotte.

Étant donné la fierté que tirait la Nouvelle-Orléans de ses mesures de défense et de sécurité, de telles infractions, aussi modestes soient-elles, avaient de quoi laisser songeur.

— Penses-tu ! répondit Meg. Sans le marché noir, la ville serait ruinée. Bien sûr, les autorités organisent des descentes à intervalles réguliers ou ordonnent la fermeture temporaire des portails. Mais dans ce cas, les trafiquants les plus importants sont prévenus bien en amont afin de ne pas nuire à la bonne circulation de l'argent et des denrées. Abaisse ce levier sur ta droite, Lottie, tu veux ?

Charlotte s'exécuta. Les nageoires ralentirent leur mouvement et l'esquif émergea du tunnel pour voguer le long d'un canal. Au-dessus d'eux, le tonnerre grondait, discret mais menaçant. L'air, lourd d'humidité, pesait sur la peau de Charlotte, qui sentit des perles de sueur rouler sur sa nuque.

— Nous logeons au *Poisson Noir*, dit-elle en s'épongeant le front.

Devant le silence de Meg, elle ajouta :

— À moins que tu ne nous conduises ailleurs ?

Si l'expression de la jeune femme demeurait invisible sous son masque, son soupir fut audible.

— Non. Va pour *Le Poisson Noir*.

Charlotte ne comprenait pas la réticence de son amie. N'avait-elle pas envie de voir les autres ? Ne lui avaient-ils pas manqué ? Même s'il lui fallait partir bientôt, nul doute que des retrouvailles, aussi brèves soient-elles, leur apporteraient à tous joie et réconfort.

C'est dans le silence que Meg mena l'esquif à travers le réseau de canaux – elle prit tant de virages et de détours que Charlotte en perdit ses repères. La jeune barreuse veillait à maintenir leur barque au centre de la voie d'eau et ne s'approchait jamais de la rive. La vie sous la cité se rappelait à eux par des bruits distants, étouffés. Parfois, Charlotte captait du coin de l'œil un mouvement furtif entre les silhouettes des bâtiments.

D'après Linnet, le Quai se situait sous la Nouvelle-Orléans. Les formes indistinctes qui se dressaient de chaque côté du canal devaient donc appartenir à cette inquiétante partie de la ville. Les efforts déployés par Meg pour les maintenir à distance des pontons ne faisaient que confirmer les avertissements de Linnet et de Lord Ott.

Meg finit par virer vers un débarcadère.

— Prends la barre, Charlotte.

La jeune fille se leva pour prendre la place de son amie.

— Garde le cap sur le ponton.

Meg rejoignit l'avant du bateau et, au passage, plaça l'extrémité d'un bout dans les mains de Grave. Juste avant que la proue ne heurte les piliers de bois, elle bondit sur le ponton.

— Lance-moi l'amarre, Grave !

Dès qu'elle eut attrapé le cordage, elle dragua l'esquif le long du dock et l'attacha à un bollard trapu.

— Suivez-moi.

Grave et Charlotte débarquèrent à la hâte pour rattraper Meg, qui avait déjà quitté le ponton. Elle avançait d'un pas vif et feutré, sans même prêter attention à ses compagnons. Une goutte d'eau s'écrasa sur l'épaule de Charlotte, puis une autre. Lorsqu'elle leva la tête, la structure métallique qui soutenait la ville obscurcissait le ciel. Jetant un regard en arrière, elle vit de minuscules cercles fleurir à la surface du canal à mesure que chaque goutte de pluie s'y écrasait. Bientôt, la superposition des cercles donna à la voie d'eau l'aspect d'un chaudron en ébullition. Le tonnerre gronda au loin.

Meg les mena jusqu'à une échelle si bien dissimulée dans le décor de laiton, de fer et d'acier que Charlotte ne remarqua sa présence que lorsque la jeune prêtresse eut commencé à l'escalader. Charlotte fit signe à Grave de passer après Meg, puis monta à sa suite. Parvenue au sommet, Meg tâtonna parmi les tuyaux, barreaux et boulons, avant de trouver un levier qu'elle activa. Une écoutille s'ouvrit et laissa libre cours à la tempête qui jusque-là les avait épargnés. Charlotte perdit plusieurs fois pied sur les barreaux glissants et dut s'agripper fermement à l'échelle afin d'atteindre la trappe indemne. Dès qu'elle fut à portée de main, Grave attrapa la jeune fille sous les aisselles pour la hisser au-dehors.

Entre la pluie et la lumière sourde, Charlotte ne reconnaissait pas les lieux. Elle était assise sur une étroite grille métallique qui longeait, et séparait, deux bâtiments proches. Grave l'aida à se mettre debout et Meg referma l'écoutille.

— Où sommes-nous ? demanda Charlotte.

Le masque avait beau offrir quelque protection contre la pluie, des filets d'eau se glissaient sous le tissu pour dévaler les joues de la jeune fille.

— Au Domicile, répondit Meg.

Charlotte balaya les environs du regard, troublée de ne pas s'y retrouver.

— Dans un couloir derrière *Le Poisson Noir*, précisa son amie. On peut passer par l'entrée de service pour rejoindre vos chambres. J'aime autant éviter le hall.

Les explications de Meg firent taire les doutes de Charlotte. Le Domicile présentait au monde un visage conçu et embelli de façon à séduire les sens. Sa face cachée se montrait strictement utilitaire : nécessaire, commode, elle n'était pas faite pour être vue. Quel soulagement, de plus, de savoir qu'ils n'auraient pas à s'attarder sous la pluie !

La porte de service donnait sur l'arrière-cuisine. À en juger par l'absence du vacarme caractéristique qui emplissait les cuisines de l'auberge au petit matin, il devait être encore tard dans la nuit. Ils rejoignirent l'étage supérieur par un escalier raide et étroit, avant d'emprunter le couloir richement meublé qui menait aux chambres.

Charlotte déverrouilla la porte de leur suite aussi discrètement que possible. Le trio se glissa à l'intérieur pour trouver le salon désert et plongé dans les ténèbres. Charlotte se laissa couler sur un sofa et ôta son masque, terrassée par la fatigue. Grave s'assit à ses côtés. Meg, elle, se pencha pour murmurer à l'oreille de son amie :

— Je retourne en cuisine préparer un cataplasme pour ta plaie. Je n'en ai pas pour longtemps.

Lorsqu'elle fut partie, Charlotte renversa la tête contre le dossier de velours. Grave se tenait droit, les mains posées sur les genoux.

— Grave… (Charlotte se tourna vers le garçon.) Tu n'es jamais fatigué ?

Il réfléchit à la question avant de répondre :

— Non, je ne pense pas.

— Mais tu dors ?

Il secoua la tête.

— J'attends les yeux fermés pendant que les autres dorment, mais je suis toujours éveillé.

Devant l'absence de réaction de la jeune fille, il demanda :

— Ça te trouble ?

— Je ne sais pas, répondit Charlotte, honnête. C'est très étrange… mais je ne vois absolument pas en quoi ce serait un mal.

« Il n'est ni bon ni mauvais. Il est, tout simplement. »

Grave avait été conçu par le biais d'un mélange jusque-là inédit de magie et de mécanique. Peut-être la machine à mouvement perpétuel qui l'animait l'immunisait-elle contre la fatigue ? À moins que ce ne soit la magie qui libérait son corps des contingences physiques… Il n'y avait aucun moyen de le savoir, pour autant que Charlotte ait pu en juger. Elle aurait pu interroger Hackett Bromley sur ses travaux, s'il n'avait été placé en détention, hors d'atteinte. Grave ne savait rien de sa conception, et l'idée qu'on lui ouvre le ventre pour voir comment il était bâti horrifiait Charlotte. Plus terrifiante encore était l'idée que certains sujets de l'Empire et membres de la Résistance n'auraient aucun scrupule à le faire.

Plus Charlotte se laissait embarquer dans l'étrange existence de Grave, plus il était clair que le garçon devait être protégé – et pas seulement contre l'Ordre d'Arachné. Même s'il semblait absurde qu'un être doté d'une force inhumaine et d'une énergie inépuisable ait besoin d'une quelconque protection… Charlotte n'était peut-être pas la mieux placée pour veiller sur le bien-être de Grave, mais il en allait de sa responsabilité.

La porte s'ouvrit pour laisser entrer Meg, les mains chargées d'un petit bol et d'une serviette bouillante, des bandes de tissu propre coincées dans sa ceinture. Grave prit place sur une chaise pour la laisser s'asseoir à côté de Charlotte. Après avoir retiré du bras de son amie le bandage de fortune, Meg appuya la serviette sur la blessure. Charlotte prit une violente inspiration : la compresse était brûlante.

— Pardon, murmura la guérisseuse. Je dois stériliser la plaie avant d'appliquer le cataplasme.

— Ce n'est rien, articula Charlotte.

Lorsque la chair meurtrie lui sembla assez purifiée, Meg s'empara du bol, rempli d'une pâte verte dont l'odeur âcre fit monter les larmes aux yeux de Charlotte. Avec précaution, la prêtresse appliqua la mixture sur les quatre entailles parallèles qui balafraient le bras de son amie. La pâte était chaude au contact, et la moindre caresse sur sa chair encore tendre était une torture, mais le mélange en lui-même ne suscitait aucune douleur. Charlotte demeura immobile pendant que Meg couvrait le cataplasme d'un bandage – du moins jusqu'à ce que la porte de la suite s'ouvre à la volée pour révéler un homme trempé jusqu'aux os qui portait un masque de faucon. Même sous son déguisement, Charlotte reconnut le regard livide de Jack.

— Par Hadès, où étais-tu passée ? tonna-t-il en arrachant son loup. Je te cherche depuis des heures !

Charlotte tenta de se lever. Meg l'en empêcha d'une poigne ferme afin de terminer le pansement.

— Mes allées et venues ne sont pas tes affaires, rétorqua Charlotte, agacée de devoir lever la tête pour regarder le jeune homme. Tu n'avais aucune raison de me chercher.

— Vraiment ? (Jack abattit un poing rageur sur le chambranle de la porte.) Tu m'en diras tant !

Le battant d'une des chambres à coucher s'ouvrit, et une Pip aux yeux bouffis apparut sur le seuil.

— Qu'est-ce qui se passe ?

— Retourne te coucher, Pip, lui intima Charlotte. Ça ne te concerne pas.

La jeune fille acquiesça d'un air endormi et ferma la porte.

Meg, qui jusque-là tournait le dos à Jack, concentrée sur le bras de Charlotte, retira enfin le masque qu'elle n'avait pas pris la peine d'ôter à son retour de la cuisine et fit face au jeune homme.

— Il y a d'autres moyens plus efficaces d'exprimer ton inquiétude à Charlotte qu'en lui criant dessus, dit-elle.

Jamais Charlotte n'aurait cru que des paroles prononcées à mi-voix pouvaient être aussi menaçantes.

Jack entra dans la pièce, son regard incrédule rivé sur Meg. Il contemplait la tenue de la jeune femme, ébahi.

— Qu'est-ce que… Quand es-tu… Où… Ash est-il au courant ?

Sa fureur avait laissé place à la confusion.

Meg ne put retenir un petit rire.

— Des questions toutes pertinentes. Je laisserai Charlotte répondre aux premières. Quant à Ash…

Elle s'interrompit net : le visage couvert d'un masque d'écailles argentées, Ashley venait de faire son apparition sur le seuil, accompagné de Coe. Il entra en trombe, aussi résolu que Jack à faire la leçon à sa sœur.

— D'après cet esclandre, Jack, j'imagine que tu as retrouvé…

Les mots restèrent coincés dans sa gorge lorsqu'il aperçut Meg. Après un instant de silence, il parvint à murmurer :

— Par la grâce d'Athéna, est-ce vraiment toi ?

Muette, la jeune femme ne bougea pas, pas plus qu'elle ne détacha son regard de son bien-aimé.

Tous, dans la pièce, semblaient retenir leur souffle. Même le déluge à l'extérieur paraissait assourdi par la tension qui régnait dans le salon.

Sans un bruit, Ashley traversa la pièce pour venir prendre Meg dans ses bras. Elle s'apprêtait à prendre la parole quand il l'interrompit d'un baiser.

Charlotte sursauta avant de s'écarter en toute hâte du couple enlacé, qui ne semblait guère pressé de se séparer. Bien sûr, elle savait que son frère aimait tendrement Meg, mais c'était autre chose de voir Ash, toujours très réservé, se laisser emporter par la passion.

Coe entra d'un pas discret dans la pièce et rejoignit Charlotte.

— Que vous est-il arrivé ? Avez-vous eu des ennuis ?

C'en était trop. L'enlèvement de Grave, l'énigme du magicien, l'assaut des assassins, la réapparition de Meg – le monde n'avait de cesse de brusquer Charlotte, au point qu'il lui semblait chaque fois esquiver la foudre. Elle avait besoin de respirer, de s'éclaircir les idées. Ignorant le regard interrogateur de Coe, Charlotte attrapa son masque sur le guéridon et courut vers la porte sans se retourner.

Chapitre 18

Parvenue dans l'escalier de service, Charlotte attacha son masque avant de dévaler les marches et de gagner la sortie. Dehors, la tempête faisait rage. La pluie jusque-là dispersée tombait dru à présent, accompagnée de roulements de tonnerre. La foudre zébrait le ciel, déchirant les ténèbres insondables de ses éclairs blancs.

La jeune fille plongea sans hésiter dans la tourmente. En l'espace d'un instant, ses vêtements déjà humides furent trempés. Elle espérait juste que le pansement supporte l'inondation… L'eau de pluie débordait des toits en cascades spontanées avant de disparaître par les grilles. Charlotte quitta le corridor extérieur pour tourner au coin de l'auberge. Elle s'arrêta au bord de l'avenue principale. Elle était sans doute la seule inconsciente à braver l'orage. Le Domicile semblait désert, ses trottoirs vides.

Un clapotement régulier se fit entendre dans le corridor derrière elle : on approchait d'un pas rapide. Charlotte porta une main à sa dague et grimaça sous le coup de la douleur. Elle maudit le sort qui avait laissé son ennemi meurtrir son bras dominant. La zone resterait sensible un moment, elle le savait.

Lorsque les pas devinrent trop proches à son goût, Charlotte fit volte-face, dague au clair.

— Je sais que tu m'en veux, Charlotte…

Jack avait beau porter son masque de faucon, la jeune fille devinait qu'il souriait.

— Cependant, je te saurais gré de ne pas me frapper avec ton poignard.

— Je trouverai autre chose, alors.

Charlotte rengaina son arme et tourna le dos à Jack, qui vint se poster devant elle.

— Où vas-tu ?

Elle ne répondit pas. Peut-être que si elle l'ignorait assez longtemps, il se lasserait de rester debout sous la pluie et finirait par partir ? Ce qui lui laisserait par ailleurs le temps de se convaincre qu'elle tenait réellement à ce qu'il abandonne.

— Tu es gravement blessée ?

Jack tendit une main vers son bras, mais elle le repoussa.

— Meg a soigné ma blessure, dit-elle. Ça ira.

— Tu as mal ? demanda-t-il.

Il fit un pas de plus vers Charlotte, qui recula et se retrouva coincée entre le jeune homme et le mur.

— Je vais bien, Jack.

— Que t'est-il arrivé, Charlotte ?

Le regard perçant de l'officier était souligné par son masque de faucon. Impossible d'y échapper.

— Grave et toi avez disparu pendant des heures. Et voilà que Meg vous raccompagne ? Qu'est-ce que c'est que cette tenue, d'ailleurs ? Ne me dis pas qu'elle s'est servie de ses épées !

Des dizaines de questions se bousculaient dans l'esprit de Charlotte. Reproches, explications, excuses, justifications, plaidoyers et tirades en tout genre se présentèrent à elle, attendant d'être sélectionnés. Charlotte ne savait quoi dire. L'arrivée de Meg n'avait rien de réjouissant – la jeune femme elle-même avait assez insisté sur ce point. Et Charlotte ne doutait pas que les révélations de son amie sur le temple et l'Ordre d'Arachné étaient censées demeurer secrètes. Charlotte pouvait-elle révéler la vérité à Jack ? Que pouvait-elle lui dire au juste ?

— C'est à Meg qu'il faut le demander.

Jack ôta son masque sans pouvoir retenir un grognement de frustration.

— Arrête.

— Quoi donc ?

Charlotte se mit à glisser le long du mur vers le corridor. Elle commençait à regretter d'être sortie. Meg voulait quitter la Nouvelle-Orléans.

Rien qu'avec Grave et Charlotte.

Pour ce que la jeune fille en savait, Ash et Jack ne figuraient pas dans les plans de la prêtresse, et tant qu'elle n'aurait pas explicitement dit le contraire, Charlotte ne trahirait pas ses secrets.

— N'essaie pas de me repousser en feignant la colère, dit Jack, qui suivait Charlotte le long du mur.

— Mais je suis en colère ! rétorqua-t-elle sans réfléchir.

— C'est faux.

Jack se montrait d'un calme exaspérant.

Charlotte renonça à sa retraite, prête à dresser la liste détaillée des raisons qu'elle avait de lui en vouloir.

Épuisée, elle refusait pourtant de perdre plus de temps à se disputer avec lui.

— Laisse-moi tranquille, s'il te plaît, dit-elle, la tête baissée. Fiche-moi la paix, Jack.

— Impossible, répondit-il à mi-voix.

Il glissa les doigts sous le menton de la jeune fille pour la forcer à le regarder dans les yeux.

Charlotte entendit soudain des pas derrière eux.

— Il me semble que Charlotte t'a demandé de lui ficher la paix.

Le visage ruisselant de pluie, Coe foudroyait son cadet du regard.

— Il suffit, Coe. (Charlotte s'interposa entre les deux frères.) J'en ai assez de vos querelles mesquines.

— Mesquines ? demanda Coe, sa colère tout à coup évanouie.

— Des querelles ? s'étonna Jack, stupéfait.

— Oui, et oui, rétorqua Charlotte. J'étais sérieuse quand je t'ai demandé de me laisser tranquille, Jack. Je ne devrais pas avoir à compter sur les menaces de Coe pour que tu m'écoutes.

Le capitaine pâlit. Essuyant la pluie sur son visage, il lança un regard assassin à son frère.

— Loin de moi l'idée de m'opposer à tes volontés, dit-il cependant à Charlotte.

Il tourna les talons et s'éloigna sous l'averse pour disparaître au coin du bâtiment voisin.

— Bien joué, Charlotte ! ricana Coe. Je ne crois pas avoir jamais vu une expression pareille sur son visage. Vous lui avez donné une sacrée leçon.

La pluie qui inondait les joues de Coe amplifia le son de la gifle.

— Vous n'avez aucun droit de parler ainsi de Jack, dit Charlotte d'une voix tremblante de rage. Vous vous croyez supérieur, plus noble, plus valeureux. Mais vous n'êtes qu'un sale menteur manipulateur !

— Que voulez-vous dire ? demanda Coe, ébahi.

Derrière la surprise de l'officier, pourtant, pointait l'outrage d'avoir été insulté.

— J'ai entendu les propos que vous avez échangés avec ma mère sur Grave. Vous avez l'intention de modeler tous mes actes à votre guise.

La mâchoire inférieure agitée d'un tic, Coe s'efforça de contrôler sa voix.

— Vous ne savez pas de quoi vous parlez, Charlotte. Nous sommes au milieu d'une situation bien plus vaste, bien plus cruciale que l'amitié qui vous lie à Grave. Il en va de notre victoire. Son existence pourrait tout changer.

— Pour la guerre ? aboya Charlotte. Pour la Résistance ? Quand je vous entends, vous et ma mère, je ne sais même pas ce que tout ça signifie. Vous souhaitez utiliser Grave pour créer des soldats parfaits, sans la moindre idée de ce que ça implique réellement. Vous ne pourrez pas recréer l'invention de Bromley. Et quand bien même, vous ne le devriez pas. Vous nous mettriez tous en péril.

— Comment ça, nous ne savons pas ce que ça implique ? demanda Coe.

Charlotte se mordit la langue.

— Vous savez quelque chose, insista l'officier. Où étiez-vous ? Qu'avez-vous vu ?

Devant le silence de la jeune fille, il ajouta :

— Vous seriez mal avisée de me faire des cachotteries, Charlotte. Croyez-moi quand je vous dis avoir vos intérêts à cœur.

— Je n'ai plus rien à vous dire.

Coe se pencha pour murmurer à l'oreille de Charlotte :

— Vous êtes une jeune fille compétente et talentueuse, la Résistance a besoin de vous. Moi, j'ai besoin de vous. Réfléchissez bien à ce que vous attendez de l'avenir, Charlotte. Tenez-vous vraiment à abandonner tout ce qu'on vous a appris à défendre ?

Elle lui refusa la moindre concession.

Coe se redressa.

— Nous en reparlerons demain.

Lorsqu'il fut parti, Charlotte s'adossa contre le mur, la poitrine écrasée par les poids combinés de la réprobation de Coe et de la colère de Jack.

— Ah, l'amour, quelle merveille, n'est-ce pas ? claironna Linnet depuis les ténèbres.

L'instant d'après, elle apparut, drapée et encapuchonnée pour se protéger de la pluie.

— Tu es là depuis longtemps ? s'enquit Charlotte.

Elle ne savait plus si elle devait se féliciter de pouvoir partager le fardeau de ses altercations avec les frères Winter ou se sentir mortifiée que les disputes en question aient compté une spectatrice.

Linnet haussa les épaules, désinvolte.

— Peu importe. Je suis en mission officielle.

— Quel genre de mission ? demanda Charlotte, les sourcils froncés.

— C'est Lord Ott qui m'envoie, répondit son amie. Il a reçu des nouvelles, sans oublier une jolie frayeur. Savais-tu qu'il a horreur des araignées ?

Son regard s'attarda sur le bras pansé de Charlotte.

— Les araignées… murmura la jeune fille.

Elle fit un pas vers Linnet. Que savait-elle, au juste, de l'Ordre d'Arachné ?

— Quelque chose dans ton expression me dit que tu n'en raffoles pas non plus, dit Linnet.

— En effet, répondit Charlotte. (Avant d'ajouter devant le silence de son amie :) Ne vas-tu pas me conduire à lui ?

— Bien sûr que si.

— Alors qu'est-ce qu'on attend ?

— Que tu aies la présence d'esprit d'attraper un manteau. N'as-tu pas remarqué qu'il pleuvait ?

Chapitre 19

Non seulement Linnet envoya Charlotte chercher un manteau, mais elle lui suggéra aussi de prendre le temps d'échanger sa tenue détrempée contre des vêtements secs. Elle attendit devant l'entrée de service pendant que la jeune fille regagnait la suite.

Meg était seule dans le salon. Dès qu'elle approcha, Charlotte remarqua ses yeux cerclés de rouge, encore luisants de larmes.

Où est Ashley ?

— Oh, Meg…

Charlotte s'assit sur le sofa et prit la main de son amie.

Meg soupira avant d'esquisser un sourire triste.

— Que s'est-il passé ? lui demanda Charlotte.

— J'espère que le jour viendra où je pourrai tout te dire, Lottie. (La jeune femme dégagea ses doigts de ceux de Charlotte.) Je serais tellement reconnaissante de pouvoir me confier. Mais ce n'est pas le moment.

— Où est Grave ? demanda Charlotte.

Elle se sentait un peu coupable de l'avoir abandonné pour fuir les lieux.

— Il dort.

Meg désigna l'une des chambres aux portes closes.

« Il ne dort jamais, se retint de remarquer Charlotte, qui hésitait encore à trop en révéler sur le garçon. Mais il est assez futé pour feindre le sommeil au moment voulu. »

Le sujet suffit à rappeler à Charlotte son propre manque de sommeil.

Son expression n'échappa pas à Meg.

— Tu devrais te reposer, toi aussi. La nuit a été rude.

— En effet, répondit Charlotte, qui redressa pourtant l'échine afin d'en chasser l'épuisement. Mais je ne peux pas me permettre de dormir tout de suite.

— Que veux-tu dire ? demanda Meg, perplexe.

— Je dois voir Lord Ott. Et tu m'accompagnes.

Quelques instants plus tard, une Charlotte enveloppée de vêtements secs rejoignait Linnet. Bien qu'en apparence surprise par la présence de Meg, Linnet ne manifesta ni désaccord ni curiosité, et les trois amies quittèrent l'auberge sans plus tarder. À présent que la tempête s'était éloignée, la pluie avait laissé place à un voile de brume qui dissimulait le soleil matinal. La cité commençait toutefois à s'agiter. Les trois jeunes femmes quittèrent le Domicile et traversèrent le pont pour se rendre dans le quadrant du Marché. Elles croisèrent deux ou trois marchands aux chariots chargés de denrées protégées par des toiles, qui maugréaient contre l'envahissante humidité.

Linnet dépassa le carrefour où Caroline s'était engagée pour rejoindre l'Entrepôt des Sintiens. La plupart des boutiques situées sur l'artère principale étaient encore fermées, mais quelques bâtiments, pourtant, montraient des signes d'activité, tandis qu'une poignée de riverains prenaient leur thé du matin dans leur vestibule ou sur leur porche et contemplaient le ciel lugubre d'un œil hargneux. Une haute silhouette s'élevait dans le brouillard, une arche dont les flancs onduleux se rejoignaient en altitude pour soutenir une fleur de lys.

— C'est de l'or ? demanda Charlotte lorsqu'elle distingua l'éclat doré au sommet de la structure.

— Quoi de mieux pour signaler l'entrée du Salon ? répliqua Linnet dans un ricanement. C'est à l'image du lieu : extravagant. Et ce n'est que le pont.

Le treillis doré parcourait toute la longueur de la large passerelle qui reliait le Marché au Salon. Par temps clair, son éclat n'avait sans doute rien à envier à celui du soleil. Parvenue de l'autre côté, Charlotte put constater que Linnet n'avait pas exagéré en évoquant l'extravagance du quadrant. L'une des différences les plus frappantes entre le quartier le plus chic de la Nouvelle-Orléans et ses homologues résidait dans l'espacement des édifices. Alors que dans les quadrants du Domicile et du Marché, les bâtiments n'étaient séparés que par d'étroits corridors, de vastes sentiers aussi larges que l'artère principale s'intercalaient entre les grandioses habitations du Salon.

D'élégants porches s'étiraient au pied de chaque immeuble, chacun surplombé d'un balcon. *Le Poisson Noir* disposait aussi d'un balcon, bien sûr, mais là s'arrêtait la similitude. Les poissons de fer forgé qui décoraient la rambarde de l'auberge ne pouvaient rivaliser avec les sculptures d'or, d'argent et de cuivre qui encadraient les balcons du Salon, dont les rambardes n'avaient rien de statique. Pour la première fois depuis son arrivée à la Nouvelle-Orléans, Charlotte y voyait une ressemblance avec la Cité Flottante. Des nuées d'oiseaux d'argent agitaient leurs ailes de cuivre d'un bout à l'autre d'un balcon ; sur son voisin, des automates grimés comme des mousquetaires se battaient en duel. Une autre balustrade ondulait comme le ressac. Le foisonnement de sculptures mobiles noyait le Salon dans une vraie cacophonie visuelle, comme si les différents ornements se disputaient l'attention des passants.

— Alors, qu'en penses-tu ? demanda Linnet à son amie.

Charlotte regardait un chien poursuivre un chat lancé aux trousses d'une souris au coin d'un énième balcon.

— Ce n'est pas aussi agréable que je l'aurais imaginé.

— Et ce n'est pas un hasard, lui fit observer Linnet. Le spectacle permanent détourne l'attention des passants des événements vraiment importants.

Le trio erra entre les grandes résidences agrémentées de jardins (certains organiques, d'autres mécaniques) et de fontaines. Le Salon abritait une activité plus riche que les autres districts – et pas seulement en termes de décor. Des serviteurs s'affairaient au milieu des plantes, balayaient les porches, allaient et venaient en hâte pour accomplir les premières tâches de la journée, à effectuer avant que les maîtres et maîtresses de maison ne quittent leurs lits drapés de velours.

Linnet conduisit ses camarades vers un bâtiment bleu pâle. Des fleurs de métal martelé s'épanouissaient le long du porche tandis que des roses s'ouvraient et se refermaient sur la rampe du balcon.

— *La Belle Fleur*, annonça Linnet.

— Lord Ott daignerait-il nous autoriser l'accès à cet élégant hôtel ? murmura Charlotte.

Bien que la remarque n'attendît pas de réponse, Linnet expliqua :

— Il ne voulait pas sortir sous la pluie.

— Jamais je n'aurais cru Lord Ott de nature aussi délicate, déclara Meg. Me serais-je trompée ?

— Non, je l'ai vu patauger dans les marais, de la boue jusqu'au torse, sans cesser de rire tout du long. Mais ce matin, il est d'une humeur de chien.

Pour la première fois, Charlotte se sentit nerveuse à l'idée de rencontrer l'aristocrate. S'il s'était toujours montré jovial et attentionné avec elle, sa personnalité n'en devait pas moins renfermer des facettes plus intimidantes, eu égard à sa profession. Charlotte n'était pas certaine de vouloir les découvrir.

Le calme qui régnait dans le hall de l'hôtel offrait un contraste bienvenu avec le vacarme métallique entendu à l'extérieur. Dressée au milieu des sièges, une harpe jouait toute seule.

Vêtu d'un gilet de soie pêche et d'un pantalon assorti, un homme au masque de chat vint à la rencontre de Linnet au centre de la pièce.

— Il vous attend. Il prend son petit-déjeuner dans le salon.

Linnet hocha brièvement la tête et poursuivit son chemin. Elles franchirent des portes vitrées pour pénétrer dans le salon, que Linnet verrouilla derrière elle avant de tirer de lourds rideaux violets pour les protéger des regards indiscrets.

Lord Ott siégeait devant une petite table sertie d'ivoire dont la surface était presque entièrement occupée par son repas. Les couvercles d'argent de ses plats gisaient abandonnés sur le sol. De la vapeur s'échappait d'œufs de cane pochés, de tomates bouillies aux herbes, de saucisses grasses et de tranches de bacon épaisses. L'estomac de Charlotte grommela tellement fort qu'elle porta les mains à son abdomen.

— Je ne partagerai pas, dit Ott sans lever le nez de son assiette avant d'enfourner une tomate dans sa bouche. Ôtez vos masques, qu'on puisse discuter en toute honnêteté.

Les jeunes femmes s'exécutèrent et Linnet disposa des chaises autour de la table. Ott grogna lorsque ses invitées prirent place.

— Je suis contrarié, mademoiselle Marshall. (L'aristocrate souleva une tasse de porcelaine remplie de café et posa son regard sur Charlotte.) Savez-vous combien je déteste être contrarié ?

— Ne perdez pas votre temps à la réprimander, le coupa Linnet. Quelles qu'en soient les conséquences pour vous, sachez que Charlotte n'en est pas responsable.

Mieux valait se montrer coopérative, décida Charlotte, plutôt qu'attendre que Lord Ott ne lui soutire des informations.

— Linnet m'a parlé des araignées, dit-elle. J'en déduis que vous connaissez l'Ordre d'Arachné ?

Ott balaya les miettes qui parsemaient sa barbe.

— L'Ordre ? Certes. Mais entre le connaître et devoir l'affronter, il y a un pas que je ne souhaite pas franchir, Charlotte. Savez-vous à quelle fréquence ses assassins sont envoyés en mission ?

Combien de questions l'homme d'affaires avait-il l'intention de lui poser, sachant qu'elle n'y comprenait rien du tout ?

— Jamais ! (Ott échangea son café pour une tranche de bacon.) Presque jamais. Que m'avez-vous caché ? Les Sœurs ne lâchent pas leurs veuves noires sans y avoir été poussées.

Meg, qui jusque-là s'était tenue coite, intervint :

— Tu devrais lui parler de Grave, Charlotte.

Ott roula les yeux.

— Votre mère m'avait prévenu que vous trempiez dans toute cette affaire, jeune femme. Elle me tient pour responsable de votre sécurité. Si elle savait que vous courez à travers le bayou en agitant des sabres, peut-être se montrerait-elle un peu plus raisonnable quant aux limites de mon travail.

— Je sais me défendre, répondit Meg d'un ton froid.

— Vous connaissez madame Jedda ? lâcha Charlotte.

— N'avez-vous pas encore compris que je connais tout le monde ?

Ott empala une saucisse.

— Vous ne connaissez pas vraiment Grave, rétorqua Meg. C'est le plus important.

— Grave, grommela Ott sans cesser de mâcher. Le drôle d'oiseau. Le petit malade.

— Pas malade, non. (Meg se pencha et posa sur leur hôte un regard glacial.) Mort.

Lors Ott en lâcha sa fourchette.

— Meg ! aboya Charlotte. Ce n'est pas… Tu sais bien qu'il…

— Je ne faisais qu'attirer l'attention de Lord Ott, répondit la guérisseuse. Afin qu'il cesse ses caprices et ouvre grand ses oreilles.

— Je suis tout ouïe.

Ott repoussa sa chaise.

— Charlotte ? (Linnet contemplait son amie d'un air aussi curieux que perplexe.) Qu'as-tu à nous dire ?

Les mains sur les genoux, Charlotte prit une profonde inspiration et vida son sac.

Lorsqu'elle eut fini, Charlotte se sentait tellement fatiguée qu'elle aurait pu dormir sur sa chaise. Le récit des événements, de sa première rencontre avec le garçon perdu dans les bois à son affrontement avec les assassins de l'Ordre, avait fait remonter toutes les émotions qu'elle avait éprouvées au cours des semaines précédentes.

Lord Ott se leva pour aller chercher une carafe de cristal dans un cabinet d'ébène. De retour à table, il versa une généreuse dose d'alcool dans son café.

— Eh bien… dit-il, sirotant sa boisson avant de la reposer. Si je m'attendais à ça !

Charlotte jeta un regard en coin à Linnet. L'expression de son amie demeurait indéchiffrable.

— Je doute que qui que ce soit puisse s'attendre à l'existence de Grave, remarqua Meg.

— Il n'en est pas moins l'article le plus précieux de tout le continent, avança l'aristocrate. Pour ne pas dire du monde.

— Il n'est pas à vendre, objecta Charlotte, trop épuisée pour s'offusquer.

Ott s'esclaffa.

— Ma chère amie, absolument tout est à vendre ! C'est le monde dans lequel nous vivons. Dans lequel je vis.

Charlotte esquissa une moue boudeuse mais se garda de répondre.

— Il faut le faire sortir de la ville, décréta Meg. L'emmener au loin. Je trouverai un endroit où le mettre à l'abri en attendant d'en savoir plus sur lui.

Charlotte posa un regard acéré sur son amie. Elle ne savait toujours pas comment Meg voyait le destin du garçon. Parfois, elle semblait vouloir le protéger, mais il lui arrivait aussi, comme en cet instant précis, de parler de Grave comme d'une menace.

— Hmm… (Ott joignit les mains sur son ample bedaine.) Je crains d'être en désaccord avec vous sur ce point, Meg. Et pas seulement parce que je ne tiens pas à croiser le fer avec votre mère.

La jeune femme plissa les yeux.

— Caroline Marshall a vu juste, poursuivit-il. Si Grave erre dans notre monde, sa place est ici, auprès de la Résistance. Toute tentative de l'emmener ailleurs risque bien d'échouer. Les risques sont trop importants.

— La Résistance ne peut le protéger contre le temple, objecta Meg. Les Sœurs sont capables d'infiltrer n'importe quelle organisation. Elles lui mettront la main dessus.

— J'ai beau ne pas porter l'Ordre d'Arachné dans mon cœur, rétorqua Lord Ott, je ne le crains pas non plus. Personne, pas même les veuves noires, ne saurait infiltrer la Résistance sans que je le sache. La Résistance n'est peut-être pas capable de protéger Grave… Mais moi, si.

— Quel orgueil insensé !

Meg se leva, furieuse.

— Votre déguisement de guerrière ne vous donne pas la capacité magique d'emmener le garçon dans un sanctuaire imaginaire, fit observer Ott.

Il changerait d'avis s'il avait vu Meg à l'œuvre dans le bayou… pensa Charlotte.

La guérisseuse éclata d'un rire cruel.

— Vous n'en avez aucune idée, vieux fou ! Laissez-nous partir.

— Personne ne partira nulle part, tonna l'aristocrate d'une voix impérieuse. Aucun d'entre vous n'est autorisé à quitter la Nouvelle-Orléans. Ordre des officiers de la Résistance. En apprenant la nouvelle, je n'ai pas compris pourquoi, mais je puis à présent vous assurer sans aucune réserve que je n'hésiterai pas à les aider à appliquer leur décret.

— Voilà au moins qui a le mérite d'être clair, Lord Ott, cracha Meg avant d'enfiler son masque. Inutile de nous raccompagner.

Ott n'objecta pas. Charlotte se leva à son tour.

— Ma chère Charlotte, ne cédez pas à l'impétuosité. Rappelez-vous le danger que vous avez déjà affronté. Nous ne savons toujours pas qui vous a attaquée, mais tout ceci a un rapport avec Grave, je n'en doute pas.

La jeune fille se contenta d'acquiescer avant de remettre son masque et de se lancer à la poursuite de Meg, qu'elle retrouva sur le sentier face à l'hôtel.

— Voilà qui contrarie mes plans, déclara Meg. J'espérais que Lord Ott nous obtienne le passage à l'extérieur de la cité. Il va me falloir du temps pour trouver une autre issue… Un temps que je ne suis pas certaine d'avoir.

Charlotte tombait de fatigue, et les paroles de son amie ne faisaient rien pour arranger son état.

Meg passa un bras autour de ses épaules.

— Peu importe. Nous trouverons une solution.

Elles avaient parcouru la moitié du pont lorsque Linnet les rattrapa.

— Un nouvel avertissement de la part de Lord Ott ? grommela la guérisseuse.

— Je n'agis pas au nom d'Ott, répondit Linnet. Je veux vous aider. Il se trompe sur Grave.

Derrière son masque, Charlotte fronça les sourcils.

— Que veux-tu dire ?

— Je peux vous faire sortir de la cité. Aussi tôt qu'il le faudra, à condition de me laisser une journée pour arranger le coup.

— Tu as accès au réseau de ton patron. (Meg ne cachait pas son scepticisme.) Et ton amitié avec Charlotte fait de toi le moyen le plus sûr de suivre nos mouvements.

— Si tu me connaissais aussi bien que Charlotte, tu ne ferais pas ce genre de sous-entendu, rétorqua Linnet.

Meg se tourna vers l'intéressée.

— Linnet a raison, dit la jeune fille. Je lui fais confiance. Si elle affirme pouvoir nous aider, elle le fera.

— Quid de la Résistance ? insista Meg. Tu n'as aucun scrupule à travailler contre eux ?

— Je travaille pour Ott, pas pour la Résistance, répondit Linnet. La plupart de leurs objectifs sont louables. Pour le reste… je ne les suis pas aveuglément. Ott aussi peut se tromper. Je choisis mes missions, et je dispose de mon propre réseau.

— Très bien, trancha Meg. Comment comptes-tu nous faire sortir de la ville ?

Linnet avait beau porter un masque, son sourire n'échappa pas à Charlotte.

Chapitre 20

Après avoir essuyé de copieux avertissements de la part de Lord Ott, Linnet et Coe, Charlotte abordait sa première incursion dans le Quai avec une curiosité mêlée de crainte. Elle savait se battre – elle l'avait prouvé au cœur de la Forêt d'Acier, lorsqu'elle était tombée dans une embuscade avec Coe. Elle n'avait eu besoin de personne pour mettre son agresseur hors d'état de nuire. La confiance qu'elle retirait de cette victoire avait cependant pris un coup après l'incident du Jardin des Miroirs et son empoisonnement à bord du *Calypso*. Sans l'intervention de Linnet dans le Jardin – et celle de la jeune femme et de son frère sur le navire –, elle n'aurait pas donné cher de sa peau.

Drapées dans leurs manteaux et privées de lanternes, les deux amies abandonnèrent le centre-ville et la lueur plaisante de ses réverbères de cristal à facettes. Les ténèbres les engloutirent plus vite que Charlotte ne l'aurait cru. Alors qu'elles entamaient leur descente, l'air s'épaissit au point de lui coller à la peau et de lui tapisser les poumons. Des odeurs fétides de végétation détrempée et d'eau saumâtre les accueillirent sur les passerelles grinçantes du Quai. De petits bateaux de pêche et des barques à fond plat dérivaient le long des pontons disposés de chaque côté de la plateforme. Voûtés sur leurs tabourets, des pêcheurs raccommodaient leurs filets et aiguisaient leurs hameçons. Rares furent ceux qui prêtèrent attention à Charlotte et Linnet à leur passage.

Des cabanes branlantes qui empestaient les entrailles de poisson s'élevaient face aux docks avant de s'effacer plus loin, remplacées par des boutiques (toutes closes à cette heure tardive), pour la plupart des poissonneries, au milieu desquelles s'étaient glissés çà et là quelques vendeurs de « curiosités ». Les échoppes offraient un léger répit au cœur de l'obscurité, même si la clarté des lampadaires, d'un jaune verdâtre plutôt sinistre, semblait indiquer que les abat-jour avaient été taillés dans la peau translucide de quelque reptile malchanceux.

Un peu plus loin, Charlotte distingua une lumière différente – orange vif, elle bondissait avec l'énergie d'un feu bien entretenu. L'immeuble dont elle émanait attirait indéniablement le regard. Le bâtiment émergeait de la brume et disposait, contrairement à ses voisins, d'un étage. Parvenue à hauteur des flammes, Charlotte aperçut une pancarte encadrée de candélabres qui déclinait le nom, ou plutôt l'identité, du lieu. Un seul mot avait été gravé dans le panneau de bois suspendu au-dessus de la porte ceinte de fer : « Taverne ».

— Suis-moi, intima Linnet à mi-voix. Et ne parle à personne. Pas même… *surtout* si on t'interpelle.

L'estomac noué, Charlotte fit signe qu'elle avait compris.

Linnet ouvrit la porte. Son amie fut surprise par un flot inattendu de lumière et de son. La taverne était décorée de meubles en chêne poli, en bien meilleur état que ne l'aurait laissé penser la façade. Un feu dansait joyeusement dans l'immense âtre ; les flammes crépitaient d'étincelles sous un porc rôti à la broche et dégoulinant de graisse.

La clameur joviale dont les clients tapageurs rassemblés autour des tables emplissaient les lieux contrastait fort avec la quiétude de l'extérieur. Sur la gauche, un escalier donnait accès à une galerie qui faisait le tour de la salle. À l'étage, des portes closes menèrent Charlotte à la conclusion que l'établissement proposait le gîte en plus du couvert.

Des tonneaux étaient empilés derrière le comptoir dressé au fond de la salle. Une femme, dont le gabarit n'avait rien à envier à celui des fûts sur lesquels elle régnait, allait et venait au gré des commandes de bière. Un garçon chétif courait entre les tables pour collecter les chopes vides par brassées, qu'il portait de l'autre côté d'une porte battante à moitié masquée par les colonnes de barriques.

Charlotte observait le plus discrètement possible l'agitation de la clientèle. Des hommes pour la plupart, aux visages plus marqués que ceux des habitants de la cité au-dessus. Leurs vêtements reflétaient leur profession plutôt que la mode – chemises pour certaines élimées, pantalons souvent raccommodés. Si chacun de leurs masques faisait son office, la plupart ne présentaient que peu d'ornement. Leurs paroles étaient entrecoupées de jurons comme Charlotte n'en avait encore jamais entendu. Ses oreilles s'enflammèrent lorsque certaines saillies grivoises s'adressèrent aux deux nouvelles arrivantes.

Linnet abaissa sa capuche. Les ailes d'ébène de son masque en forme de corbeau enveloppaient ses joues jusqu'à la base de son cou. Charlotte était parée d'un rossignol simple mais charmant, dont les douces plumes brunes partaient de chaque côté de son nez pour ondoyer sous sa mâchoire. Elle sentait les regards suivre leur progression vers l'arrière de la taverne, sans que ne s'estompe pour autant l'atmosphère paillarde qui régnait dans la pièce.

La serveuse ignora Linnet et Charlotte lorsqu'elles franchirent la porte battante. Leur chemin les mena à travers une cuisine à l'étroit dans un local trop petit. Un cuisinier bigle et couvert de sueur armé d'une énorme louche en bois houspillait le garçon rachitique occupé à jeter les chopes vides dans une cuve fumante. Ni l'un ni l'autre ne prêtèrent attention aux deux jeunes femmes. Débarrassé de son fardeau, le garçon sortit en trombe de la cuisine en prenant soin d'éviter la louche menaçante du cuisinier.

Linnet poursuivit son chemin jusqu'à un escalier de pierre qui menait à un cellier. Après la chaleur de la pièce commune, Charlotte apprécia la fraîcheur du sous-sol, agrémentée d'un parfum de terre et de légumes. Parvenue à hauteur d'un placard rempli de bouteilles de rhum, Linnet s'accroupit derrière le meuble, Charlotte sur les talons. Le buffet dissimulait un court passage aménagé dans la pierre : un sentier de planches de bois qui s'étirait jusqu'à une porte.

Aux yeux de Charlotte, le battant, bien que dissimulé, n'avait rien que de très banal – fait de bois robuste, il n'aurait pas déparé dans une cave. Mais à y regarder de plus près, elle remarqua un détail étrange. La porte n'avait ni serrure ni poignée. Elle fit un pas en avant et leva les mains pour lui donner une légère poussée.

Avec un cri, Linnet saisit son amie par la taille et l'entraîna en arrière avec une force telle qu'elles tombèrent à la renverse.

— Par Athéna, qu'est-ce qui te prend ?

Charlotte se releva, irritée par l'assaut inexplicable de Linnet.

Toujours assise sur le plancher, la jeune femme lui adressa un regard froid.

— Ne touche à rien à moins que je te le dise.

Charlotte grogna son mécontentement.

— Je ne suis pas…

Elle n'eut pas le temps de finir : Linnet avait tiré de sa botte une dague qu'elle lança contre la porte. La lame s'y enfonça avec un bruit mat, et les planches en apparence robustes qui constituaient le sol juste devant s'abattirent pour révéler une ouverture. La gorge sèche, Charlotte contemplait la trappe, qui resta ouverte une bonne minute. Puis les planches reprirent leur place dans un grincement de rouages.

— L'Alcôve n'accepte aucun intrus.

Une fois debout, Linnet avança vers la porte. Charlotte, elle, s'efforçait de calmer le tremblement de ses mains.

— C'est bien beau, le courage, lança son amie. Mais parfois, il vaut bien mieux se montrer prudent.

Elle tira une large clé en fer de la poche de son manteau et l'introduisit dans une crevasse qui zébrait la pierre à droite de la porte.

Un nouveau bruit de rouages retentit et la porte pivota sur ses gonds. Linnet s'effaça sur le côté.

— On ne traîne pas, dit-elle à Charlotte, qui avait encore du mal à convaincre ses jambes de bouger.

Retenant son souffle, la jeune fille parcourut en hâte la distance qui la séparait de sa camarade. Lorsque Linnet dégagea sa dague de la porte, les planches s'écartèrent une nouvelle fois. Avec un juron, Charlotte se plaqua contre le mur de pierre lisse.

— Inutile de t'en vouloir, chaton, dit Linnet, qui entraînait à présent Charlotte vers un autre escalier. J'aurais dû te prévenir, connaissant ton inclination pour les actes inconsidérés.

Charlotte ne put retenir un rire nerveux qui libéra en partie la tension qui l'étreignait.

— Si vous voulez bien me suivre, mademoiselle ?

Linnet lui offrit le bras, que Charlotte accepta, soulagée, avant de s'engager dans l'escalier.

Les murs de pierre fraîche se firent glissants et humides. De la mousse s'insinuait à travers les fentes des moulures, qui laissaient passer quelques fuites çà et là.

Parvenue devant une nouvelle porte, Linnet serra la main de Charlotte avant de dégager son bras.

— Ne t'inquiète pas. Celle-ci n'est pas piégée. Bienvenue dans l'Alcôve, dit-elle avant d'ouvrir la porte.

D'après ce que pouvait constater Charlotte, seule une série de chandelles éclairait la taverne souterraine. De petites flammes nées de blocs de suif dansaient au gré des courants d'air qui traversaient la pièce. L'air, raréfié, sentait non seulement le tabac et le rhum mais aussi la saumure.

Assis sur un tonneau juste derrière la porte, le portier à la carrure massive eut vite fait de toiser Charlotte et Linnet. Son long nez recourbé était orné d'anneaux dorés. Il ouvrit une large bouche parée d'une poignée de dents.

— Masques, fit-il en désignant le mur derrière lui d'un signe de tête.

La paroi était couverte de crochets, la plupart dissimulés par des guirlandes de masques.

Charlotte commençait déjà à rechigner lorsque son amie dénoua le ruban à l'arrière de sa tête sans la moindre hésitation. Un brin décontenancée, la jeune fille l'imita et plaça son rossignol sur le crochet voisin du corbeau de son amie.

De son point d'observation, Charlotte distinguait à peine la pièce. Tout juste apercevait-elle de sombres silhouettes à la faveur de la lumière vacillante. Linnet lui posa une main sur l'épaule.

— Laisse à tes yeux le temps d'accommoder. Nous aurons tout le loisir de nous aventurer dans ce taudis.

— Pourquoi n'éclairent-ils pas correctement les lieux ? murmura Charlotte entre ses dents.

— Parce que la clientèle présente ne tient pas à être vue. Les masques sont interdits. Étant donné le type d'affaire qu'on y conclut, mieux vaut s'assurer qu'on rencontre la bonne personne. Ce qui ne veut pas dire que ces gredins ne préfèrent pas dissimuler leurs traits dans le noir, autant que faire se peut.

À mesure que Charlotte s'habituait à la pénombre, les contours de la pièce se faisaient plus distincts. De forme semi-sphérique, la salle avait tout d'une caverne naturelle, à commencer par son plafond de roche. Les formes jusque-là floues se dotèrent peu à peu de courbes et d'angles. Les silhouettes drapées et encapuchonnées assises aux rares tables de bois étaient plongées tête baissée dans des conversations chuchotées, interrompues de temps à autre par des rires rauques. La sueur qui perlait sur la nuque de la jeune fille se glaça lorsqu'elle sentit des regards se poser sur elle, malgré le désintérêt apparent de leurs propriétaires. Des prunelles mi-closes glissaient sur le duo, évaluant d'un simple coup d'œil si leur venue constituait ou non une menace. Désireuse de faire comprendre à l'assistance qu'il ne fallait pas la sous-estimer, Charlotte glissa une main sur le fourreau attaché à sa cuisse.

Linnet planta aussitôt les ongles dans le bras de la jeune fille, qui retint son souffle.

— Si tu t'avises d'effleurer une arme, la pièce tout entière aura dégainé en un clin d'œil, grommela la jeune femme à l'oreille de son amie.

Prenant garde à ne pas faire de mouvement brusque, Charlotte ramena sa main à hauteur de sa taille. Un subtil changement s'opéra dans la pièce, dont l'atmosphère s'allégea quelque peu. À n'en pas douter, Linnet avait dit vrai.

— Pardon, murmura Charlotte.

— Loin de moi l'intention de t'ôter le plaisir d'affronter une salle pleine de contrebandiers et d'assassins, rit discrètement Linnet. Mais j'aime autant que tu le fasses quand nous n'aurons plus besoin de leur aide. Allez, viens. Et tâche de ne pas les regarder dans les yeux.

Charlotte suivit Linnet les prunelles rivées à son dos. Elle admira l'assurance avec laquelle son amie circulait dans la pénombre, sans trahir le fait qu'elle cherchait un individu en particulier.

Encore un talent qu'il va lui falloir m'enseigner.

Linnet changea de direction et mit le cap sur une table tapie contre la paroi de pierre humide. Sans hésiter, elle se glissa sur la chaise qui faisait face à l'unique occupant de la table, laissant à son amie le siège le plus proche de l'étranger.

Charlotte adressa un regard plein de reproche à Linnet avant de s'installer. La jeune femme fixait l'étranger, son expression indéchiffrable.

À en juger par sa taille, l'inconnu devait être un homme. Le timbre de sa voix confirma les soupçons de Charlotte l'instant d'après.

— Tu fais bien de mettre un corps étranger entre nous, ma chérie, dit-il à Linnet.

Un chapeau à large bord posé de guingois sur sa tête plongeait dans l'ombre la majeure partie de son visage. De ses traits, Charlotte ne distinguait qu'une mâchoire anguleuse et une cicatrice en forme de croissant de lune posée au coin gauche de sa bouche.

— Je te dois un coup de couteau dans le ventre pour la cargaison que tu m'as subtilisée au printemps dernier.

— Ravie de te voir, moi aussi.

Linnet posa les mains sur la table, sans doute pour lui montrer qu'elle ne venait pas armée. Charlotte en fit de même, tout de même malheureuse de ne pouvoir garder un pistolet sur ses genoux.

L'étranger esquissa un sourire qui transforma sa balafre en fossette, adoucissant les lignes acérées de son visage. Du menton, il désigna Charlotte.

— Tu me présentes ton amie ? Pour autant que je m'en souvienne, tu n'es pas du genre à prendre compagne.

— Voici Charlotte, répondit Linnet sans relever la remarque. Charlotte, je te présente Jean-Baptiste Lachance. Même si tu auras plus de chance d'entendre parler des exploits du Capitaine Sang d'Acier.

— Enchantée de faire votre connaissance, dit Charlotte d'une voix grave et régulière.

En réalité, elle ne savait trop que penser d'un pareil sobriquet. Surtout quand son porteur disait vouloir poignarder Linnet.

Lachance leva la main et brandit trois doigts à l'intention de l'aubergiste. Bientôt, trois larges chopes rejoignaient leur table.

— Ton message était assez intrigant pour que je fasse le déplacement, déclara Lachance, qui leva son verre en guise de toast avant de le porter à ses lèvres. Tu veux bien m'en dire plus ?

Linnet entoura sa chope de ses mains mais ne but pas. Charlotte étudiait son récipient d'un œil méfiant. Sans vouloir se montrer impolie – voire, pire, de faible constitution –, force était de constater qu'elle ignorait tout du contenu de son verre. Elle savait en revanche qu'il était fort : elle avait beau maintenir ses narines à distance de la boisson, elle en inhalait les vapeurs à chacune de ses inspirations. Comme Linnet n'avait toujours pas touché à sa chope, Charlotte décida qu'elle n'aurait pas besoin de boire tant que son amie s'en abstiendrait.

Linnet toisait Lachance d'un regard dur.

— Il s'agit d'une mission de transport, pure et simple. Je ne pensais pas qu'il s'agirait pour toi d'un défi, mais peut-être me suis-je trompée.

— Le transport n'a rien de simple, objecta Lachance. Du moins pas quand on est assez intrépide pour embarquer à bord de mon navire. Quiconque aspirerait à un pareil voyage ne pourrait que m'attirer des ennuis.

— Quatre passagers, poursuivit Linnet, ignorant une nouvelle fois la pique du capitaine. Charlotte, deux amis et moi-même. Tout ce que je te demande, c'est de nous mener en sécurité vers les caps sud des Caroline. Aucun ennui à l'horizon.

Lachance se renfonça dans son siège et haussa juste assez son chapeau pour permettre à Charlotte d'apercevoir l'éclat de ses prunelles à la lueur des chandelles. Il n'avait d'yeux que pour Linnet.

— Parce que tu ne m'attires jamais d'ennuis…

— Je peux très bien me trouver un autre navire, déclara la jeune femme avant de lever sa chope pour boire une longue gorgée.

Charlotte baissa les yeux sur sa boisson, peu encline à imiter sa camarade.

Cette fois, le sourire de Lachance laissa voir ses dents.

— Oh, que non. C'est le mien que tu veux.

Linnet lui rendit son sourire sans rien dévoiler de ses intentions.

Ils continuèrent à s'observer en silence. Charlotte s'efforçait de rester coite malgré la tension devenue palpable.

Lachance finit par briser le silence.

— Que m'offres-tu en échange de votre passage ?

— Que veux-tu ? demanda la jeune femme, avant de se mordre brutalement la lèvre.

Elle eut vite fait de recouvrer sa contenance, mais son écart n'avait pas échappé au capitaine.

Avec un rire feutré, il se pencha en avant pour planter un coude sur la table. De l'autre main, il saisit le bras de Linnet, écarta la main de la jeune femme de sa chope et lui retourna doucement le poignet pour effleurer les veines qui apparaissaient sous sa peau translucide. Fascinée, Charlotte observait avec une inquiétude croissante l'absence de réaction de son amie.

— Tu sais bien que ce n'est pas une question à poser, ma sirène, murmura le pirate.

L'une de ses paroles déclencha l'ire de Linnet, qui repoussa sa main d'un geste brusque.

— Non. N'y songe même pas.

Il se redressa et ôta son chapeau.

— Comme il te plaira.

Linnet se raidit, les traits de plus en plus déformés par la colère.

Charlotte serra sa chope tellement fort que ses mains glissèrent et qu'une partie de sa boisson se renversa sur la table. Ni Linnet ni Lachance ne remarquèrent l'accident, obnubilés l'un par l'autre.

Malgré la brièveté de leur échange, Charlotte avait soudain récolté quelques réponses à l'avalanche de questions qui lui envahissait l'esprit. L'attitude de Linnet avait changé en présence de Lachance. La métamorphose s'était accélérée lorsque le pirate avait ôté son couvre-chef, laissant les chandelles illuminer ses traits.

Charlotte avait toujours trouvé Jack et Coe Winter beaux garçons. Jean-Baptiste Lachance, lui, se situait à un tout autre niveau. Dès l'instant où elles avaient rejoint la table, il avait dégagé puissance et assurance, mais à présent qu'elle le voyait enfin, Charlotte ne pouvait que trouver son visage divin.

Il semblait bien plus jeune qu'elle ne l'aurait cru à sa voix – tout au plus de cinq ans leur aîné, à Linnet et elle. Ses cheveux étaient attachés selon la mode de l'époque, mais sa tignasse aurait tout aussi bien pu être tissée d'or. Si elle avait déjà remarqué sa puissante mâchoire, le reste de ses traits n'en étaient pas moins frappants : des pommettes hautes, un nez ciselé. La peau tannée par le soleil. De ses yeux sombres, les caprices des chandelles révélaient par moments des iris bleus comme une mer démontée.

Linnet retenait son souffle, les lèvres entrouvertes. Lachance pencha la tête pour l'observer.

— Tu ne dis rien, Linnet ? dit-il devant son silence. Voilà qui ne te ressemble guère.

— Donne-moi tes conditions, rétorqua la jeune femme d'une voix glaciale.

Avec un sourire en coin, le pirate croisa les bras et reprit sa pose nonchalante.

— Achat garanti au prix du marché, plus cinq pour cent de la part d'Ott, pour toutes mes denrées de l'hiver à venir.

— Tu sais bien qu'il n'acceptera jamais.

Les mains de Linnet disparurent soudain sous la table. Cherchait-elle sa dague ?

Lachance haussa les épaules.

— Ce n'est pas Ott que j'ai en face de moi. C'est toi.

— Je ferai mon possible pour le convaincre. (Linnet déposa quelques pièces sur la table, accompagnées d'un morceau de papier.) Pour ta prochaine tournée. Nous allons nous retirer, maintenant.

Lachance vida sa chope d'un trait.

— Je n'ai pas fini.

Charlotte se figea, prête à voir Linnet frapper l'arrogant pirate. En guise de coup fatal, elle lui décocha une question.

— Que pourrait-il encore y avoir d'autre ? demanda-t-elle dans un murmure chargé de poison.

Lachance ne se départit pas de son sourire.

— Tu as encore une dette envers moi. À moins que tu ne l'aies oubliée ?

Parfaitement immobile, Linnet dévisageait Lachance en silence.

— Espèce de scélérat ! chuchota-t-elle enfin.

— Ce n'est pas pour rien qu'on m'appelle pirate.

— Nous devons prendre congé.

Linnet fit glisser papier et monnaie de l'autre côté de la table.

Lachance fourra le mot dans sa poche sans même prendre le soin de le lire.

— Veux-tu te joindre à moi pour une autre tournée ? Tu as payé là bien plus qu'une boisson. Et je n'ai pas encore eu l'occasion de discuter avec ton amie.

Pour la première fois depuis le début de la conversation, Lachance se tourna vers Charlotte, qui eut le plus grand mal à soutenir son regard.

Linnet se leva sans un mot et, d'un coup d'œil, indiqua à Charlotte d'en faire autant.

— N'oublie pas que tu dois accepter mes conditions, lança Lachance.

Linnet s'arrêta net mais se garda de se retourner.

— Je te hais.

Elle avait parlé si bas que Charlotte doutait que ses paroles aient atteint les oreilles du capitaine. Et pourtant, si.

— Je sais, ma sirène, murmura-t-il. Mais tu dois quand même t'exécuter.

— Marché conclu, dit Linnet avec un regard pardessus son épaule.

Il sembla à Charlotte que son amie venait de signer un pacte avec le diable en personne.

Chapitre 21

Linnet n'avait pas pipé mot depuis qu'elles avaient quitté Jean-Baptiste Lachance. Sur le chemin du retour, Charlotte lançait des regards en coin à son amie dans l'espoir qu'elle dise enfin quelque chose. N'importe quoi.

Charlotte finit par s'éclaircir la gorge.

— Quand partons-nous ?

— Une heure avant l'aube, répondit Linnet.

Le silence s'installa une nouvelle fois avant que Charlotte ne perde patience.

— Qui est-il au juste ?

— Tu le sais, dit platement Linnet. Un pirate.

— Non. (Charlotte s'arrêta. Son amie jeta un regard inquiet en arrière.) Qui est-il pour toi ?

— Il ne fait pas bon traîner au Quai, dit la jeune femme sans cesser de marcher.

Charlotte ne bougea pas. Elle attendit, l'oreille bercée par le clapotis de l'eau contre les docks. Linnet avait presque atteint l'escalier lorsqu'elle s'arrêta, fit volte-face et dévisagea son amie. Charlotte soutint son regard.

Linnet rebroussa chemin, les poings serrés.

— Es-tu forcée de te montrer aussi têtue ?

— J'en ai bien peur, répondit la jeune fille, plus nerveuse qu'elle ne le laissait paraître.

Si elle chérissait son amitié avec Linnet et refusait de la mettre en péril, il lui semblait tout de même important de découvrir ce que la jeune femme lui dissimulait.

— Très bien, dit Linnet dans un souffle. Mais parlons en marchant, pas plantées là comme des idiotes.

Elles se remirent en route. Charlotte attendait en silence que Linnet prenne la parole, ce que la jeune femme fit lorsqu'elles commencèrent à gravir l'escalier.

— Tu l'as vu, dit-elle. Dis-moi ce que tu penses de lui.

— Il est… (Charlotte coula un regard embarrassé à son amie.) C'est difficile à dire… Il a un effet… plutôt magnétique…

— Très juste, grommela Linnet. Sang d'Acier n'est pas son seul surnom.

Charlotte n'était pas certaine de vouloir entendre les différents sobriquets du pirate.

— Les autres sont pires ?

— Tout dépend à qui tu t'adresses, répondit Linnet. On l'appelle le Don Juan des mers.

Étant donné le physique avantageux de Lachance, la formule n'avait rien de surprenant, ni même de perturbant.

— Il a des admiratrices en pagaille, j'imagine.

Linnet s'esclaffa.

— Des admiratrices, oui. Des compagnes, non. Du moins plus maintenant.

— Je ne comprends pas, dit Charlotte.

Elles avaient atteint le district du Marché et prenaient à présent la direction du Domicile.

— Il y a un peu moins d'un an, Lachance a fait une sorte de déclaration publique. Il disait adieu à ses excès dionysiaques.

— Pourquoi donc ?

Linnet s'arrêta au pied du pont qui reliait les deux quadrants.

— Selon lui, il avait rencontré la femme qu'il voulait épouser, expliqua-t-elle. Et tant qu'il n'aurait pas obtenu sa main, il renoncerait à ses maîtresses pour lui prouver sa fidélité. Ce qui, de son avis, constitue un sacrifice exceptionnel. Son réseau n'a rien à envier à celui d'Ott, et il a fait en sorte que ses intentions et son agonie soient colportées de l'embouchure du Mississippi à la province d'Amherst.

— Pourquoi un tel cirque ? s'étonna Charlotte. Ne pouvait-il simplement déclarer sa flamme à la dame en question ?

Linnet esquissa un sourire meurtrier.

— Elle a la réputation de se montrer difficile et de mépriser les promesses des hommes. Il s'est dit qu'un geste aussi extravagant adoucirait son cœur.

— Et ça a marché ?

Charlotte ne cachait plus sa fascination.

— Non. (Linnet entama la traversée du pont.) Elle a juré de ne jamais se marier, car le mariage n'est qu'un carcan pour les femmes.

— Tu la connais, donc ?

— Oui, chaton, je la connais très bien. C'est moi.

— Linnet ! ne put s'empêcher de s'exclamer Charlotte avant de saisir le bras de son amie.

Linnet dégagea son poignet.

— Lachance prétend vouloir m'épouser et ne cesse de le répéter à qui veut l'entendre. Par l'égide d'Athéna, il est exaspérant !

Elle pressa l'allure.

— Mais… (Charlotte dut presque courir pour rattraper sa camarade.) Linnet. Qu'Athéna nous épargne… Le marché ! Qu'as-tu donc accepté ?

La jeune femme accéléra de plus belle.

— Attends, Linnet !

Cette fois, Charlotte se mit à courir afin de lui barrer la route.

Lorsqu'elles furent face à face, elle foudroya la jeune femme du regard.

— Tu n'as pas accepté de l'épouser, j'espère ! Linnet, tu ne peux pas faire ça, pas pour nous aider, Grave et moi. C'est beaucoup trop !

Linnet soutint son regard, avant de s'esclaffer.

Charlotte croisa les bras, perplexe.

— Tu es de bien bonne humeur, pour quelqu'un qui considère le mariage comme un carcan…

— Je ne vais pas l'épouser, Charlotte, parvint à articuler Linnet entre deux éclats de rire. Bien sûr que non !

— Alors qu'est-ce qui te met tellement en rogne ? (Charlotte n'allait pas la laisser s'en tirer sans une explication.) Et ne va pas me dire que tu ne lui en veux pas. Ça crève les yeux.

Linnet passa une main sous son masque pour essuyer les larmes qu'elle venait de verser.

— Merci, chaton ! J'en avais bien besoin. Je l'admets, je suis furieuse envers Lachance. Il a le don de me faire sortir de mes gonds.

— Qu'as-tu accepté ? insista Charlotte.

Linnet se rembrunit légèrement.

— Lorsque sa déclaration ridicule m'est parvenue aux oreilles, j'ai pisté Lachance avec l'intention de l'envoyer tout droit chez Hadès.

— Tu ne voulais pas le tuer, quand même ?

Aussi tendue qu'avait été leur rencontre avec le pirate, il semblait partager une sorte d'accord tacite avec Linnet.

— Non…

Linnet prit Charlotte par le bras. Ensemble, elles avancèrent d'un pas bien plus tranquille.

— Je tenais cependant à lui faire savoir que je n'appréciais pas du tout d'être courtisée à coups de rumeurs et de grands gestes théâtraux.

— Qu'a-t-il répondu ? demanda Charlotte, qui ne quittait pas des yeux le visage de son amie.

— Qu'il serait ravi de me courtiser en privé.

Charlotte continuait à fixer Linnet.

— Enfin ! maugréa la jeune femme en lui donnant un coup de coude dans les côtes.

— Aïe ! protesta Charlotte.

— Ça t'apprendra à croire que je lui céderais le moindre bout de terrain, rétorqua Linnet. Lorsque j'ai repoussé ses avances, il m'a fait une nouvelle offre. Cette fois, il promettait de renoncer à ma main en échange d'un baiser.

— Un baiser ? C'est tout ?

L'exigence ne semblait guère extraordinaire.

Linnet se raidit pourtant imperceptiblement.

— Nous voilà presque arrivées à l'auberge. Va dire à Meg et Grave de se préparer, et en vitesse. Le vaisseau de Lachance ne mouille pas dans les canaux. Une sacrée trotte nous attend.

Charlotte ignora le changement de sujet.

— Pourquoi ne pas l'embrasser, tout simplement ?

— Nous en avons fini avec ça, chaton.

— Mais…

— La discussion est close, j'ai dit !

— Un vaisseau pirate, Linnet ? demanda Meg à voix basse.

Charlotte, Meg et Grave avaient rejoint Linnet devant l'entrée de service du *Poisson Noir*.

— Nous allons te faire passer en contrebande, Meg, expliqua la jeune femme. Et il n'y a pas meilleurs que les pirates dans ce domaine. Ils nous emmèneront jusqu'aux Rives Extérieures. De là, nous irons trouver les Espagnols. J'ai des contacts sur les îles côtières à même de nous fournir une cachette. L'Empire accorde peu d'attention aux îles, et Ott ignore que j'y connais du monde.

— Très bien, décréta Meg. Mais d'abord, il nous faut quitter la ville. Les menaces d'Ott n'étaient sans doute pas des paroles en l'air. Il va nous faire suivre.

— Sûr et certain, confirma Linnet. Mais Lachance est d'une discrétion légendaire quand il s'agit de ses points d'amarrage. Nous seuls aurons les moyens de rejoindre le navire.

Meg signifia son assentiment d'un hochement de tête.

— Tout le monde est prêt ? demanda Linnet.

Ses trois compagnons n'ayant aucune autre question à poser, elle prit la tête du groupe.

Leur trajet commençait dans le quartier du Jardin. Le clair de lune projetait sa lueur pâle sur les larges feuilles des vignes suspendues dans l'air parfumé de jasmin. Ils passèrent des fontaines gargouillantes et des haies sculptées. Une cascade qui dévalait des rochers jusque dans un long bassin aux reflets d'argent ornait le mur extérieur, où les guidait précisément Linnet. Lorsqu'ils approchèrent de la paroi de pierre brute, deux silhouettes émergèrent des ténèbres. Linnet alla à leur rencontre et, après un court échange à voix basse, l'un des hommes fit signe au petit groupe de le suivre vers une ouverture ménagée dans la pierre pendant que son acolyte montait la garde.

Charlotte ne lâchait pas Grave d'une semelle. Depuis leur retour du bayou, le garçon s'était montré calme, allant jusqu'à accepter sans sourciller les explications que lui avait fournies Charlotte, ainsi que la suggestion qu'il leur fallait quitter la Nouvelle-Orléans.

Connaît-il la peur ou l'angoisse ? se demandait Charlotte. *Me fait-il totalement confiance ? Suivrait-il aussi aveuglément quelqu'un d'autre, quelqu'un susceptible d'en profiter à des fins néfastes ?*

Les rouages et pompes qui contrôlaient la cascade grincèrent autour d'eux quand ils pénétrèrent à l'intérieur de la structure pour rejoindre un large conduit. Le pirate jeta son masque au sol avant de poursuivre sa route, imité par Linnet. Charlotte était plus que ravie d'abandonner l'accessoire : elle en avait assez de ne pouvoir ni lire les expressions de ses interlocuteurs ni évaluer leurs réactions. Parfois, même, les masques lui grattaient la peau.

Le tuyau était identique à celui qui reliait l'Entrepôt des Sintiens et la Tour de Dédale, quoique bien moins confortable : il fallait ramper à quatre pattes dans le noir pour y tenir, si bien qu'ils n'avaient pas l'impression d'avancer.

Au bout de ce qui lui sembla une heure, Charlotte aperçut une lumière à l'autre bout du tunnel. Le pirate à la tête de leur groupe disparut, bientôt suivi de Linnet. Parvenue à l'extrémité du conduit, Charlotte sentit le cœur lui manquer. Il n'y avait pas de sol devant elle, rien d'autre qu'un entrelacs de tubes et de tuyaux suspendus au beau milieu d'une caverne géante.

— Charlotte ! chuchota Linnet, attirant son regard vers le bas.

La jeune femme et le pirate se tenaient sur une étroite plateforme située sous le tuyau.

— Attrape la corde, dit-elle, le doigt tendu vers un épais fil suspendu à la droite de Charlotte.

La jeune fille obéit et s'élança hors du tunnel. Son poids fit descendre la corde jusqu'à ce que ses pieds effleurent la plateforme. Elle lâcha prise et atterrit avec grâce. Pendant que Grave et Meg suivaient les instructions de Linnet, elle examina les environs.

Une fois de plus, elle se trouvait à l'intérieur du Mur d'Acier. Contrairement à la Tour de Dédale, réaménagée pour répondre aux besoins de la Résistance, cette section de la muraille demeurait fidèle à son usage premier : elle avait conservé ses pompes, filtres, tuyaux, rouages et roues, lesquels garantissaient le bon fonctionnement de la ville. Et, seconde différence avec la Tour, l'espace creux ne se limitait pas à deux étages. Charlotte plongea son regard dans les eaux sombres, loin, très loin en contrebas.

Elle cherchait en vain un moyen sûr de descendre quand Grave surgit à ses côtés.

— Quelque chose ne va pas ?

Ne sachant que répondre, Charlotte continua à chercher une échelle ou autre escalier dissimulé dans les profondeurs métalliques, le cœur battant.

— C'est tout à fait sans danger, j'en suis convaincu, déclara le garçon sans se formaliser de l'absence de réponse.

Charlotte allait lui demander comment il pouvait lire dans ses pensées lorsque Linnet bondit de la plateforme. Charlotte manqua de hurler avant de remarquer un harnais solidement attaché autour des épaules de son amie. Linnet vogua de tuyau en tuyau pour aller se poser au pied du mur avant de disparaître de leur vue. L'instant d'après, le harnais remontait jusqu'à la plateforme, hissé par le pirate. Charlotte sentit son échine se figer lorsque l'homme lui tendit l'objet.

— Un instant, dit une voix derrière elle.

Ravie de céder la priorité à Meg, Charlotte se tourna pour lui tendre le harnais.

Mais la jeune femme s'adressait à Grave.

— Tu peux voir jusqu'en bas ?

Le garçon jeta un regard vers le précipice avant d'acquiescer.

— Y décèles-tu un danger ? demanda Meg. As-tu peur ?

Les sourcils froncés, Grave évalua la distance qui les séparait du sol et examina l'entrelacs métallique avant de répondre par la négative.

Exaspérée, Charlotte secoua le baudrier sous le nez de Meg.

— Je ne sais pas à quoi tu joues, mais nous ne devrions pas faire attendre Linnet.

— Chut, Charlotte.

La réponse pincée de Meg fit taire la jeune fille, non sans la blesser.

La prêtresse s'était déjà retournée vers le garçon au teint pâle.

— Dans ce cas, qu'attends-tu ?

Grave regarda Meg avec curiosité avant d'acquiescer... et de faire volte-face pour sauter dans le vide. Charlotte poussa un cri et s'élança pour le rattraper – comme si c'était possible ! Grave atterrit sur un tuyau dix pieds plus bas sans même plisser un seul muscle. Il bondit de nouveau. En deux sauts, il avait parcouru la moitié du mur.

— Par la toute-puissante forge ! souffla Charlotte.

— Je ne lui veux aucun mal, Lottie.

À ces mots, Charlotte sursauta. Meg s'agenouilla au bord de la plateforme pour observer la descente du garçon.

— J'ai besoin que tu me fasses confiance, ajouta la guérisseuse.

La gentillesse qui habitait ses yeux avait quelque chose de familier. Son expression douce, si rare depuis qu'elle avait déserté le temple, serra le cœur de Charlotte.

— Si je lui fais ce genre de demandes, c'est uniquement pour mieux le comprendre. Nous avons besoin de savoir qui il est pour mieux le protéger.

Charlotte ravala son orgueil et fit taire son indignation.

— Tu as sans doute raison.

Meg lui répondit d'un sourire triste. L'espace d'un instant, Charlotte vit que la perte de l'innocence, du confort et de la foi avait meurtri son amie autant qu'elle-même.

Un sifflement fendit l'air juste à côté de Charlotte, qui sursauta en voyant Grave atterrir sur la plante des pieds, en équilibre parfait, au-dessus des deux jeunes femmes.

— Je te demande pardon, dit-il. C'est très malpoli de ma part.

Il descendit de son perchoir, saisit Charlotte par la taille et fit volte-face pour plonger une nouvelle fois dans l'abîme.

Si elle avait pu reprendre son souffle, Charlotte aurait hurlé à s'en déchirer les poumons. Au lieu de quoi, elle s'agrippa au cou du garçon, muette de terreur : il la transportait de tuyau en tuyau, effleurant à peine les cylindres de ses pieds. On eût dit qu'il volait. Charlotte tremblait de tous ses membres lorsqu'il la déposa sur un rebord à proximité de Linnet. Un petit bateau amarré non loin de là tanguait sur les eaux noires.

Meg atterrit peu après à côté d'elles, engoncée dans le harnais qu'elle renvoya au pirate. Charlotte fut tentée de la pousser à l'eau – quoique son désir de vengeance n'avait aucune importance, puisqu'elle était toujours paralysée par la peur.

Lorsqu'elle fut convaincue que ses jambes ne la trahiraient pas, elle tourna un regard inquiet vers le pirate qui descendait à leur suite. Le visage de l'homme ne laissa rien paraître à l'atterrissage. Une telle absence de réaction face aux talents inédits de Grave découlait-elle de sa nonchalance de matelot, ou de l'état hirsute de la barbe rousse et poivre qui lui couvrait la majeure partie du visage ? Apparemment, la jeune fille devrait composer avec d'autres obstacles que les masques pour lire l'expression de son prochain.

Linnet n'avait pas plus réagi à l'atterrissage peu orthodoxe de Charlotte.

— Grimpe à bord, Grave, lança-t-elle. On ne va pas tarder à lever l'ancre.

Le garçon rejoignit l'embarcation. Linnet en profita pour attraper Charlotte par le coude et l'attirer à l'écart.

— Le savais-tu capable de tels prodiges ? murmura-t-elle d'une voix tranchante comme un rasoir. Tu devrais savoir que je n'aime pas les surprises.

— Je n'en savais rien !

Charlotte était encore trop retournée pour se formaliser du ton de reproche de son amie.

Linnet soupira, mais son regard n'était pas dépourvu de sympathie.

— J'en déduis qu'il doit avoir d'autres talents cachés.

— Sans doute, oui.

Charlotte détestait se sentir aussi épuisée au départ de ce qui promettait d'être un voyage long et périlleux. Le rappel constant des capacités latentes du garçon, qui semblaient se déclarer sans crier gare, lui faisait pourtant dépasser la fatigue et redoubler d'effort, comme elle l'aurait fait chargée d'un sac de pièces détachées collectées sur le Tas de Ferraille.

Les capacités de Grave, quoique insolites, devraient servir leur cause. Charlotte se sentait pourtant irritée par les inconnues qui ne cessaient de surgir autour du garçon. À l'évidence, Linnet partageait ses réserves.

— Quelle bien triste mine pour d'aussi jolis visages, murmura Meg. Notre fuite imminente ne devrait-elle pas vous réjouir ?

— Si nous n'étions pas pressés par le temps, je t'en collerais une, grommela Linnet. Ce n'est pas le moment de faire faire des tours à ton petit singe savant.

Charlotte se mordit la langue afin de contenir son rire. Alors qu'elle-même ne pouvait jamais se départir d'une certaine culpabilité lorsqu'elle en voulait à Meg, Linnet s'était fait le porte-parole de sa frustration accumulée.

— Il n'a rien d'un singe, répondit Meg d'un ton placide. J'en sais aussi peu que toi, ou que quiconque, d'ailleurs, sur lui. Pourtant je semble être la seule à vouloir en apprendre plus sur sa véritable nature.

— Linnet n'a pas tort, intervint Charlotte pour défendre son amie. Nous ne sommes pas seuls. Et si les pirates se mettaient à raconter ce qu'il vient de faire ?

Meg garda le silence. Linnet, elle, soupira.

— Même si j'apprécie ton soutien, chaton, tu n'as pas à te soucier des hommes de Sang d'Acier. Toute langue trop bien pendue finit par être coupée, et ils le savent. En payant, nous avons aussi acheté leur silence. (Elle posa un regard dur sur Meg.) Cela étant, ça ne justifie pas la témérité de ton petit jeu.

— Ce n'est pas un jeu, protesta la guérisseuse. Plus vite vous le comprendrez, toutes les deux, et mieux notre cause se portera. Ça me chagrine de devoir te rappeler que nous nous battons du même côté.

Les paroles de Meg faisaient écho à la fatigue que ressentait Charlotte. Quand bien même, elle ne parvenait pas à se convaincre que les intentions de la prêtresse envers Grave étaient purement bienveillantes.

Comprenant que ni Charlotte ni Linnet n'avaient l'intention de répondre à ses remontrances, Meg haussa les épaules et prit place à côté de Grave sur le bateau.

Linnet laissa échapper un feulement réprobateur avant de pousser doucement Charlotte vers l'embarcation.

— Allez. N'hésite pas à faire une sieste pendant la traversée. Tu n'auras pas à ramer. Parce que bon sang, mon chaton, tu as l'air exténué !

Chapitre 22

Charlotte crut tout d'abord avoir été réveillée par les cris des mouettes, avant de distinguer le vacarme d'une violente dispute qui se déroulait non loin d'elle.

Elle se redressa et cligna des yeux face à la lumière aveuglante qui affluait par un hublot proche. Les cris des oiseaux accompagnaient les rayons du soleil et la brise marine.

Charlotte était assise sur un lit double niché dans une alcôve sur l'un des côtés de la pièce et orné d'une parure opulente, soyeuse, de la meilleure qualité qu'elle ait jamais vue.

— Ah, la voilà enfin réveillée.

Les riches inflexions de la voix masculine qui venait de parler lui donnèrent le frisson. L'homme occupait une chaise haute, ses pieds bottés posés sur la table. Charlotte se détendit dès qu'elle vit Linnet assise sur un autre siège à proximité.

— Bienvenue à bord de mon vaisseau, le *Persée* ! lança Jean-Baptiste Lachance.

Il posa les pieds au sol et se rapprocha du lit. Un genou en terre, il porta la main de Charlotte à ses lèvres.

— Lorsque je vous ai vue endormie, j'ai insisté pour qu'on ne vous réveille pas, déclara-t-il sans lui lâcher la main. Ma cabine est bien plus confortable que les quartiers du pont inférieur.

L'épithète était bien faible pour décrire les quartiers privés de Sang d'Acier. Les cloisons de la cabine, lambrissées d'acajou luisant, accueillaient, pour l'une, une bibliothèque encastrée qui débordait de volumes reliés de cuir, et pour l'autre, un véritable arsenal – sabres, poignards, rapières, épées longues, mousquets, pistolets, sans oublier quelques autres dont Charlotte ignorait le nom. Un secrétaire simple mais de belle facture occupait un coin, face à un globe incrusté de joyaux. À l'évidence, Lachance était un pirate des plus talentueux.

— Laisse-la tranquille, marmonna Linnet. Tu ne te lasses donc jamais de t'écouter parler ?

— Que veux-tu dire ?

Le pirate lâcha la main de Charlotte pour décocher un sourire enjôleur à Linnet.

Guère impressionnée, la jeune femme posa sur lui un regard vide avant de quitter son siège.

— Comment te sens-tu, chaton ? demanda-t-elle à Charlotte. J'espère que tu n'as pas été trop effrayée en te réveillant dans un lieu inconnu. Tu avais clairement besoin de sommeil.

— Non, je… (Charlotte sortit en toute hâte du lit pour se mettre à bonne distance du capitaine.) Je vais bien. Où sont Meg et Grave ?

— Ils dorment sur le pont inférieur, répondit Linnet avec un regard plein de sous-entendus au capitaine.

Où nous logerons aussi, toutes les deux, à partir de maintenant.

— Tu me blesses, ma sirène, soupira Lachance.

— Crois-moi, rétorqua la jeune femme. Le jour où je te blesserai vraiment, tu le sauras.

Le capitaine s'esclaffa.

— Tu m'as manqué !

— Ne parle pas trop vite.

Les cris à l'extérieur de la cabine redoublèrent, ce qui arracha un froncement de sourcils à Lachance.

— Voilà qui semble plus sérieux qu'une simple bagarre entre marins, dit-il, mettant son chapeau. Veuillez excuser mon départ soudain, mesdemoiselles.

Le capitaine sorti, Linnet se pinça l'arête du nez et poussa un grognement.

— Je compte sur toi pour me jeter par-dessus bord si besoin.

— Linnet… (Charlotte avait conscience de s'aventurer en terrain glissant.) Est-ce que tu… Il n'est pas…

— Crache le morceau, ordonna la jeune femme, les poings sur les hanches.

— Il est tellement… séduisant. Il pourrait convoler avec Aphrodite elle-même, bredouilla Charlotte, les joues empourprées. Je n'ai aucune vue sur Lachance, mais il dégage un tel charme… Par Athéna, Linnet, ne me pousse pas à continuer sur ce sujet !

— C'est toi qui as commencé, remarqua son amie.

— J'aimerais comprendre, c'est tout.

Pas de réponse. Charlotte fut surprise par l'attitude de sa camarade : Linnet s'était tournée vers les grandes fenêtres qui encadraient l'arrière de la cabine, le regard doux mais le visage las, presque inquiet.

— Je le sens aussi, Charlotte. (Elle parla si bas que la jeune fille n'était pas certaine de l'avoir entendue.) Mais…

La porte de la cabine s'ouvrit à la volée. Lachance entra en trombe, suivi de deux matelots qui traînaient une figure avachie.

— Mes hommes avaient très envie de le faire passer sous la quille.

Le capitaine s'effaça sur le côté. Les marins jetèrent leur captif au sol.

— Je suis tenté de leur donner satisfaction, même si j'en éprouverais quelque regret. Il a réussi ce que je croyais impossible : c'est mon tout premier passager clandestin.

Rongée par l'angoisse, Charlotte contemplait l'intrus. S'agissait-il d'un employé d'Ott ? Avait-il transmis à son patron leur position avant qu'ils ne lèvent l'ancre ?

— Ça ne te ressemble pas d'hésiter, Lachance, observa Linnet. Pourquoi maintenant ?

— Il prétend vous connaître, répondit le pirate d'un ton désinvolte.

Le clandestin toussa et essuya un filet de sang de sa lèvre avant de se dresser à genoux.

— Oh, non, dit Linnet, incrédule. Non, non, non !

Le cœur de Charlotte avait cessé de battre.

— Jack ?

Lachance dévisageait les deux jeunes femmes avec intérêt.

— Il disait vrai, alors ? Quelle énigme !

— Que fais-tu là ? grommela Linnet. Comment nous as-tu retrouvées ?

— Je peux toujours l'accrocher à un hameçon et m'en servir comme appât, ma sirène, fit remarquer Lachance. Est-ce ton ennemi ?

— C'est mon frère.

À entendre Linnet, c'était pire.

Même Sang d'Acier demeura sans voix devant cet aveu.

Recouvrant tout à coup ses esprits, Charlotte se précipita au chevet du captif. Les matelots ronchonnèrent lorsqu'elle se mit à interroger leur prisonnier sans même leur demander la permission.

— Par le casque d'Athéna, Jack ! Quelle folie t'a pris d'embarquer sur un navire pirate ?

— Je te retourne la question, dit-il en posant les yeux sur elle.

Sa lèvre, fendue, saignait, mais il était parvenu à éviter un œil au beurre noir.

— Jack ! le tança Linnet. Comment nous as-tu retrouvées ?

— Je vous ai suivies jusqu'au Quai. (Il désigna le capitaine.) J'ai espionné votre petite réunion, après quoi je l'ai suivi.

— Vous vous êtes fait passer pour un de mes matelots, dit Lachance. Si vous l'avez tué pour lui prendre ses vêtements, votre vie m'appartient.

Charlotte attendit une objection de Linnet, en vain.

— Je n'ai tué personne, répondit Jack. Je l'ai juste assommé. Il faisait assez sombre pour me permettre de passer inaperçu, tête baissée. Arrivé sur le navire, je me suis caché le plus longtemps possible.

— Pourquoi nous avoir suivies ? demanda sa sœur.

Bien que la voix de Linnet eût perdu de son agressivité, la jeune femme semblait toujours mécontente.

— Quand tu es venue chercher Charlotte, j'ai compris que quelque chose clochait. Coe m'a alors informé que Charlotte était consignée en ville, mais il refusait de m'en donner le motif. J'allais interroger l'intéressée directement, mais Coe n'a cessé de me retenir dans la Tour.

— Il cherchait simplement à te séparer d'elle, murmura Linnet.

Son frère grimaça.

— Je sais.

— Mais comment nous as-tu suivies jusqu'au Quai ? demanda Charlotte. Nous étions masquées.

— En arrivant au *Poisson Noir*, je vous ai vues sortir par l'arrière. (Jack s'éclaircit la gorge, à l'évidence un peu gêné.) Pour ce qui est des masques… ils étaient inutiles. Je reconnaîtrais ta démarche n'importe où.

Lachance s'esclaffa, sous le regard noir de Linnet.

— As-tu prévenu qui que ce soit de ton escapade ? demanda la jeune femme.

— Personne.

Jack se releva. Ses geôliers s'apprêtaient à le maîtriser quand Sang d'Acier leur fit signe de le laisser.

— Regagnez vos postes.

Les deux hommes obéirent à leur capitaine, non sans invectiver Jack en français – des insultes, à n'en pas douter.

Charlotte se rapprocha du jeune homme, de crainte qu'il ne cache quelque blessure qui aurait échappé à son inspection.

— Vous n'avez rien à craindre, assura Jack à Linnet. Lorsque je vous ai vues avec Lachance à la taverne, je n'ai pas eu d'autre choix que de le suivre pour découvrir où vous alliez. Connaissant sa réputation, je savais que votre but était de quitter la ville en secret.

— Pourquoi m'avoir caché que tu étais au courant ? demanda Charlotte. Tu aurais pu revenir à l'auberge ce soir-là pour te joindre à nous.

Jack adressa un sourire à sa sœur.

— Jamais elle n'aurait accepté.

L'intéressée haussa les épaules.

— Tu l'as dit.

— Alors tu as préféré t'embarquer clandestinement sur un navire pirate ? le tança Charlotte. Quelle mouche t'a piqué ?

— Tu ne veux donc pas comprendre que je préférerais encore passer le restant de mes jours au Creuset que de laisser quoi que ce soit t'arriver ?

Charlotte dut s'y reprendre à plusieurs fois avant de pouvoir répondre.

— Tu… Pourquoi dis-tu ça ?

— Parce que c'est la vérité.

— Mystère résolu, dans ce cas. Le seul coupable dans cette affaire, c'est l'amour ! dit Lachance avant d'aller se placer derrière Linnet pour poser les mains sur les épaules de la jeune femme. Ma sirène, monsieur votre frère est à présent mon hôte. Que veux-tu que je fasse de lui ?

— Je serais pour le jeter par-dessus bord… mais Charlotte ici présente est attachée à Jack, et j'ai moi-même de la tendresse pour Charlotte, déclara Linnet avec un petit sourire malicieux. Tu n'as qu'à le mettre au travail. Si tu es certain que tes hommes n'en feront pas de la charpie.

La punition de Jack l'exila à la cambuse.

— Il va prendre les pommes de terre en grippe, déclara Lachance.

Linnet rit à gorge déployée.

Charlotte avait été tentée de le rejoindre, mais son amie le lui avait interdit. La punition n'en serait pas une, insistait-elle, si Jack bénéficiait de la compagnie de la jeune fille.

Charlotte alla donc prendre des nouvelles de Meg et Grave, qui préféraient rester dans la petite cabine qu'on leur avait assignée. À l'instar de Charlotte, la jeune prêtresse avait du sommeil à rattraper. Mais si Grave, lui, souhaitait rester à l'intérieur, c'était pour une raison plus surprenante.

— Je n'aime pas la mer.

— Le roulis te rend-il malade ? demanda Charlotte.

— Pas de problème de ce côté. C'est un bon navire. (Il grimpa dans la couchette supérieure.) Mais la mer n'a ni début ni fin… Je n'aime pas ça.

Charlotte renonça à comprendre l'aversion du garçon pour l'océan et laissa ses deux compagnons dans leur cabine. Contrairement à Grave, elle était captivée par la mer. Jamais elle n'avait vu autant de variations de bleu, et même ses plus beaux souvenirs estivaux ne pouvaient rivaliser avec un tel spectacle. Chaque remous faisait passer l'élément du turquoise au pervenche, et les vagues haussaient leurs épaules indigo avant d'étirer leurs bras bleu nuit. Charlotte huma l'air assorti au caractère exotique de la mer. La morsure iodée de l'Atlantique s'était muée en une douceur saline agrémentée d'un parfum vert et sucré qu'elle ne parvenait pas à identifier.

Linnet rejoignit son amie sur le pont.

— J'adore prendre la mer, dit la jeune femme.

— C'est magnifique.

Les vagues, qui berçaient le navire tel un couffin, apaisaient Charlotte.

Linnet fit volte-face pour s'accouder au bastingage.

— Note qu'aujourd'hui est une belle journée pour naviguer. Lorsque la mer est déchaînée, elle sait se montrer cruelle. J'ai vu des vaisseaux réduits en miettes par la tempête.

— Sans faire naufrage toi-même ? s'étonna Charlotte.

— Lachance est un marin d'exception. (Linnet jeta un regard à la cabine du capitaine.) Mais je t'interdis de le lui répéter.

Charlotte rendit à la jeune femme son large sourire.

Loin au-dessus des voiles gonflées, une cloche se mit à sonner sans discontinuer.

Linnet s'écarta sur-le-champ du bastingage.

— C'est un avertissement : navire en vue.

— Quel genre de navire ? demanda Charlotte en se lançant à la poursuite de son amie, qui détalait vers l'avant du bateau.

En tenue d'apparat – long manteau d'un bleu profond orné de boutons d'argent, chemise blanche et chapeau vissé sur la tête –, Lachance se dressait à la proue de son vaisseau. Près du beaupré, l'un des matelots actionnait une large manivelle afin d'élever une énorme machine en laiton dont la silhouette bulbeuse et effilée pointait vers le navire étranger. Le marin regarda par la fente étroite aménagée à l'extrémité de l'appareil et manipula les interrupteurs et autres leviers qui venaient de surgir du fuselage.

— Qu'est-ce que c'est ? demanda Charlotte à Linnet.

— Une Diseuse de bonne aventure, répondit la jeune femme (Avant d'ajouter, avec une pointe d'ironie :) La mère de Meg ne serait pas contente.

Le matelot échangea des cris avec Lachance, qui tira un tube en laiton dissimulé dans la base de la barre.

D'une voix de stentor, Sang d'Acier donna ses ordres à l'équipage, qui s'affaira sans attendre. Les pirates coururent à leurs postes, qui escaladant les mâts, qui disparaissant vers le pont inférieur. Après avoir donné des indications supplémentaires à l'opérateur de la Diseuse de bonne aventure, Lachance se dirigea vers Linnet, la mine grave.

— Dis-moi tout, lui intima la jeune femme.

— Un Titan, répondit le pirate. Et deux frégates d'Hermès.

— Une patrouille de Cerbère ?

Linnet se mit à jurer comme un charretier.

— Le Titan, on peut lui échapper, dit Lachance. Mais il faudra affronter les frégates, au moins le temps de les amocher.

Linnet acquiesça, les mâchoires serrées. Lachance se pencha pour déposer un baiser sur son front. L'absence de réaction de la jeune femme emplit Charlotte d'angoisse.

— Allez, viens, dit Linnet.

Elle prit son amie par la main pour l'emmener vers le bastingage central.

Une secousse, qui fit perdre pied à Charlotte, fut suivie d'une explosion assourdissante.

— On est touchés ? demanda-t-elle.

— Non. C'est nous qui avons ouvert le feu.

Linnet scrutait la scène depuis le bastingage. Elle désigna un point à tribord.

— Regarde là-bas.

Une traînée de fumée s'éleva dans les airs qui séparaient le *Persée* de trois silhouettes à l'horizon. Charlotte aperçut tout juste un éclair lumineux.

— Ils sont encore trop loin, marmonna Linnet.

Les trois silhouettes approchaient malgré tout à grande vitesse, de plus en plus nettes, l'une deux fois plus massive que les deux autres.

— Je reconnais les navires, dit Charlotte à son amie. Mais tu leur as donné un autre nom ?

— Une patrouille de Cerbère, confirma Linnet. Une configuration à trois vaisseaux dont l'Empire est friand. Un pour la puissance, deux pour la vitesse.

Le *Persée* trembla à nouveau. Cette fois, Charlotte se couvrit les oreilles avant la détonation.

Linnet suivit la trajectoire du tir ; Charlotte, elle, garda les yeux rivés sur les navires ennemis, dont elle distinguait à présent les caractéristiques. Les frégates, élancées, arboraient des voiles carrées. Le Titan avançait plus lourdement, les flancs hérissés de canons. Nouvel éclair, cette fois suivi d'un deuxième, puis d'un troisième. Des rugissements de joie explosèrent à bord du *Persée*.

— Une des frégates est touchée, observa Linnet, à l'évidence soulagée.

De larges colonnes de fumée s'élevaient de l'une des deux silhouettes plus minces, à présent à la traîne. Le Titan et la seconde frégate continuèrent leur poursuite.

— Prends soin de toujours te tenir au bastingage, intima Linnet à Charlotte. Lachance peut se montrer imprévisible dans ce genre de situation.

— Que veux-tu dire ?

La réponse vint un instant plus tard, lorsque le *Persée* fit une embardée de bâbord, envoyant la jeune fille au sol. Elle se releva et serra le bastingage comme si sa vie en dépendait.

Le Titan avait viré de bord, lui aussi, imitant le *Persée*, si bien que les deux navires fendaient les vagues sur des trajectoires parallèles. La frégate continuait sa poursuite, lancée droit sur eux.

Les yeux de Charlotte hésitaient entre le mastodonte de guerre et l'agile attaquant. Elle craignait de détourner le regard, comme s'il avait pu conjurer le sort.

Elle regardait la frégate gagner du terrain sur le *Persée* quand un étrange sifflement transperça les airs.

— Non, murmura Linnet à côté d'elle.

Charlotte suivit le regard de son amie pour voir un boulet de canon jaillir au-dessus du Titan.

Le projectile s'éleva dans une trajectoire haute avant de retomber vers les vagues – il allait manquer le *Persée.* Le soleil illumina l'enveloppe du boulet : cuivre, or et argent. Juste avant de plonger, la sphère se décomposa, abandonnant ses oripeaux métalliques dans les flots, puis disparut sous la surface.

Le canon a dû faire long feu, songea Charlotte. *Comment expliquer un si mauvais tir, sinon ?*

Elle s'apprêtait à faire part de sa conclusion à Linnet lorsque la jeune femme retint son souffle et se mit à jurer.

— Que se passe-t-il ? demanda Charlotte.

Sans manquer d'abattre le poing sur le bastingage, Linnet poussa un cri vers la poupe.

— Jean !

Le capitaine, qui ne cessait de crier ses ordres, s'interrompit pour se tourner vers la jeune femme.

— À bâbord ! (Elle désigna le point où le boulet venait de sombrer.) Le Titan vient de tirer un globe de Charybde !

Le capitaine lâcha un juron avant de bondir du pont supérieur pour les rejoindre.

— Tu as dû mal voir, dit-il une fois à leur hauteur.

— Je t'assure que non. (Linnet le poussa vers le bastingage.) Regarde !

Charlotte scrutait la mer entre leur navire et la frégate à l'approche : quelque chose remuait entre les flots bleus. Une énorme bulle remonta à la surface pour former un cercle lisse et immobile entre les vagues. Le calme ne dura qu'un instant avant que l'océan ne se retourne contre lui-même et donne naissance à de nouveaux remous et courants conflictuels qui formaient d'étranges schémas. La mer s'éleva, blanche d'écume, avant de laisser fuser un immense jet d'eau.

— Ils sont fous ! dit Lachance, fixant les eaux tourmentées. La frégate est perdue. Ils l'ont sacrifiée, et avec elle ses hommes. Pourquoi ?

— Et nous ? demanda Linnet. On est perdus, nous aussi ?

Le capitaine effleura la joue de la jeune femme avant de s'écarter du bastingage.

— Pas forcément. Vous devriez vous mettre à couvert.

— Hors de question ! grommela Linnet. Tu n'es pas assez bête pour faire pareille suggestion.

— Reste au moins à distance des mâts. Et, par Athéna, enfile un harnais !

Lachance repartit au pas de course aboyer ses ordres à son équipage.

— Allez !

Linnet attrapa Charlotte pour la guider vers la proue.

— Et les autres ? demanda Charlotte. Ils sont encore dans la cabine. Et Jack est dans la cambuse !

— Ils seront plus en sécurité à l'intérieur. (Linnet s'arrêta et s'accroupit pour ouvrir un compartiment du pont.) Si tu veux, on peut les rejoindre.

— Non.

Charlotte refusait de se terrer dans les entrailles du navire, aveugle à la bataille qui faisait rage sur le pont.

— C'est bien ce que je pensais, dit Linnet.

Elle tira deux paquets du compartiment et en confia un à Charlotte avant de secouer l'autre. L'objet ressemblait à un filet de cuir. Ne sachant trop quoi en faire, Charlotte regarda Linnet passer les bras par les ouvertures les plus larges et boucler trois lanières autour de sa taille. Deux longs cordons de cuir tressé traînaient derrière elle tandis qu'elle se dirigeait vers la proue. Occupée à enfiler son harnais, Charlotte lui emboîta le pas. Linnet s'arrêta pour attacher les boucles de laiton qui terminaient les cordons aux anneaux métalliques fixés sur le pont près du bastingage. Elle fit signe à Charlotte de l'imiter.

Une fois fermement arrimée au navire, Charlotte balaya le pont du regard. L'agitation était à son comble. Les cris de Lachance à ses matelots couvraient comme par miracle les rugissements du vent et des vagues battantes. L'ensemble de l'équipage s'était lui aussi harnaché, avec cependant des cordons au moins deux fois plus longs que ceux de Charlotte, afin de leur permettre de traverser le pont et de grimper dans les voiles. Un matelot escaladait le mât principal, rapetissant au fil de son ascension. Autant qu'elle pouvait en juger, tous les hommes modifiaient en hâte les gréements – ils échangeaient des lignes, installaient des leviers et tournaient des manivelles, le visage crispé par la peur.

Un événement effroyable était sur le point de se produire. Un événement auquel même un équipage de marins endurcis n'était pas certain de survivre.

Charlotte pensa à ses amis sur le pont inférieur. Meg. Grave. Jack.

Si le navire sombrait, sa place est-elle là ? Ou à leurs côtés ?

Bientôt, il fut trop tard pour faire autre chose qu'implorer la clémence d'Athéna.

Le vent mugissant fut très vite accompagné d'un nouveau son, grave et creux, dont le murmure incessant attira l'attention de tous les matelots vers les flots.

Linnet cherchait déjà du regard la source du bruit. Elle serrait le bastingage de toutes ses forces, les phalanges exsangues et le visage plus blanc que les voiles, les cheveux fouettés par le vent. Elle se concentrait sur une ombre apparue à l'endroit où avait surgi le jet d'eau. Le point noir ne cessait de grandir. Un schéma se dessina en son centre : des courants qui se pourchassaient en cercles concentriques, toujours plus larges à l'extérieur et serrés à l'intérieur. Plus serrés. Plus serrés. Jusqu'à ce que le centre disparaisse, englouti par la mer elle-même, pour ne plus laisser qu'une gueule béante. Le murmure, lui, s'était fait hurlement. Charlotte tomba à genoux devant le spectacle de ce furieux maelström.

— Charybde…

Linnet s'agenouilla à ses côtés et lui prit la main. Elles entrelacèrent leurs doigts.

Charlotte comprenait à présent ce que voulait dire Sang d'Acier en parlant de sacrifice : la frêle frégate impériale, lancée toutes voiles dehors contre le *Persée*, se trouvait à proximité du point de chute du globe, et tournoyait à présent vers son annihilation. L'équipage tentait désespérément d'échapper au vortex, virant violemment sur bâbord pour s'écarter de l'œil du cyclone. Effort futile : le navire effleurait les courants externes du maelström dans sa fuite. Il ralentit tout d'abord, avant de s'immobiliser pour de bon, puis d'entamer son horrible et inexorable retour en arrière. Charybde s'empara du vaisseau dans ses révolutions de plus en plus rapides. La frégate tangua et vacilla. Le mât principal rompit le premier, volant en éclats avant d'être englouti par les ténébreux abysses. La proue s'éleva tel un cheval qui se cabre... Puis Charybde brisa le navire en deux. Les morceaux furent ensuite pulvérisés en fragments toujours plus infimes.

Charlotte aperçut d'autres objets parmi les débris – des corps humains, même si elle ne parvenait pas à distinguer les matelots britanniques des restes du vaisseau naufragé. Tout était perdu. En quelques secondes, le maelström avait avalé le moindre élément du navire. Il ne restait plus aucune trace de la frégate. Charybde reprit alors sa route, hurlant son appétit.

Un tel mépris pour les vies humaines laissa Charlotte sans voix. Grave était-il la seule raison de cet acte vicieux ? L'Empire croyait-il que la destruction représentait la seule solution après avoir perdu le prototype vivant de l'arme ultime ? La Résistance tirerait-elle la même conclusion une fois qu'elle aurait découvert la fuite du garçon ? Ces actes brutaux, irréversibles, représentaient-ils la logique de la guerre ? Un quelconque bien pourrait-il émerger d'une société forgée par la violence ?

— Charlotte !

Jack, qui venait d'émerger du pont inférieur, se précipita vers la jeune fille. Il chancela à la vue du monstre flottant devant la proue du vaisseau.

Comme Charlotte et Linnet, il tomba à genoux, avant de s'adresser à sa sœur, les yeux rivés sur le tourbillon.

— J'ai entendu le rugissement… mais je n'arrivais pas à y croire.

— Elle n'a pris qu'une frégate impériale, dit Linnet d'une voix effroyablement blanche. Tu n'as rien à faire ici. Retourne à l'abri.

— Plutôt plonger dans la forge d'Héphaïstos ! rétorqua Jack en posant les yeux sur Charlotte. Je ne t'abandonnerai pas.

Linnet grommela.

— Idiot ! Lachance fera son possible pour nous sauver, mais tous ses efforts ne serviront à rien si tu passes par-dessus bord.

Charlotte détacha l'un de ses deux cordons du pont pour le tendre à Jack.

— Tiens, attache-le à ta taille.

Le jeune homme accepta l'offrande et jeta un regard interrogateur à sa sœur.

— Ça suffira peut-être à vous retenir tous les deux, grimaça-t-elle. Qu'est-ce que j'en sais ?

— Ça ira. (Jack noua le cordon de cuir autour de son torse.) Comment ton pirate compte-t-il nous sauver ?

— Ce n'est pas « mon » pirate, aboya Linnet.

Ses yeux glissèrent malgré tout vers la poupe, où Lachance se tenait à la barre.

— Et estime-toi heureux de ne pas savoir ce que je le soupçonne de vouloir essayer. Tu préférerais sans doute tenter ta chance de l'autre côté du bastingage !

— Charmant.

Jack s'approcha de Charlotte. Il attendit que la jeune fille se repose contre lui pour la prendre dans ses bras.

Le *Persée* vira à tribord.

Jack plissa les paupières, avant de tourner vers le capitaine des yeux écarquillés par l'horreur.

— Il nous dirige droit sur le maelström !

— Je t'avais bien dit qu'il valait mieux ne pas savoir, rappela Linnet en fixant elle aussi le pirate.

Les mâchoires serrées par l'effort, imperturbable, Sang d'Acier conduisait le *Persée* vers sa perte : le vaisseau semblait vouloir se dérober alors que son capitaine le poussait en avant.

— Linnet… (Jack resserra son étreinte autour de Charlotte.) Au nom d'Hadès, que fait-il ? Il va nous tuer !

Sa sœur ne répondit pas. Elle ne pouvait détacher les yeux de Lachance.

Charybde rugit. Le *Persée* traversa le cercle extérieur du tourbillon avec une embardée. Arc-bouté sur la barre, Lachance lutta pour garder le cap. Le vaisseau se souleva et vogua de plus belle, bientôt saisi par Charybde qui l'envoya voler au-dessus des flots, de plus en plus vite. Le visage baigné par les larmes que lui arrachait le vent, Charlotte se cramponnait au navire, qui virevoltait à une vitesse hallucinante.

Un cri s'éleva, couvrant les mugissements du vent et les grondements de Charybde. Un simple mot, lancé vers le ciel par le fier capitaine.

— VOLONS !

Les mâts du vaisseau se fendirent en leur centre avec un puissant rugissement, bientôt imités par les voiles. Des fléchettes d'argent jaillirent des mâts brisés en deux, traînant dans leur sillage des longueurs de câble torsadé, avant d'aller se planter dans les extrémités des voiles pour les tendre tels des canevas.

— Par l'égide d'Athéna ! s'exclama Jack, ébahi.

Fascinée elle aussi par la métamorphose, Charlotte contemplait le spectacle, l'estomac soulevé, non de peur, mais parce que le *Persée* décollait des flots. Elle regarda la proue s'élever, pointée vers le soleil. Le vent s'engouffra dans les voiles, et le navire abandonna la mer pour voguer à travers les cieux.

Remerciements

Ce livre a été écrit durant l'une des périodes les plus éprouvantes et les plus effrayantes de ma vie. Des mois durant, je n'arrivais pas à aligner un seul mot et je craignais de ne plus jamais être en mesure, physiquement, d'écrire de nouveau. La compassion, les encouragements et le soutien indéfectible de mes collègues, amis et parents proches m'ont portée à travers cette tempête pour m'amener, saine et sauve, à bon port. Je suis particulièrement redevable aux merveilleuses âmes du Penguin Young Readers Group de s'être montrées aussi gracieuses et accommodantes alors que je bataillais contre une longue maladie. Merci en particulier à l'incroyable équipe de Philomel Books pour avoir gardé foi en moi et m'avoir toujours offert un puits sans fond d'attention et de gentillesse. Jill Santopolo mérite tout le chocolat de la planète pour avoir supporté l'imprévisible création de cet ouvrage. Ma merveilleuse équipe d'agents chez InkWell Management n'a jamais été avare de conseils et de propos réconfortants ô combien nécessaires. Je remercie notamment Charlie Olsen, qui m'a aidée à me projeter sur le long terme face à un présent difficile. Mes amis m'ont épaulée, aussi bien de façon littérale que figurée, et tenu la main quand j'en avais le plus besoin. Mes plus sincères remerciements à Casey Jarrin, David Levithan, Sandy London, Michelle Hodkin, Beth Revis, Jessica Spotswood, Marie Lu, Rachel Noggle, Conor Anderson et Brian Anderson. Eric Otremba m'a aidée à comprendre, surmonter et même tourner à mon avantage l'incertitude. Mes parents m'ont offert leur amour ainsi qu'un refuge, supportant des fardeaux que je n'avais pas la force de porter. Mon frère Garth et son épouse Sharon sont à la fois une source d'inspiration et de grande joie. L'année passée à écrire ce roman a été parmi les plus difficiles que j'aie connues, mais la souffrance fait partie de la vie. Deux de mes plus grands soutiens ont perdu des membres très chers de leur famille cette année. Ce roman est donc dédié à la mémoire de la mère de Richard Pine, Harriette Pine, ainsi qu'au père de Charlie Olsen, Charles J. Olsen III.

Achevé d'imprimer en France en janvier 2016 par Aubin Imprimeur

Le papier de cet ouvrage est composé de fibres naturelles, renouvelables, recyclables et fabriquées à partir de bois issu de forêts plantées expressément pour la fabrication de pâte à papier.

ISBN : 978-2-37102-051-1
Dépôt légal : février 2016

Loi n° 49-956 du 16 juillet 1949 sur les publications destinées à la jeunesse, modifiée par la loi n° 2011-525 du 17 mai 2011

Numéro d'édition : 0033-009-02-01

Numéro d'impression : 1511.0136

LUMEN